Y Rhod yn Troi

NANSI SELWOOD

Gwasg
Gwynedd

Argraffiad Cyntaf — Gorffennaf 1993

Dymuna'r cyhoeddwyr gydnabod cymorth
Adrannau'r Cyngor Llyfrau Cymraeg

Cyhoeddwyd ac Argraffwyd gan
Wasg Gwynedd, Caernarfon.

CYFLWYNEDIG
I FY MRAWD,
HYWEL

DIOLCHIADAU

Dymunaf ddiolch o galon i fy merch, Ann, am fy nghynorthwyo i ddod o hyd i ddogfennau'r ail ganrif ar bymtheg.

Fy merch, Rhian, am fy nysgu i drafod technoleg yr ugeinfed ganrif.

Nesta Wyn Jones am ei hawgrymiadau gwerthfawr a'i golygu gofalus.

Y Cyngor Llyfrau a Gwasg Gwynedd am bob cymorth.

Nansi Selwood

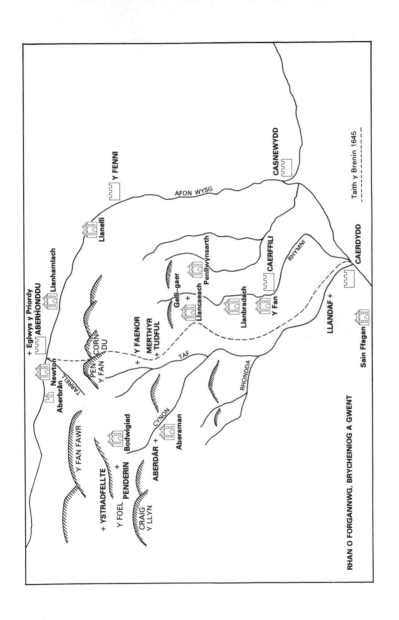

RHAN O FORGANNWG, BRYCHEINIOG A GWENT

Taith y Brenin 1645

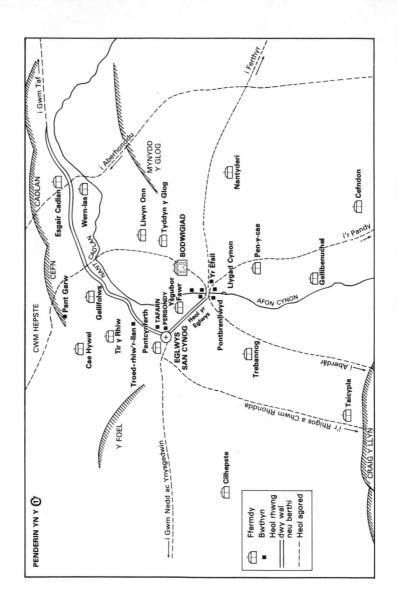

PENDERIN YN Y 🕐

Legend:
- 🏠 Ffermdy
- ■ Bwthyn
- ═══ Heol rhwng dwy wal neu berthi
- - - - Heol agored

Map labels:
i Gwm Taf
i Ferthyr
i Aberhonddu
CADLAN
CWM HEPSTE
CEFN
Esgair Cadlan
Wern-las
MYNYDD Y GLOG
Llwyn Onn
Tyddyn y Glog
Nantyderi
Cefndon
Pant Garw
MANT
CADLAN
Gellifolwg
BODWIGIAD
Yr Efail
Pen-y-cae
Llygad Cynon
i'r Pandy
Cae Hywel
Tir y Rhiw
Pantcynferth
TAFARN
PERSONDY
Ysgubor Fawr
Heol yr Eglwys
Gellibenuchel
AFON CYNON
Troed-rhiw'r-llan
EGLWYS SAN CYNOG
Pontbrenllwyd
Trebannog
i Aberdâr
Y FOEL
i Gwm Nedd ac Ynysgedwin
i'r Rhigos a Chwm Rhondda
Taicypla
Cilhepste
CRAIG Y LLYN

SIART ACHAU

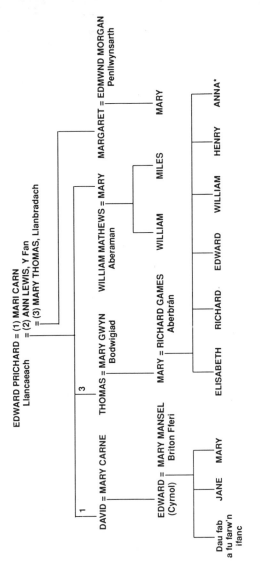

EDWARD PRICHARD = (1) MARI CARN
Llancaeach   = (2) ANN LEWIS, Y Fan
               = (3) MARY THOMAS, Llanbradach

MARGARET = EDMWND MORGAN
Penllwynsarth

MARY

WILLIAM MATHEWS = MARY
Aberaman

WILLIAM   MILES

THOMAS = MARY GWYN
Bodwigiad

MARY = RICHARD GAMES
Aberbrân

ELISABETH   RICHARD   EDWARD   WILLIAM   HENRY   ANNA*

DAVID = MARY CARNE

EDWARD = MARY MANSEL
(Cyrnol)   Briton Fferi

JANE   MARY

Dau fab
a fu farw'n
ifanc

* Yn ewyllys ei thad, Richard Games, Hannah yw ei henw (gweler *Brychan Dir*) ond yn ewyllysiau ei mam a'i thad-cu, Thomas Prichard, Anna yw hi.

CYMERIADAU'R NOFEL

Teulu Bodwigiad

Mary Games, gweddw'r yswain Richard Games

Richard ⎫
Edward ⎪
William ⎬ ei meibion
Henry ⎭

Elisabeth ⎫ ei merched
Anna ⎭

Thomas Prichard, ei thad
Henry Powel, ei chyfreithiwr
Agnes Powel, ei wraig.

Teulu Llancaeach

Y Cyrnol Edward Prichard
Mary Prichard, ei wraig
Jane a Mary, ei ferched
Y Cyrnol Bussy Mansel, ei frawd-yng-nghyfraith
Y Cyrnol Edward Rumsey, ei gyfaill

Teulu Aberaman

Mary Mathews, chwaer Thomas Prichard a modryb
      Mary Games ac Edward Prichard

William ⎫ ei meibion
Miles ⎭

Teulu Penllwynsarth

Edmwnd Morgan Yswain
Margaret Morgan, ei wraig
Mary, ei ferch

1648

Pennod 1

Roedd hi'n fis Mai ac ar y bryniau i'r de i Fannau Brycheiniog
roedd byd natur wedi penderfynu bod yr haf ar ddod. Oedi'n
hir yn eu blagur a wnaethai dail y coed tra chwythai
gwyntoedd Mawrth yn gryf ac oer. Ni fu Ebrill yn sychach er
iddi gynhesu'n anfodlon ar adegau. Fe ddaeth yr ugeinfed o
Ebrill a mynd heibio cyn i'r gwcw gyhoeddi ei bod wedi
cyrraedd coed Nant y Deri. Yna, fe beidiodd y gwynt ac
ymddangosodd yr haul. Diflannodd y perthi o dan orchudd
o flodau gwyn, agorodd y blodau eu petalau, ac yn y bore
bach canai côr yr adar gydag arddeliad. Ystyriai'r ffermwyr
bod yna ddigon o dyfiant porfa bellach a gyrrwyd y defaid a'r
ŵyn i'r mynydd.

Llithrodd cadno ar hyd y llwybr defaid a groesai Fynydd y
Glog gan beri cyffro sydyn yn y ddiadell wasgaredig, ond ni
chymerodd ef yr un sylw ohonynt hwy. Aeth yn ei flaen yn
ddidaro nes dod at garn fach o gerrig llwydion ac yna oedodd
yn wyliadwrus a llygadrythu ar rywun a eisteddai fel delw
yno. Ni symudodd y ferch ac wedi eiliad o edrych ym myw
llygad ei gilydd, ailgychwynnodd y creadur ar ei daith a
diflannu dros y twyn.

Torrodd hyn ar draws myfyrdod Elisabeth Games, merch
plas Bodwigiad. Heddiw eto, fel y gwnaethai'n gyson yn
ddiweddar, roedd wedi dringo i'w hoff fangre lle y gallai gael
seibiant ar ei phen ei hun. Roedd enw addas i'r lle hwn sef
Disgwylfa ac ar ddiwrnod braf gellid edrych dros gefn Cadlan
gyferbyn a gweld y bryniau gwyrdd yn codi drum ar ôl trum,

nes cyrraedd uchelfannau y Bannau gleision. Yma y câi Elisabeth gyfle i hel atgofion a breuddwydio ac i fwynhau ychydig o ryddid oddi wrth y dyletswyddau teuluol oedd wedi dod yn rhan o'i bywyd ers claddu ei thad, yr yswain Richard Games. Roedd hi'n un ar bymtheg oed ac wedi tyfu'n ferch ifanc dal, osgeiddig; y gwallt cyrliog melyn a fu ganddi pan oedd yn blentyn wedi tywyllu'n frown golau cochlyd. Gyda'i llygaid mawr llwydlas a'i chroen golau, clir, mynnai ei chymdoges, Meistres Sienet Watcyn, Ysgubor Fawr, a'i hadnabu ers ei genedigaeth, bod merch yr hen Sgweiar yn ferch ddeniadol tu hwnt, yn hynod o debyg i'w thad o ran cymeriad yn ogystal â phryd a gwedd. Roedd hi hefyd o'r farn bod gormod o bwysau'n cael ei roi ar yr ysgwyddau ifainc.

Nid oedd Elisabeth yn ymwybodol o fod dan faich. Roedd hi wedi derbyn y byddai eisiau ei chymorth ar ei mam, gan ei bod hithau wedi gorfod ymgymryd at weinyddu ewyllys ei gŵr. Felly ar Elisabeth y syrthiodd y cyfrifoldeb o gadw trefn ar y plasty a'r gweinyddion yn ogystal â'r gofal am ei brodyr a'i chwaer fach, yn enwedig pan fyddai Meistres Mary Games yn mynd â'i mab hynaf, Richard, i'r plas newydd ger Y Fenni.

Yno roedden nhw ar hyn o bryd, a gofid am ei mam oedd wedi peri iddi aros mor hir ar y copa. I'r dwyrain y bu'n syllu gan ddyheu am weld rhywrai yn marchogaeth dros y twyn o Gwm Taf. Bellach, roedd yn rhaid derbyn na fyddent yn debyg o gyrraedd heddiw. Brathodd ei gwefus a chrychodd ei thalcen mewn gofid ac nid oedd atgoffa'i hun bod ei mam wedi aros yn y Tŷ Mawr am fwy na thair wythnos cyn hyn, yn fawr o gysur.

Clywed sgwrs Pŵal y porthmon a'i thad-cu, Thomas Prichard, oedd wedi achosi ei gofid. Roedd Pŵal wedi dod i Fodwigiad i dalu'r ail ran o'r arian oedd yn ddyledus am y buchod a brynasai yr hydref cynt. Roedd ei thad-cu wedi ei holi am newyddion am gyflwr y wlad. Oedd y rhyfela rhwng cefnogwyr y Brenin a milwyr y Senedd drosodd bellach?

Oedd yna heddwch gwirioneddol yn y wlad? Roedd Thomas Prichard ac Elisabeth wedi eu harswydo o glywed ei atebion. Doedd dim heddwch. Roedd y cythrwfl wedi ailddechrau, yng Nghymru yn ogystal â Lloegr. Roedd pobl y wlad wedi cael eu siomi o sylweddoli bod trethi'r Seneddwyr yr un mor drwm â rhai'r Brenin — ond yn waeth na hynny, roedd y Senedd wedi newid cymaint ar ddeddfau'r wlad, yn enwedig ynglŷn â'r Eglwys . . .

'Ro'dd isha newid rhai petha, Mistar Prichard, ond ma'n nhw wedi newid gormod ar unwa'th,' oedd barn Pŵal.

Yr hyn a barodd y gofid mwyaf i Elisabeth a'i thad-cu oedd bod byddin y Senedd yn cyrchu i Frycheiniog am fod Brenhinwyr Dyffryn Wysg yn bygwth codi a chipio Aberhonddu.

'A Mam druan yn Llanelli! Fe fydd hi yn 'i chanol hi!' meddai Elisabeth mewn dychryn.

O'r diwedd, trodd ac aeth yn gyflym i lawr y llethr tuag at Bodwigiad. Roedd yn rhaid iddi beidio â dangos ei gofid i'w theulu ac roedd yn ddigon tebyg ei bod yn gofidio heb achos. Roedd ei thad-cu wedi ei rhybuddio fod porthmyn yn tueddu i orliwio pan fyddent yn adrodd newyddion.

Roedd yn dda iddi na wyddai beth oedd yn digwydd yr ochr arall i'r Bannau.

Roedd y Cyrnol Thomas Horton ar fin rhegi. Gydag ymdrech enfawr, llwyddodd i atal y geiriau aflednais rhag llifo o'i enau a bodlonodd ar edrych yn fileinig ar y swyddog ifanc. Teimlai hwnnw'n ofnus oherwydd gwyddai mai neges annerbyniol iawn oedd ganddo i'w rhoi, ond dywedai wrtho'i hun mai nid ei fai e oedd fod llawer o'r ceffylau yn y fintai naill ai wedi, neu ar fin colli eu pedolau. Dylent fod wedi cael eu pedoli oriau ynghynt a doedd dim synnwyr iddyn nhw fynd gam ymhellach — fyddai ceffylau cloff yn dda i ddim i neb.

Y tu ôl iddynt, ymestynnai'r fyddin yn rhibyn hir ar hyd yr

heol. Oedodd y Cyrnol Horton am ysbaid gan edrych draw i gyfeiriad Aberhonddu. Roedden nhw mor agos a gwyddai'n iawn fod yr ychydig gannoedd o filwyr y Senedd a oedd yn y castell yn dyheu am ei weld ef a'i fyddin. Fe ddylent fod wedi cyrraedd ers oriau ond er iddynt gychwyn ben bore bach, cael eu rhwystro dro ar ôl tro fu eu hanes. Ar ben y cyfan, roedd hi wedi bwrw glaw mân yn drwm a chyson gan ychwanegu at eu diflastod, a nawr roedd yr oediad hwn yn coroni'r cyfan. Galwodd ar y ddau ffariar a gofynnodd iddynt a allent wneud rhywbeth dros dro. Ysgydwodd y ddau eu pennau. Roedd yn rhaid cael offer gefail a gwyddent fod un yn weddol agos — dim ond ychydig ffordd i lawr yr heol fach gul a welent o'u blaenau.

Rhoddodd y Cyrnol ei ganiatâd ond ni theimlai'n ffyddiog y byddai eu gofidiau drosodd ar ôl cyrraedd yr efail. Roedden nhw'n gyfarwydd bellach â thriciau gofaint Brycheiniog, sef dianc a chuddio gan fynd â chymaint o'u hoffer gwerthfawr ag y gallent gyda hwy.

Yn drystiog, trodd y fyddin i lawr y ffordd gul gyda pherthi uchel yn tyfu ar ben y cloddiau bob ochr iddi. Safai'r efail a bwthyn y perchennog ar ymyl yr heol a llonnwyd pawb o weld mwg yn esgyn i'r awyr. Ond wedi cyrraedd, nid oedd neb yn y golwg a'r bwthyn hefyd yn wag. Serch hynny, daeth bloedd o foddhad o gyfeiriad un ffariar:

'Dyw'r tân ddim wedi'i ddiffodd ac mae'r fegin yn gyfan!'

'Mae'n rhaid fod y gof yn y man 'ma, syr,' meddai capten o'r enw Nicholets. 'Dyw e ddim wedi cael amser i fynd ymhell.' Aeth rhai o'r milwyr o gwmpas y tŷ ac i'r cae cyfagos i chwilio, ond galwodd y Cyrnol nhw'n ôl.

'Does dim diben gwastraffu amser yn chwilio am y fath bryfetach!' meddai'n sarrug. 'Ewch i ofalu am eich meirch!'

Marchogodd y Cyrnol Horton 'nôl at yr heol fawr ac eisteddodd yno ar ei farch. Roedd ei gyd-swyddog, y Cyrnol Okey, wrthi'n rhoi gorchmynion i'w wŷr yn y dragŵns ac ar

18

ôl gweld fod y fintai'n drefnus dilynodd ei gad-lywydd at yr heol fawr. Gwelodd fod Horton yn eistedd yn ei blyg ac wrth nesu ato sylwodd fod ei wyneb yn welw a bod defnynnau o chwys ar ei dalcen.

'Wyt ti'n iawn, gyfaill?' gofynnodd.

'Nac ydw,' oedd yr ateb sarrug. 'Rwy'n teimlo'n eitha sâl — ond does gen i ddim amser i fod yn sâl a phaid ti â sôn dim wrth neb. A heblaw hynny, mae 'na ormod o bethau eraill i'm poeni — ro'n i wedi bwriadu bod yn Aberhonddu oria cyn hyn.'

'Fyddwn ni fawr o dro yma. Fuon ni'n lwcus i ddod ar draws yr efail 'ma a'i hoffer yn gyfan.'

Ni wnaeth Horton sylw pellach ond ar ôl ysbaid, cododd ei ben a gyrrodd ei geffyl 'nôl a blaen ar hyd yr heol. Roedd y pwl o boen drosodd, casglodd Okey gyda rhyddhad. Roedd cymaint yn dibynnu ar allu ac arweinyddiaeth Horton, ac roedd hi'n wir fod yna gant a mil o ofidiau yn pwyso arno. Roedden nhw mewn gwlad oedd yn hollol estron — y brodorion yn elyniaethus ac yn mynnu siarad eu hiaith ryfedd eu hunain. Roedd y werin wedi darganfod llawer ffordd o ddangos eu hatgasedd tuag at fyddin y Senedd a'r ffordd fwyaf effeithiol oedd yr ymgyrch gan y gofaint i'w gwneud hi bron yn amhosibl i gael eu meirch wedi eu pedoli. Roedden nhw hyd yn oed yn barod i hollti eu meginau!

Gofidiau eraill oedd ar feddwl Thomas Horton; agwedd Sgweiariaid Brycheiniog yn flaenaf. Roedd y mwyafrif wedi arwyddo'r ddeiseb yn ildio i'r Senedd — o'u hanfodd. Cofiodd Horton yn sydyn mai Rowland Laugharne oedd wedi derbyn y ddeiseb honno! Fe, o bawb! Yr un oedd nawr yn bygwth tanseilio'r fuddugoliaeth fawr trwy ymuno yn y gwrthryfel newydd yma. Gallai Horton ddeall agwedd ddigyfaddawd y Cadfridog Cromwell tuag at y bradwyr hyn. Roedd hi'n haws maddau i'r rhai a fu'n Frenhinwyr pybyr erioed am geisio ad-ennill y wlad i Charles Stuart nag i'r

19

gwrthgilwyr oedd yn barod i ymuno â'u gelynion! A'r achos — eu gwrthwynebiad i orchymyn y Senedd iddyn nhw a'u milwyr derfynu eu gwasanaeth a gwasgaru!

Roedd yr oedi 'ma'n annioddefol! Trodd y Cyrnol a galwodd ar i un o'i is-gapteiniaid beri i'r ddau ffariar brysuro; yna aeth yn ei ôl at yr heol fawr ac ailddechrau marchogaeth 'nôl a blaen yn aflonydd.

Toc, ailymunodd ei fyddin ag ef a phrysuro ar hyd yr heol i Aberhonddu. Roedd y dref ei hun yn dawel — dim ond ychydig o drigolion i'w gweld er y codai sŵn bargeinio brwd o'r farchnad y tu allan i waliau'r castell. Wrth i'r fyddin nesu, aeth y gwerthwyr a'r prynwyr yn ddistaw gan wylio'r milwyr estron yn mynd drwy'r porthdy. Aeth Cyrnol Horton ar ei union at yr adeilad a neilltuwyd iddo ef a'i brif-swyddogion. Caewyd clwyd y castell a chynyddwyd nifer y gofalwyr arni.

Yr Uwch-gapten Barton oedd yn aros i'w arwain i'w ystafell ac wedi ei chyrraedd, trodd ato yn ddiymdroi a gofyn:

'Pa newydd sy 'da ti?'

'Newyddion drwg rwy'n ofni, o bob cyfeiriad,' atebodd hwnnw. 'Mae 'na sôn fod gwŷr y sir yn cynllwynio i godi ar ran y Bre . . . Charles Stuart.'

'Pwy sy'n eu harwain nhw? Wyddost ti?'

'Lan yn ardal Buellt — Lloyd Caefagu a Lloyd y Wernos.'

'Ydyn nhw'n wŷr o bwys — o ddylanwad?'

'Mae'r ddau'n gyn-Siryfwyr ar Frycheiniog a Maesyfed a hefyd . . .' arhosodd yr Uwch-gapten.

'Ie — cer mla'n.'

'Ma' 'na si fod y Siryf presennol, Edward Games, yn crynhoi cefnogwyr hefyd.'

'Pa Games yw hwnna?'

'Buckland, syr. Ma'r rhan fwya o'r Gamesiaid yn Frenhinwyr selog.'

Ni wnaeth y Cyrnol yr un sylw pellach. Galwodd am bryd o fwyd a gorchmynnodd i'r milwyr a'r ceffylau gael eu bwydo.

Pan ddaeth y bwyd sylwodd mai syml iawn oedd y lluniaeth a ddygwyd iddo ac ymddiheurodd y Capten gan ddweud ei bod hi'n anodd cael cyflenwad o fwyd da ffres gan y trigolion lleol. Roedden nhw'n rhoi'r bai ar y golled mewn anifeiliaid adeg y rhyfel a'r diffyg mewn cynnyrch oherwydd colli'r dynion oddi ar y tir.

Bwytaodd Thomas Horton ei fwyd mewn distawrwydd. Roedd ei feddwl ar sut i wasgaru'r gwrthryfelwyr lleol yma cyn iddyn nhw allu ymuno â'i gilydd. Byddai'n rhaid taro ar unwaith. Roedd e'n dal i bensynnu uwchben y trafferthion lleol pan ddaeth cnoc ar y drws. Daeth Barton 'nôl i mewn.

'Ma' bonheddwr newydd gyrraedd ac am gael gair â chi, syr. Edward Rumsey yw ei enw.'

'Rumsey? Rumsey?' gofynnodd y Cynrol yn ddiamynedd, 'Pwy yw hwn?'

'Un ohonon ni, syr, un o'r ychydig rai o uchelwyr Brycheiniog sy'n wirioneddol o'n plaid. Y fe aeth i nôl Rowland Laugharne a'i filwyr i arbed Castell Caerdydd flwyddyn yn ôl. Mae'n bosib fod gan Rumsey wybodaeth o werth i ni.'

Laugharne eto! Roedd hi'n anodd credu bod y dyn hwn wedi troi yn erbyn y Senedd. Ac roedd ei wrthgiliad yn ergyd gan ei fod yn gadfridog galluog.

'Iawn — gad iddo fe ddod i mewn.'

Er hynny doedd e ddim yn hoff o'r ffordd y moesymgrymodd Rumsey mor ffurfiol o'i flaen. Roedd aelodau y Fyddin Newydd bellach yn ymwrthod â'r hen arferion pendefigaidd hyn.

'Cyrnol,' meddai Rumsey, 'rwy'n ddiolchgar i chi am eich caredigrwydd yn fy nerbyn i.'

'Pa newyddion sy gennyt ti?' gofynnodd Horton yn ei ffordd gwta.

'Mae'n ddrwg gen i ddweud wrthych chi fod y brodorion yn anniddig dros ben ac mae perygl y byddan nhw'n codi

21

mewn gwrthryfel yn erbyn ein hawdurdod ni. Ar ben hynny rwyf wedi cael gwybodaeth gudd fod rhai o'r sgweiariaid yn cynllwynio i arwain ymgyrch i ail-ennill Brycheiniog ar ran Charles Stuart.'

'Rwy wedi clywed am hyn eisoes. O ble y daw'r perygl mwyaf?'

'O fy ardal i — Crucywel. John Herbert a'i dylwyth a hefyd y Siryf presennol, Edward Games, Buckland. Ro'n i wedi rhybuddio'r Pwyllgor yn erbyn ei benodi,' meddai Rumsey'n gwynfanllyd. 'Ond . . .'

Torrodd y Cyrnol ar ei draws, gan ddweud mewn tymer.

'Be sy'n bod ar bobol? Ro'n i'n meddwl fod pawb wedi cael hen ddigon ar ryfela! Pam ma'n nhw'n ailgodi fel hyn?'

Petrusodd Rumsey cyn ateb.

'Rwy'n ofni mai'r cyfreithiau yn erbyn yr Eglwys a'r offeiriaid sy wedi cythruddo pobl, syr. Mae pobl Brycheiniog yn anwybodus iawn ac yn ofni dulliau a syniadau newydd, a does dim digon o bregethwyr addas i'w dysgu nhw am y drefn newydd — ddim yn gallu pregethu yn eu hiaith nhw, chi'n gweld.'

'O ie — yr iaith felltith 'ma. Anwybodus fyddan nhw am byth os na ddysgan nhw Saesneg! Ond beth bynnag am hynny beth sy'n rhaid 'i neud nawr yw gwneud yn siŵr nad yw dylanwad y Senedd yn cael 'i ddifetha. Oes gennyt ti newyddion o'r tu fas? Rwy heb dderbyn neges ers ache. Ma'n rhaid bod ein negeswyr ni yn cael eu dal.'

'Rwy i'n hunan newydd ddod o Gaerdydd, syr.'

'Do'n wir!' Edrychodd Horton ar ei ymwelydd gyda diddordeb newydd.

'Mae Edward Prichard, Llywodraethwr y castell yn berthynas ac yn gyfaill i mi, syr,' meddai Rumsey gyda balchder, 'ac ar ei ran e y des i yma i'ch gweld chi — rhag ofn na fyddech wedi cael negesau'n ddiweddar. Mae'r sefyllfa wedi gwaethygu'n ddifrifol. Mae'r newydd fod Poyer a

Powell a'u milwyr wedi gad'el Penfro ac yn symud tuag at Morgannwg wedi ysgogi'r rhai oedd wedi codi ar ran y Brenin llynedd ac roedd Edward yn ofni bod Stradling a Carne mewn cysylltiad â'r Charles ifanc yn Ffrainc.'

Hyd yn hyn roedd Horton wedi sefyll ar ei draed i holi ei ymwelydd ond fe drodd nawr ac aeth i eistedd yn y gadair freichiau. Suddodd yn drwm iddi a phwyso ei ben ar ei law. Arhosodd Rumsey'n bryderus am ei ymateb i'r argyfwng. Ar ôl ychydig, sythodd y Cyrnol 'nôl yn erbyn cefn y gadair a chododd ei ben i edrych ym myw llygad Rumsey a gwelodd hwnnw nad oedd arlliw o ofn na phetruster ar ei wyneb.

'Ble mae Laugharne?' gofynnodd.

'Roedd e yn Llundain, syr, ond mae si wedi cyrraedd Caerdydd ei fod ar ei ffordd 'nôl i Gymru i ymuno â'r ddau arall ond mae sôn hefyd . . .'

Ni chlywodd Horton weddill y frawddeg. Rhuthrodd Capten Wogan yn ddiseremoni i mewn i'r ystafell.

'Syr, mae carfan o Frenhinwyr arfog ar ei ffordd 'ma o'r Fenni!'

Neidiodd Horton ar ei draed ac aeth allan ar frys.

Pennod 2

Cerddodd Mary Games yn ôl tuag at ei phlas yn Llanelli. Roedd hi newydd fod am dro yn y berllan gan sylwi gyda phleser fod y coed ffrwythau'n llawn blodau — argoel y byddai yna gnwd da yn yr hydref. Edrychodd o'i chwmpas. Roedd cyrion y tŷ wedi tacluso tipyn oddi ar iddi gymryd gofal o'r plas a brynodd ei gŵr ychydig fisoedd cyn iddo farw. Edrychodd i fyny ar y tŷ hardd. Roedd yr haul yn disgleirio ar wydr y ffenestri mawr a deuai sŵn lleisiau'r morynion prysur o'r gegin. Roedd Mary'n falch o'r plas newydd yma. Ymhyfrydai yn y tŷ moethus cyffyrddus; yn y gerddi a'r perllannau; yn y meysydd eang ffrwythlon a ymestynnai i lawr at Afon Wysg. Roedd wedi bod yma droeon yn ystod y flwyddyn wedi marwolaeth Richard. Roedd wedi dod â'r plant i gyd yma yn eu tro. Roedd Henry ac Anna fach wedi bod wrth eu bodd yn cael mynd ar draws yr afon lydan yn y cwch. Doedd dim i dynnu hiraeth arni yma — doedd dim yma i godi atgofion a fyddai'n rhwygo'i chalon. Ac eto, yn y pen draw, math o degan oedd y plas iddi — i'w fwynhau o dro i dro ac yna blino arno — ac wedyn mynd 'nôl i'w chartref, Bodwigiad.

Roedd hi'n bryd mynd 'nôl yno nawr. Aeth y tu cefn i'r tŷ at y stablau. Galwodd ar ei mab hynaf, a chlywodd ei lais wrth iddo drafod ei geffyl newydd. Gwgodd Mary mewn anfodlonrwydd. Roedd hi wedi dweud wrtho am adael llonydd i hwnna heddi — byddai'r bachgen yn ddigon amharod i fynd 'nôl i Benderin fel yr oedd hi! Galwodd eto

24

a daeth y bachgen allan o'r buarth ar gefn y ceffyl gwinau tal. Roedd yn bymtheg oed ac roedd ei fam yn barnu ei fod yn tyfu'n ddyn ifanc hardd, cryf. Mae'n wir nad oedd e mor dal â'i frawd Edward nac yn debyg i'w dad fel yr oedd Henry a doedd e ddim mor hoff o lyfrau ac addysg â'i chwaer Elisabeth, ond serch hynny i gyd roedd Mary'n siŵr y byddai ei hetifedd yn dod yn ŵr doeth, anrhydeddus un diwrnod — yn deilwng o enw ei dad, Richard Games.

'Dod y ceffyl 'na'n ôl yn y stapal nawr, Rich, a dere i'r tŷ i gael bwyd cyn cychwyn.'

'Pam ma'n rhaid i fi fynd gyda chi — allswn i aros 'ma,' atebodd y bachgen mewn llais diflas.

'Paid â dechra ar y dadla 'na 'to — a phaid â sôn am ddod â'r ceffyl 'na gyda ti chwaith. Dere nawr. Mae'n bryd mynd.' Roedd llais Mary'n eitha llym. Gwgodd ei mab ond disgynnodd oddi ar y ceffyl. Gwyddai mai ofer fyddai gwrthwynebu'i fam ar hyn o bryd. Doedd dim modd ei throi hi pan fyddai'n siarad yn y dôn yna. Trueni iddi ddod i'r stapla nawr, grwgnachodd wrtho'i hun — dim ond pum munud arall a bydda fe wedi mynd ar garlam tuag at lethrau Mynydd Llangatog ac fe fyddai hi wedi gorfod aros amdano nes y dewisai ef ddod 'nôl, ac erbyn hynny fe fyddai'n rhy ddiweddar i gychwyn 'nôl i Benderin. Fe fyddai ef wedi cael mwstwr ofnadwy, wrth gwrs, ond roedd e'n gyfarwydd â hynny ac ni fyddai'i fam byth yn ddig wrtho yn hir. Rhoddodd Richard yr awenau i'r gwas a dilynodd hi yn ôl tuag at y tŷ yn anfodlon ac araf gan gicio ambell garreg o'i ffordd. Roedd Rheinallt Dafydd, prif was ei fam wedi ymuno â hi a gallai Richard glywed y ddau'n siarad am y cynlluniau ynglŷn â'r tir a gwella'r tŷ, ond er ei fod mor agos atynt ni chymerodd yr un o'r ddau sylw ohono na cheisio ei gael i ymuno yn y drafodaeth. Aeth yr wg ar ei wyneb yn waeth fyth. Gwasgodd ei wefusau'n dynn wrth grynhoi ei feddyliau hunandosturiol. Roedd e bron yn un ar bymtheg mlwydd oed

25

nawr ac eto roedd yn cael ei ddiystyru'n llwyr er mai ei blas ef oedd Tŷ Mawr. Pum mlynedd i fynd cyn y deuai ef i oed! Fe fyddai'n anodd goddef y blynyddoedd maith hyn os na fyddai ei fam yn llacio rhywfaint o'i gafael arno ef a'i eiddo. Hyhi a Rheinallt a'i dad-cu oedd yn trefnu popeth. Ei dad-cu! Rhoddodd Richard gic galed i frigyn oedd ar y llwybr wrth feddwl am Thomas Prichard. Byth a hefyd yn gweld beiau arno fe, Richard. Byth a hefyd yn sôn am ragoriaethau'i dad! Doedd dim rhyfedd bod yn gas ganddo feddwl am fynd 'nôl i Benderin. Roedd pawb yno, yn ogystal â'i fam a'i dad-cu — y tyddynwyr, y ffermwyr, y gweision a'r morynion — yn sôn yn hiraethus am yr 'hen Sgweiar' ac roedd ei ddulliau a'i ddywediadau bron yn gyfraith gwlad erbyn hyn!

Yn ystod y pryd bwyd, cadwai Richard yn ei fyd ei hun ac atebion cwta a gafodd ei fam i'w chwestiynau. Roedd y bachgen yn gweld bod ei agwedd yn ei phryderu ac roedd yn falch o weld hynny. O leia roedd yn cael rhywfaint o'i sylw nawr! Ond ni wnaeth ddim gwahaniaeth i'r trefniadau. Yn union ar ôl cinio mynnodd Mary bod y bagiau'n cael eu llwytho ar gefn y merlod ac iddyn nhw — hi, Richard, Rheinallt ac un o'r gweision ifanc newydd, esgyn i gefnau eu ceffylau, ac o fewn awr roedden nhw wedi teithio ymhell ar hyd yr heol i Langatog. Roedd y bachgen wedi bod â'i ben gymaint yn ei blu yn ystod y pryd bwyd doedd e ddim wedi sylwi bod yna newid wedi bod yn y cynlluniau ac wedi cyrraedd Llanddeti synnwyd ef wrth weld nad oedd y gwas oedd ar y blaen yn troi at lwybr y mynydd i'r de ond yn hytrach yn cadw i ddilyn yr heol a ddilynai Afon Wysg.

'Ytyn ni'n mynd i Aberhonddu 'te, Mam?' gofynnodd.

'Wel ytyn, Rich bach. Fe wetas 'na wrthot ti amser bwyd. Ot ti ddim yn grindo? Ma' ishe i fi arwyddo dogfenna ynglŷn â'r ffermydd rwy i wedi'u prynu yn Llanwenarth ar ran Elisabeth ac felly ry'n ni'n mynd i Aberhonddu gynta ac aros 'na am ddiwrnod ne ddou.'

Cododd hyn galon Richard. Roedd y syniad o aros yn ei dŷ mawr yn y dre am ddeuddydd yn ei foddhau'n fawr ac ar unwaith newidiodd ei ymddygiad ac yn lle dilyn o'r tu ôl, sbardunodd ei geffyl ac aeth i farchogaeth ar y blaen gyda Llew, y gwas.

Roedd hi'n daith dawel, ddi-ddigwyddiad. Aethant ar drot mewn mannau ac yna arafu wrth orfod symud i'r naill ochr i adael i drol ffermwr fynd heibio iddynt ar hyd y ffordd gul, droellog. Gallent weld dros ben y perthi ac roedd Mary a Rheinallt yn cymryd sylw o'r tir yn cael ei drin a gweld argoelion fod y cnydau'n dechrau tyfu. Ymfalchïai Mary pan fyddai'n mynd heibio i'r ffermydd yn y plwyfi hyn oedd yn ei meddiant hi ar hyn o bryd — nes y byddai Richard ac Edward yn dod i oed. Ym mhlwyfi Llanelli, Llanddeti a Phatrisio roedd y tiroedd a brynwyd gan ei gŵr i'w ail fab ond doedden nhw ddim i gyd yn diroedd ffrwythlon ar lan Afon Wysg. Roedd rhai yn ffermydd oedd ar lethrau'r bryniau yn y cymoedd cul yr ochr arall i'r afon. Roedd hi'n dechrau adnabod rhai o'r ffermwyr hyn oedd yn ei chyfarch wrth iddynt fynd heibio ac yn eu cael yn serchus a chyfeillgar dros ben.

Wedi cyrraedd Tal-y-bont, roedd yn rhaid croesi Afon Wysg a chychwyn ar hyd yr heol fawr. Sylwasant ar unwaith fod yna nifer o ddynion yn marchogaeth yn gyflym heibio iddynt — bonheddwyr unigol gyda nifer o weision, ar y dechrau, ond wedyn daeth carfanau o wŷr yn carlamu heibio. Dychrynodd Mary wrth weld fod y rhain wedi eu harfogi i'r eitha — pistolau yn eu gwregysau yn ogystal â'r cleddyfau arferol. Teimlai'n ofnus a diamddiffyn. A ddylent droi'n ôl a mynd ar unwaith dros y ffordd fynyddig tuag at Benderin er mwyn osgoi'r ffordd fawr neu a fydde'n fwy diogel i fynd 'nôl i Lanelli? Tra oedd hi'n ceisio penderfynu clywsant garnau nifer o geffylau'n nesáu ar garlam.

'Closiwch at y berth, Meistres,' galwodd Rheinallt.

'Richard!' galwodd hithau a daeth yntau'n ôl ati.

'Beth sy'n digw'dd, Rheinallt?' gofynnodd Mary.

Ysgydwodd ef ei ben ac yna meddai, 'Ar ôl i rhain fynd heib'o, fydd yn well i ni fynd cyn gynted ag a gallwn ni at yr hewl fach 'na a throi lawr fanna ac aros nes bo ni'n deall beth sy ar dro'd.'

Roedd y garfan hon yn fwy o lawer. Roedd lleisiau cras y dynion a'u hagwedd ymosodol yn ddigon i beri dychryn ar unrhywun. Wrth iddyn nhw fynd heibio arafodd yr un oedd ar y blaen ac edrychodd yn ddrwgdybus ar y teithwyr, a'i law ar garn ei gleddyf. Fodd bynnag, sylwodd ar wisg weddw'r foneddiges a throdd i ffwrdd, sbarduno ei geffyl a gweiddi ar y lleill i'w ddilyn. Roedd hyn yn ddigon brawychus ond dychrynwyd Mary drachefn pan drodd y marchog olaf yn y garfan atyn nhw a syllu'n hir a chas, yn enwedig ar y bagiau ar gefn y merlod. Mynd i'w dwyn oedd e?

'Pwy y'ch chi?' gofynnodd yn sarrug.

'Meistres Games yw'r foneddiges hon,' atebodd Rheinallt mewn llais hamddenol.

'O! Games, efe! O, yn iawn 'te,' oedd yr ateb ac er syndod a rhyddhad i Mary cododd y gŵr ei law at ei het ac aeth ar garlam ar ôl y lleill.

Ei het!

Roedd pob un o'r teithwyr wedi sylwi ar y ruban glas a'r cocêd oedd arni. Gallai Mary weld fod yna eiriau ar y cocêd ond roedd yn rhy ofnus i geisio eu darllen. Roedd y lliw glas yn ddigon i ddangos mai Brenhinwyr oedden nhw ac yn edrych fel pe baent yn barod am frwydr.

'Mla'n â ni, Meistres,' meddai Rheinallt cyn gynted ag yr aethant o'r golwg, 'At yr hewl fach 'na ar y tro ac i Gwrt Llanhamlach.'

Am y tro cyntaf ers cychwyn aeth y cwmni bach ar garlam a llwyddwyd i gyrraedd y tro cyn i filwyr eraill fynd heibio iddynt. Doedden nhw ddim am arafu wedyn, chwaith —

roedd yn dda cael gweld yr eglwys o'u blaenau gan fod y plas
yn ei hymyl. Pan ddaethant at y porthdy roedd y clwydi mawr
ar gau a gwylwyr arfog yn gwarchod, ond ni chafodd Mary ei
rhwystro. Adnabu'r dynion hi ac aethant drwodd heb oedi.

Pennod 3

'Charles! O diolch byth!'

Gollyngodd Mary ei hun i lawr i freichiau Charles Walbieffe oedd wedi dod allan ar frys i'w cwrdd.

'Mary!' meddai yntau, fel petai'n methu credu ei lygaid. 'Beth yn enw'r Tad ry'ch chi'n meddwl y'ch chi'n neud yn mentro mas ar adeg fel hyn?' Ond heb aros am ateb aeth â hi a Richard ar unwaith i mewn i'r plas ac i'r parlwr gorau.

Daeth Catherine, gwraig Charles ymlaen at Mary a'i breichiau ar led a chofleidiodd y ddwy wraig.

'Mary fach!' meddai hithau. 'Pam ry'ch chi'n beiddio teithio heddi, o bob diwrnod?'

'Do'n i ddim wedi clywed yr un si fod dim o'i le, ne faswn i ddim wedi mentro mas o'r tŷ. Ond dwetwch da chi, beth sy'n digw'dd? Pwy o'dd yr holl garfanau 'na?'

'Be welsoch chi?' gofynnodd Charles, ac wedi clywed meddai, 'Edward Games Buckland a'i ganlynwyr oedden nhw. Mae si wedi bod ers wythnose fod dilynwyr y Brenin ar draws y wlad yn mynd i gymryd mantais o'r cweryla sy rhwng y Senedd a'r Fyddin ac rwy'n ofni fod y rhyfel yn ailddechre.'

Edrychodd Mary mewn arswyd arno ef a'r cwmni — ei wraig Catherine, eu mab oedd â'r un enw â'i dad, ac nad oedd ond ychydig hŷn na'i Richard hi, a dwy wraig arall — perthnasau Catherine. Roedden nhw i gyd yn llwydaidd eu gwedd ac yn edrych wedi dychryn.

Bu distawrwydd. Pawb yn edrych ar ei gilydd. Ar Charles yr hynaf y syllai Mary. Ma' fe mor depyg i Richard! — y gwallt brown 'na'n gwynnu, a'r corff cryf a'r wyneb llydan yn rhoi'r argraff o feddwl craff a chymeriad cadarn. Roedd y ddau wedi bod yn gyfeillion ffyddlon hefyd ac roedd Charles wedi bod yn gefn iddi wedi marwolaeth Richard. Disgwyliai nawr iddo fe ymddwyn yn yr un ffordd benderfynol wrol y teimlai'n siŵr y byddai Richard wedi'i wneud. Ond ni ddaeth gair o'i enau ac o edrych yn fanwl arno sylweddolodd Mary gyda siom nad oedd gan Charles fwy o syniad nag oedd ganddi hi. Aeth i sefyll wrth y ffenest a'i gefn atyn nhw a charthai 'i wddf o dro i dro. Blinodd Mary ar aros iddo ddweud rhywbeth ac aeth i'w holi.

'O'ch chi'n gw'pod fod cynllunia ar dro'd gyda'r bobol 'na yn erbyn y Seneddwyr?'

'O'n.' Ei wraig a atebodd. 'Ro'dd Edward Rumsey wedi galw 'ma ddiwrnode'n ôl, nawr. Ro'dd e'n dweud bod Edward Games Buckland a John Herbert Crucywel yn cynllwynio i grynhoi dilynwyr y Brenin yn y rhan 'ma o Ddyffryn Wysg i wneud ymgyrch yn erbyn Aberhonddu.'

'Ble ma' Edward Rumsey nawr 'te?' gofynnodd Mary. 'Ro'n i'n meddwl 'i fod e yng Nghaerdydd gydag Edward 'nghendar.'

'Ro'dd e'n bwriadu mynd i Aberhonddu i rybuddio'r fyddin,' meddai Charles yn dawel.

Tra bu'r oedolion yn siarad bu'r ddau fachgen yn gwrando'n astud. Newyddion cyffrous oedd hyn iddyn nhw ac roedd llygaid Richard yn disgleirio pan glywodd fod ymgyrch i fod ar Aberhonddu.

'Fydd 'na frwydr?' gofynnodd yn eiddgar.

'O na fydd gob'itho, ma' gormod o golli gwa'd wedi bod yn barod!' llefodd ei fam.

Aeth y cwmni'n dawel eto ond ni allai Mary Games aros yn llonydd yn hir. Roedd ar flaen ei thafod i ddechrau holi Charles eto beth oedd eu sefyllfa nawr a beth ddylen nhw 'i neud ond o weld yr olwg ofidus a dryslyd ar ei wyneb e ni theimlai y byddai'n debyg o dderbyn unrhyw gyngor pendant ganddo. Ochneidiodd. Dwy ddim yn gw'pod pam rwy'n synnu, chwaith, meddai wrthi'i hun. Ro'dd Richard yn hoff iawn ohono fe ac ma' fe wedi bod yn gyfaill triw i fi 'ddar i fi'i golli e ond — cofiodd yn sydyn am Richard yn dweud hanes teulu Llanhamlach wrth ei thad.

'Dilynwr oedd John de Waldebeoff pan dda'th ei Frycheiniog yn sgil Bernad Newmarch slawer dydd a dilynwyr fu ei ddisgynyddion erio'd. Ma' nhw'n ddigon ffyddlon yn dilyn ond wnewn nhw byth arwain. Dy'n nhw ddim yn hoff o orfod gwneud penderfyniad.'

Wrth ddal ei golwg ar Charles nawr teimlai Mary gymysgedd o gydymdeimlad a diffyg amynedd. Byddai'n rhaid iddi benderfynu drosti'i hunan. Ar ôl pwyso a mesur am dipyn, meddai:

'Rwy'n deall nad yw hi ddim gwerth meddwl am fynd i Aberhonddu ar hyn o bryd. Ytych chi'n meddwl y bydd hi'n ddiogel i ni fynd i Benderin a chymryd y ffordd y byddech chi a Richard yn 'i chymryd withe sy'n mynd yn gwmws i Gwm Taf Fawr? Os gwetwch chi wrthon ni pa ffordd i fynd, fe awn ni fel 'na.'

'O Mary, pidwch â meddwl am fynd i unman ar hyn o bryd. Duw a ŵyr pwy welwch chi na phwy gwrddwch chi a falle fyddan nhw ddim mor foneddigedd â'r rhai gwrddsoch chi ar ych ffordd 'ma,' ymbiliodd Catherine. Trodd at ei gŵr.

'Charles, gwetwch wrth Mary mai peth disynnwyr fydd mynd odd'ma am ychydig ddyddie.'

Edrychodd yntau ar ei ymwelydd. Doedd ganddo fawr o ffydd y gallai ef ddylanwadu llawer ar weddw ei gefnder. Roedd wedi synnu droeon fod Richard wedi gadael i'w wraig gael cymaint o'i phen — hyd yn oed yn gofyn ei chyngor ynglŷn â phenderfynu prynu a gwerthu tiroedd ac roedd wedi ymfalchïo yn ei deallusrwydd! Oddi ar ei farwolaeth mae'n wir bod Mary wedi ymgynghori ag ef yn ogystal â Henry

Powel ac Awbrey, ei chyfreithwyr. Roedd hi wedi gwrando arnyn nhw ac wedi bod yn barchus o'u barn ond ddim bob amser wedi derbyn eu cyngor. Dim ond wythnos cyn hyn y bu Henry Powel yn achwyn wrtho ei bod hi wedi prynu tiroedd yn Llanwenarth heb ymgynghori ag ef o gwbl, ond roedd wedi cyfaddef iddi gael bargen. Teimlai nawr, fodd bynnag, fod yn rhaid iddo bwyso arni i aros lle'r oedd hi ar hyn o bryd.

'Ie'n wir, Mary,' meddai, 'fe fydde'n ffolineb o'r mwya i chi adael cyn i bethe dawelu. Fe allsech chi a Richard 'ma fod mewn perygl bywyd.'

'Ngore 'te,' meddai. Yna gan grychu ei thalcen gofynnodd, 'Pam roedd y dynion 'na mor barod i'n gata'l ni'n llonydd?'

'Wel, rwy'n credu iddyn nhw feddwl, pan wetsoch chi mai Meistres Games oedd ych enw chi, mai un o deulu Games Buckland oeddech chi,' atebodd Charles ac yna ychwanegodd yn feddylgar, 'Mae'n dda na ddeallson nhw mai gweddw Richard Games Penderin o'ch chi.'

Agorodd Mary ei llygaid led y pen. Doedd hi ddim wedi sylweddoli hyd y funud yma bod gweithred Richard yn annog boneddigion Brycheiniog i ildio i'r Senedd wedi rhoi ei deulu mewn perygl rhag Brenhinwyr penboeth. Ac wrth gwrs bu Charles yn ddigon parod i'w ddilyn; ac ers hynny roedd Edward Rumsey wedi'i berswadio i fod yn un o'r Pwyllgor Seneddol dros y dalaith. Doedd dim rhyfedd fod Charles druan mewn cymaint o ofid!

Daeth yn bryd bwyd. Tawedog iawn oedd yr oedolion ond siaradai'r ddau fachgen yn ddiofal a di-baid, gan sôn am ragoriaethau eu ceffylau a'u hanturiaethau wrth hela. Mary oedd yr un yn synfyfyrio uwchben ei bwyd y tro hwn. Pentyrrai cwestiynau yn ei phen. Beth oedd yn mynd i ddigwydd? A fyddai'r Brenhinwyr yn debyg o ail-ennill y wlad? Roedd Richard wedi bod mor siŵr nad oedd ganddyn nhw ddim gobaith! Roedd y Brenin ei hun wedi bod yn garcharor yn nwylo'r Senedd tua Llundain. Oedd hi'n bosibl ei fod wedi dianc? Beth fyddai'n digwydd i gefnogwyr y Senedd wedyn? Ai eu tro nhw fyddai hi i'w stadau gael eu hatafaelu? Beth fyddai tynged ei stad hi a'i phlant? A gofid yn llond ei llygaid, edrychodd tuag at ben y ford lle'r eisteddai Charles. Sylwodd fod hanner ei fwyd ar ôl ar y plât.

'O's siawns 'da Buckland a'i wŷr yn erbyn y milwyr yn Aberhonddu?' gofynnodd. Petrusodd Charles cyn ateb, yna gan ymdrechu i ymddangos yn galonnog, meddai:

'Dwy ddim yn meddwl. Mae'n ddigon tebyg y byddan nhw'n fwy o ran nifer ond roedd Rumsey'n dweud bod disgwyl i'r Cyrnol Horton a'i fyddin gyrraedd unrhyw bryd. Os daw Horton mewn pryd fe fydd hi ar ben arnyn nhw.'

Treuliwyd oriau'r dydd yn ymgomio'n ysbeidiol, weithiau'n galonnog, gan geisio anghofio eu gofidiau. Ceisiodd Mary ei gorau i ymuno yn sgwrs Maud a Janet, y ddwy foneddiges arall oedd yn aros yno, ond doedd testun eu trafodaeth ddim yn amrywio. Siaradent gyda'r difrifoldeb mwyaf am bwysigrwydd hyd a lled y les i'w rhoi ar ymylon llewys a choler gŵn. Pan geisiodd Mary sôn am lyfrau neu farddoniaeth edrychodd y ddwy yn hurt arni ac yna troi'n ôl at wisgoedd eto. Blinodd Mary ar eu cwmni. Cododd a chan esgus ei bod yn mynd i chwilio am Richard, aeth mas. Yn wir! meddai wrthi'i hun, gyda diflastod, Rwy'n napod gwragedd tyddynwyr ym Mhenderin sydd â mwy yn eu penna na'r rheina. Gallai glywed ei mab yn chwarae gyda'r Charles ifanc yn yr oriel fawr ac aeth i grwydro'r plas er mwyn cael llonydd i feddwl.

Roedd rhannau o'r plas yn hen iawn, iawn gyda waliau trwchus tu hwnt — gweddillion y maenordy cyntaf a godwyd gan y teulu Normanaidd i'w gwarchod rhag llid y Cymry y dygwyd y tiroedd breision hyn oddi wrthynt. Ond ers canrifoedd bellach roedd y Walbieffiaid wedi ymbriodi drosodd a thrachefn â'r uchelwyr Cymreig nes dod yn Gymry eu hunain. Doedd dim angen amddiffyn eu cartref mwyach ac ers cenedlaethau buont yn tynnu'r muriau uchel i lawr a defnyddio'r cerrig i godi stablau ac ysguboriau newydd. Roedd y tŷ ei hunan wedi'i newid hefyd — ffenestri tal wedi eu gosod yn y wal a wynebai tua'r eglwys gan alluogi'r preswylwyr i fwynhau'r olygfa tua'r Bannau.

Aeth Mary i sefyll wrth un o'r ffenestri. Draw wrth yr eglwys gallai weld offeiriad yn esgyn i gefn ceffyl a mynd ar drot at yr heol fawr. Yn amlwg doedd e ddim ofn cyfarfod â Brenhinwyr — ond cofiodd ei fod ef mor frwd ag un ohonyn nhw. Doedd dim rhyfedd fod y Pwyllgor yn bygwth ei ddiswyddo — ac yn ôl pob sôn roedd digon o sail i'r cyhuddiadau yn erbyn cymeriad Samuel Prydderch! Trodd ei golygon tua'r Bannau ac aeth ei meddyliau'n ôl at ei sefyllfa hi ei hunan. Roedd hi'n dyheu am fod yr ochr arall i'r mynyddoedd yna. Bydden nhw'n siŵr o fod yn ddiogelach yno mewn cilfach ddiarffordd fel Penderin. Ond beth am eu sefyllfa nhw fel teulu? Doedd dim modd iddyn nhw gefnu ar y Senedd bellach, hyd yn oed pe bai'n dymuno gwneud hynny. Edward Llancaeach oedd goruchwyliwr ewyllys Richard ac roedd hefyd yn ofalwr dros ei meibion nes iddyn nhw ddod i oed. Ag yntau'n Llywodraethwr Caerdydd dros y Senedd roedd yn rhaid iddi lynu wrth ei blaid ef. A hefyd roedd hi'n ymwybodol ei bod hithau'n gwyro fwy a mwy at y Piwritaniaid o ran cred ac yn cefnogi penderfyniad y Pwyllgor i waredu'r Eglwys Wladol o'i hoffeiriaid cywilyddus. Ar hyn o bryd ni wyddai beth fyddai tynged y Rheithor newydd ym Mhenderin. Roedd ei thad a hithau wedi cael siom ofnadw ynddo. Dewisodd anwybyddu ffurf arferol y gwasanaeth a llafarganu'r llith mewn ffordd oedd bron yn Babyddol. Roedd e wedi defnyddio'r thuser a mynnu i'r gynulleidfa benlinio a chodi byth a hefyd, er mawr ddryswch i'w blwyfolion. Roedd Mary wedi synnu clywed cymaint ohonyn nhw yn barod i ddatgan eu hanfodlonrwydd yn uchel. Roedd ei thad wedi gwenu wrth eu clywed a dweud:

35

'Ma' dylanwad yr hen Thomas ap Llywelyn Ricos yn dal yn gryf yn y gymdoga'th 'ma. Ro'dd yr hen Sentar siŵr o fod yn troi yn ei fedd y bore 'ma!'

Arhosodd Mary yno wrth y ffenest am gryn amser, ar goll yn ei byd ei hun. Yn sydyn teimlodd wres yr haul a gwelodd fod y niwl wedi codi ychydig a gallai weld lan at lethrau uchaf y Bannau. Teimlai don o hiraeth yn dod drosti wrth gofio'r teithiau diddan y bu hi a Richard yn ymgymryd â nhw yn y blynyddoedd cyn geni'r plant. Daeth y dagrau'n llif ac ni wnaeth ddim i'w rhwystro nawr. Doedd neb i'w gweld hi a dim angen ymddangos yn ddewr. Ni chlywodd y drws ym mhen draw'r ystafell yn agor ac ni wyddai bod Charles yn sefyll yno. Gwelodd ar unwaith ei bod yng nghanol pwl o hiraeth ac nid oedd am ymyrryd. Sylwodd gymaint yr oedd hi wedi teneuo a doedd gwisg ddu gweddw ddim yn gweddu iddi. Tosturiai drosti — menyw ifanc gyda gofalon tyaid o blant. Arhosodd. Yn raddol fe ballodd y dagrau a synhwyrodd Mary fod rhywun yno. Sychodd ei hwyneb ac aeth tuag ato.

'Ble mae Richard?' gofynnodd.

'Ro'dd y ddou wedi blino ar gael eu caethiwo yn y tŷ a rwy wedi gadael iddyn nhw fynd mas i'r stabla am dipyn ond rwy wedi eu rhybuddio nhw i beidio â mynd o'r cyffinia. Hoffech chi fynd i'ch siamber i orffwys am dipyn?'

Roedd digon o geffylau a ffrwynau a chyfrwyau yn y stablau i gadw'r ddau fachgen yn hapus am beth amser ond yn y man teimlent yn ddiflas am na chaent fynd i farchogaeth. Tynnodd Richard ei gyfaill i'r naill ochr a sibrydodd yn ei glust. Edrychodd Charles yn amheus i ddechrau ond yn fuan wedyn llithrodd y ddau allan o'r stablau a draw drwy'r llwyni tuag at y wal uchel a rannai'r heol fawr oddi wrth dir y plas. Wedi ei chyrraedd, dewisodd Richard dderwen dal oedd a changhennau yn gwyro drosodd. Dringasant yn ofalus i ben y wal oddi tani ac yno o'r golwg o dan y dail, gosod eu hunain yn gyffyrddus i weld beth ddeuai.

Aeth oriau heibio cyn i'r oedolion sylweddoli na welwyd y ddau lanc ers tro. Creodd hyn dipyn o arswyd oherwydd yn ystod yr awr olaf roedden nhw wedi clywed sŵn gweiddi a cheffylau'n carlamu. Galwodd Charles ar y gweision i gyd i fynd i chwilio amdanyn nhw ond cyn iddyn nhw adael y buarth, dyma'r ddau fachgen yn rhedeg 'nôl a'u hanadl yn eu dwrn.

'Ma'r Brenhinwyr yn cilio! Ma' byddin wedi'u hyla nhw i hedfan!' gwaeddodd Richard. Gan bwyll cafodd ei wrandawyr ar ddeall bod y ddau fachgen wedi gweld nifer fawr o farchogion a gwŷr traed arfog yn cilio'n ôl ar hyd yr heol fawr gyda marchogion Seneddol ar eu hôl. Doedd y rhain ddim wedi cymryd sylw o'r gwŷr traed ond wedi dal rhai o'r marchogion a mynd â nhw'n garcharorion 'nôl tuag at Aberhonddu. Roedd y Charles ifanc wedi adnabod rhai ohonyn nhw. 'Games Buckland, Nhad! Fe welson ni e'n ca'l 'i lusgo y tu ôl i'w geffyl a rhai eraill hefyd.'

'Fe gyrhaeddodd Horton mewn pryd, 'te!' meddai ei dad gydag ochenaid o ryddhad. 'Diolch i Dduw am 'ny!'

Pennod 4

Llusgwyd Edward Games yn drwsgl i fyny grisiau troellog Castell Aberhonddu. Trawodd ymyl miniog pob gris yn erbyn ei gorff gan ychwanegu at y briwiau a ddioddefasai'n barod. Wedi cyrraedd pen y grisiau gollyngwyd ef yn drwm i'r llawr tra aeth un o'i warchodwyr i guro ar ddrws. Am ychydig funudau cafodd lonydd i dynnu anadl ac agor ei lygaid. Roedd gwaed o'r briwiau ar ei ben yn dal i lifo ychydig ac roedd yn ymwybodol o flas cas hallt ar ei wefusau. Nid edrychai ac ni theimlai fel arwr milwrol erbyn hyn. Roedd ei gorff yn brifo drosto a'i wisg liwgar gostus yn garpiau ac yn drwch o laid a gwaed sych ac roedd ei arddyrnau a'r syrnau wedi eu clymu'n dynn. Llwyddodd i droi ei ben i'r naill ochr a'i godi rywfaint wrth glywed drws yn cael ei agor. Yna llusgwyd ef i mewn a theimlodd lawr pren oddi tano.

'Dodwch e ar ei draed,' gorchmynnodd llais dwfn.

Datodwyd y clymau am y syrnau a thynnwyd ef i fyny'n sydyn. Bu'n rhaid i filwr ei ddal yn syth gan fod ei goesau a'i draed ynghwsg. Yn raddol, cliriodd y niwl o flaen ei lygaid ac fe ddaeth ffurf wynebau'r ddau ŵr yr ochr draw i'r bwrdd yn gliriach. Doedd dim amheuaeth ganddo nad y cadfridog enwog, Thomas Horton, oedd yr un a eisteddai. Yr oedd yn union fel y disgwyliai iddo edrych — wyneb main melynwyn, gwallt tywyll syth wedi'i dorri'n fyr, ei wisg filwrol yn hynod o blaen — dim rhodres yn perthyn i hwn. Roedd ei helm haearn gron ar un pen i'r ford ac ar yr ochr arall roedd pentwr o hetiau cantel llydan gyda'u plu hir glas truenus yr olwg a'r

38

cocêd bostfawr. Roedd Horton yn dal i syllu arno heb ddweud dim. Roedden nhw wedi cael ar ddeall fod ei fyddin wedi cael ei rhwystro. Trueni mawr iddo fe gyrraedd Aberhonddu mor fuan!

Roedd yn rhaid nad oedd y gofaint wedi cyflawni eu dyletswydd. Roedd ef a'i gymrodyr wedi teimlo mor sicr y gallent feddiannu'r castell a'r dref a gosod baner y Brenin i chwifio uwchben Aberhonddu unwaith eto! A byddent wedi llwyddo hefyd ac wedi medru dal eu gafael ar y lle yn erbyn pob ymosodiad! Roedd hi wedi bod yn siom enfawr iddyn nhw i gyd pan welsant y rhengoedd o farchogion arfog, picellwyr a dragŵns yn aros amdanynt y tu allan i borth y dwyrain a deall bod Horton a'i wŷr wedi cael y blaen arnyn nhw! Roedd brwdfrydedd y dynion wedi llifo o'u calonnau fel ffrwd. Ychydig oedd wedi aros i herio ac ymladd, a byr fu'r frwydr.

Dal i syllu'n fileinig arno yr oedd Horton. Yna estynnodd ei law at yr hetiau a chododd un yn ei law — ei un ef, sylwodd Games — a thynnodd y cocêd o fand yr het ac edrych arno gyda dirmyg. Heb godi'i ben i edrych ar y carcharor meddai'n llym:

'Edward Games, nid y chi yw Uchel-siryf Brycheiniog?'

Plygodd Games ei ben ond nid atebodd. Cododd Horton ei ben yntau a gofynnodd drachefn:

'Ac onid oddi wrth y Senedd y derbyniasoch eich awdurdod?'

Dim ateb eto a chafodd y Siryf bwniad yn ei gefn gan y milwr a'i daliai. Aeth Horton yn ei flaen gan dynnu ei fysedd dros y rhuban glas a'r cocêd. 'Hiraethaf am weld ei Fawrhydi,' darllenodd. Daeth gwên ddirmygus i'w wefusau main.

'Rwy'n ffyddiog, Mistar Games, na welwch chi na phobl Brycheiniog mohono byth eto yn eich plith.'

Clywsant gynnwrf wrth y drws ac aeth y Cyrnol Okey i'w agor. Bu sibrwd cyflym a dychwelodd Okey at Horton ar frys.

Cododd hwnnw ar ei draed ac aeth y ddau at y lle tân. Dechreuasant siarad yn dawel, ond cofiodd Horton yn sydyn fod y carcharor yn aros i wybod ei dynged. Yn ddiamynedd, gwnaeth arwydd i'w filwyr fynd ag ef oddi yno.

Newyddion am ymgyrch yng ngogledd y sir odan arweiniad y ddau Lloyd oedd wedi cyrraedd. Roedd mintai o filwyr wedi eu danfon i Lanfair-ym-Muallt eisoes.

'Wyt ti'n meddwl y bydd rheina'n ddigon i'w trechu nhw?' gofynnodd Horton i Okey.

'Fe ddylen fod,' atebodd hwnnw gyda gwên, 'os bydd Lloyd a'i ddilynwyr mor wan-galon â gwŷr Aberhonddu!'

'Dwy ddim yn awyddus i ddanfon yr un dyn arall os galla i beidio. Rwy'n ofni y byddwn yn cael galwad i'r de ar fyr dro — ond — mae'n well gwneud yn siŵr. Cer ag ychydig o dy ddragŵns di lan 'cw. Ma' golwg rheina yn ddigon i ddychryn y gŵr drwg.'

'Ngore, syr. Fe ddown ni'n ôl cyn gynted â bydd modd,' oedd addewid Okey o'r drws.

Aeth Horton yn ôl i'w gadair a phwysodd yn ôl ynddi gan hyderu y câi ysbaid o lonydd i feddwl am ei gynlluniau. Roedd Rumsey wedi dweud digon i'w ddarbwyllo y byddai'n rhaid ymgyrchu tuag at Gaerdydd cyn gynted ag roedd gwŷr Brycheiniog wedi tawelu ac roedd wedi danfon Rumsey'n ôl yno â'r neges. Roedd trigolion tref Aberhonddu wedi dangos yn glir nad oedden nhw ddim am fentro cefnogi gwrthryfelwyr. Heddwch er mwyn marchnata'n hwylus i wneud elw ariannol oedd prif ddymuniad y bwrgeiswyr. Byddai'n well trefnu cyfarfod gyda'r Beili a'r henaduron er mwyn eu rhwymo i gadw'r heddwch. Gallai adael Aberhonddu wedyn heb bryderu y byddai gwrthryfel arall yn debyg o godi.

Cododd ac aeth at y ffenest ac edrych i lawr ar feili'r castell lle'r oedd prysurdeb aruthrol wrth i'r milwyr baratoi ar gyfer taith arall a brwydr arall. Edrychodd Horton i fyny at waliau a thyrau'r castell. Roedd y lle hwn yn dal yn hynod o gadarn.

Yn ôl yr hanes roedd wedi bod yn ddigon cryf i wrthsefyll holl ymdrechion Glyndŵr i'w ddarostwng — erioed wedi dal yn amddiffynfa gref dros hawliau Brenin Lloegr. Roedd yn hen bryd iddo ddod i lawr. Meddyliodd gyda gwên y byddai gwŷr y gynnau mawr yn falch o'r cyfle i chwythu tyllau yn y muriau — tipyn o ymarfer fyddai wrth eu boddau! Penderfynodd ymuno â'r gwylwyr oedd yn troedio'r llwybr ar ben y muriau uchel. Oddi yno câi weld y wlad i bob cyfeiriad.

Edrychodd yn gyntaf i'r dwyrain — popeth yn dawel yno heddiw. Gydag Edward Games a deg arall o'u harweinwyr penboeth yn gaeth yn y castell ni ddeuai perygl oddi yno mwyach. Y gogledd — ag Okey ar ei ffordd, nid oedd eisiau pryderu am yr helynt yna — dim ond dymuno gweld ei filwyr 'nôl ar fyrder. Y gorllewin — na, doedd dim trafferth yn debyg o ddod o Lanymddyfri — roedd gwŷr penboeth y gorllewin yn dilyn yr arfordir. Trodd ei olygon i'r de ac edrychodd gyda gofid ar y mynyddoedd uchel yn codi o'i flaen, dim ond ychydig filltiroedd i ffwrdd. Pan ddeuai'r alwad o Gaerdydd, galwad a ddisgwyliai unrhyw funud, doedd dim modd osgoi'r rheina; ac roedd bryniau serth garw eraill a chymoedd coediog mawnog ar y ffordd rhwng Aberhonddu a Chaerdydd. Nid ar chwarae bach yr eid â byddin fel yr un oedd ganddo ef — marchogion, gan fwyaf, ond hefyd garfan o wŷr y gynnau mawrion — drwy wlad mor wyllt.

Caerdydd! Hoffai wybod beth oedd yn digwydd i lawr acw ym Mro Morgannwg. Dyna lle'r oedd y perygl mwyaf. Pe bai'r Brenhinwyr yn llwyddo i adennill Castell Caerdydd byddai Morgannwg a Gwent yn syrthio i'w gafael. Caent ddigon o gefnogaeth wedyn, gan bawb, ym mhobman, ar ôl iddyn nhw ddangos eu bod yn gallu trechu'r Fyddin Fodel Newydd. Roedd yn rhaid gwneud popeth er mwyn achub Caerdydd. Prichard? Tybed a fyddai hwnnw'n dal yn ffyddlon i'r Senedd? Roedd wedi newid ei got unwaith — a fyddai'n debyg o wneud hynny eto fel roedd cymaint yn ei wneud? Roedd Rumsey wedi ei sicrhau na fyddai Edward Prichard yn bradychu'r Senedd — ac wrth gwrs, roedd y ffaith ei fod yn Biwritan yn cadarnhau ei deyrngarwch. Daliodd Horton i syllu'n hir tuag at y Bannau. Doedd hi ddim yn bwrw glaw yn Aberhonddu ar hyn o bryd — yn wir roedd y cymylau wedi codi tipyn ac roedd yr haul wedi dod i'r golwg ond ni allai weld y copâu. Roedd cymylau duon yn aros dros y llethrau uchaf — roedd hi'n bwrw'n drwm acw o hyd.

A ble roedd Cromwell? Roedd Rumsey wedi crybwyll ei fod ar ei ffordd i dde Cymru — os felly roedd y Senedd yn barnu fod y sefyllfa'n enbyd yn wir. Ond roedd 'na gymaint o sïon. Si bod y Charles ifanc ar ei ffordd o Ffrainc gyda byddin, ac y byddai'n hwylio i fyny i Fôr Hafren. Llaciodd wyneb tyn y Cyrnol wrth feddwl am hyn. Go brin! Nid pan oedd Llynges Lloegr yn gwylio'r glannau. Ac os llwyddai ef i lanio nid oedd yn debyg yr oedai llongau Ffrainc yn ddigon hir i fod yn ddihangfa i'r ffŵl! Ond dyn a ŵyr, roedd e mor fyrbwyll â'i dad, yn ôl pob sôn. Doedd neb yn amau fod y ddau Charles Stuart yn ddewr — ond wir doedden nhw ddim hanner call! Roedd gweithred olaf y tad yn dangos hynny — dianc i Ynys Wyth pan oedd ef a chadfridogion byddin y Senedd ar fin dod i gytundeb! Roedd hi ar ben arno nawr! Ni fyddai neb yn ymddiried yng ngair Charles Stuart byth mwy.

Daeth sŵn siarad uchel o'r stryd o dan wal y castell ac edrychodd Horton i lawr. Yno'n cerdded fel mewn gorymdaith drefol roedd y Beili a'r henaduron yn eu gwisgoedd swyddogol. Roedden nhw'n anelu at borth y castell. Daeth chwerthiniad bach o enau'r Cyrnol. Wel! Wel! Roedd yn rhaid bod pwysigion y dref wedi darllen ei feddwl! Safodd yn ei unfan yn edrych i lawr ar yr olygfa. Gallai glywed llais uchel y Beili'n dweud wrth y gwylwyr ei fod ef a'i gymrodyr am weld y Cyrnol Horton ar faterion o bwys. Ni chlywodd yr ateb a gawsant ond ymhen ychydig funudau daeth sŵn traed yn rhedeg i fyny'r grisiau ac yna wedi dod i ben y mur yn cerdded o gwmpas i chwilio amdano. Doedd y Cyrnol ddim yn rhy barod i gwrdd â chynrychiolwyr y trigolion gwrthryfelgar. Byddai'n dda o beth iddyn nhw gael amser i sylweddoli pwy oedd yn ben ar y deyrnas bellach a chael cyfle i sylwi ar y grym oedd y tu ôl i lywodraeth y Senedd. Ond yn y man fe ddaeth y milwr o hyd iddo a chafodd orchymyn i arwain y ddirprwyaeth i'r hen neuadd fawr i aros nes y câi ef amser i ddod atyn nhw.

Wrth iddynt gael eu tywys trwy feili'r castell cafodd swyddogion y dref eu harswydo wrth weld yr holl arfau newydd, dychrynllyd yr olwg oedd wedi eu pentyrru yno. Ac roedd y milwyr i gyd mor brysur wrth eu gwaith yn glanhau a thrwsio'r arfau hynny; ac mor drefnus hefyd ac mor ddisgybledig. Roedd yna fyd o wahaniaeth rhwng y rhain a'r fyddin aflêr, ddi-raen gyda'u hamrywiaeth o offer hela a fferm a welsent yn gweiddi bygythiadau mor groch y dyddiau cynt. Yn fuan iawn roedd pob un o'r ddirprwyaeth wedi ei argyhoeddi nad oedd dim pwrpas o gwbl mewn ceisio gwrthsefyll byddin fel hon.

O'r diwedd cawsant fynediad i ystafell y Cyrnol, a dyna lle'r oedd y cadfridog y clywsent gymaint o straeon arswydus amdano yn sefyll yn eu gwylio'n graff wrth iddynt sefydlu eu hunain o'i flaen — yn ôl pwysigrwydd eu swyddi. Ni chyfarchodd hwynt — dim ond syllu ar bob un ohonynt ac yna dal ei olwg ar y Beili ac aros iddo ddweud ei neges. Carthodd hwnnw ei wddf. Roedd wedi paratoi cymaint o bethau i'w dweud; cymaint o gwynion yn erbyn ymddygiad y milwyr — y difrod a wnaethpwyd yn yr eglwysi, yn enwedig y sgrin yn Eglwys y Priori lan ar y twyn; a difetha'r cofebion. Roedd cofeb bren Aberbrân wedi'i thaflu mas i'r fynwent a'i llosgi'n ulw! Ac yna'r trethi di-ben-draw — yn waeth nag yn nyddiau'r dreth longau! Ond gyda'r dyn sarrug 'na'n gwgu arno fel 'na, doedd hi ddim yn hawdd i ddyn farnu beth fyddai'n ddoeth i'w ddweud!

Yn araf ac mewn llais dipyn yn dawelach na'r un a glywsai'r

Cyrnol yn gynharach, fe ddywedodd William Thomas, y Beili, ei fod ef a'i gymrodyr wedi dod i ofyn i'r Cyrnol (nage — dechrau eto —) doedd gwŷr y dref erio'd wedi dymuno ailddechrau'r rhyfel a doedden nhw ddim wedi cefnogi Edward Games a'i ddilynwyr. Arhosodd. Roedd Horton wedi codi'i aeliau mewn anghrediniaeth lwyr.

Wel, dim ond rhai — dim llawer — ac roedd rheiny'n dyfaru nawr. Roedden nhw'n gobeithio na fase'r Cyrnol yn cosbi'r dref — roedd hi'n ddigon anodd ar y masnachwyr yn barod. Heddwch oedd eisiau arnyn nhw — heddwch i ailgodi'r fasnach mewn bwyd a chnydau ac anifeiliaid a gwlân oedd wedi dioddef gymaint oddi wrth y rhyfel — ro'dd y rhyfel wedi achosi tlodi dychrynllyd yn y gymdogaeth — o'dd wir!

Erbyn hyn roedd y Beili'n dechrau codi hwyl a chan ei fod yn eithaf rhugl yn Saesneg, bygythiai'r araith fynd yn faith. Cododd Horton ei law i'w ddistewi. Dywedodd ei fod e'n deall argymhellion y trefwyr yn iawn; gallai eu sicrhau mai heddwch oedd angen y Llywodraeth hefyd ac roedd yna ffordd y gallent hwy sicrhau hynny. Ymhen diwrnod neu ddau mae'n debyg y byddai'n rhaid i'r fyddin adael y dref ond roedd e am ofalu na fyddai Aberhonddu byth eto'n gallu bod yn ganolfan i'r gelyn.

Edrychodd yn llym ar ei wrandawyr a dechreuodd rheiny deimlo'n ofnus. Sut oedd e'n meddwl y gallen nhw sicrhau hynny? Oedd e'n mynd i ddal rhai ohonyn nhw'n wystlon?

'Mae'n rhaid i'r castell 'ma ddod lawr!' meddai Horton, 'i gyd ond y carchar. Y muriau, y tyrau, y cyfan! A muriau'r dref! Tref fasnach yn unig yw hon i fod bellach, nid caer! Os y'ch chi am osgoi talu treth sylweddol i dalu am gost yr helyntion diweddar, yna bydd yn rhaid i chi addo'n ddi-ffael y byddwch yn ufuddhau i'm gorchmynion a gweithredu ar unwaith — cael dynion y dref i dynnu'r muriau i lawr cyn

44

gynted ag y bydd y fyddin yn gadael. Mae'n rhaid i fi gael eich addewid y funud yma!'

Trodd William Thomas i edrych ar y lleill. Doedd dim eisiau ymgynghori; roedd pennau'r henaduron yn nodio fel blodau yn y gwynt. Roedd pob un ohonyn nhw am ddal ar y cyfle i wneud y mwyaf o'r cynnig ardderchog annisgwyl hwn. Byddai'r holl gerrig nadd hyfryd yn welydd y castell yn fodd i adeiladu tai o urddas yn y dref yn ogystal â stablau a gweithdai a siopau. Roedd Horton yn gweld wrth eu llygaid fod y bwrgeisiaid mor awyddus ag yntau i ofalu na fyddai Aberhonddu byth mwy yn faes y gad. Rhoddodd y Beili ei air ac addunedodd y lleill yr un mor frwdfrydig, a dangosodd Horton fod y cyfweliad ar ben.

Roedd y ddirprwyaeth tu fas i'r porthdy cyn i neb ohonynt gofio am y rhestr o gwynion yr oedden nhw wedi addo'i chyflwyno i'r Cyrnol.

'William,' meddai un, 'wetest ti ddim am y difrod nath y milwyr yn yr eglwysi!'

'Naddo,' atebodd hwnnw'n swrth, 'dim ond dyn dwl fydde wedi sôn am 'ny wrth y Cyrnol Horton. Fydde achwyn am 'i filwyr wedi'i hala fe'n gynddeiriog ac fe fydde wedi cosbi'r dref yn drwm. A beth bynnag, mae'r difrod wedi'i neud a dyna fe! Ry'n ni wedi dod mas ohoni'n well o lawer nag o'n i wedi ofni!'

Teimlai Horton yn fodlon hefyd. Byddai defnyddio'r gynnau wedi bod yn wastraff ar ffrwydron a phelenni gwerthfawr, heblaw am yr amser — ac roedd amser yn brin.

Yn oriau mân y bore, cyrhaeddodd Okey a'i filwyr 'nôl a gyda nhw'n garcharorion roedd Lewis Lloyd a'i fab Marmaduke. Wrth i'r Cyrnol alw am fynediad wrth y porthdy daeth sŵn ceffyl yn carlamu i lawr heol y castell, a symudodd y milwyr o'i ffordd. Prin y cafodd y ceffyl chwyslyd arafu cyn i'r negesydd neidio oddi arno a mynd ar ras lan y grisiau i siamber Horton. Pan geisiodd y gwyliwr ei rwystro trwy ddweud fod y Cyrnol yn gorffwys, mynnodd y negesydd nad oedd amser i'w golli a chafodd fynediad. Roedd Cyrnol Horton ar ei draed yn barod ac yn dechrau rhoi'r wisg haearn a amddiffynai'i frest a'i gefn amdano a gosod ei helm am ei ben. Darllenodd lythyr Llywodraethwr Castell Caerdydd. Roedd Edward Prichard am iddo wybod ei fod wedi gwneud y cyfan a allai er sicrhau diogelwch y castell a'r dref a'u paratoi i wrthsefyll gwarchae os byddai raid — ond roedd y gelyn yn nesáu o'r gorllewin ac roedd nifer o uchelwyr y Fro a'u gwŷr yn ymuno â byddin y gwrthgilwyr. Roedd lle i ofni fod Laugharne bellach wedi cyfarfod â Poyer a Powell ac yn mynd i fod yn Brif-gadfridog ar y fyddin ryfedd hon. Roedd Prichard wedi derbyn gair oddi wrth Cromwell. Roedd ar ei ffordd, ond ofnai Prichard fod y gelyn yn gwybod hyn ac y byddai Laugharne yn ceisio ymosod cyn i'r Cadfridog gyrraedd. Roedd angen Horton a'i fyddin ar unwaith.

Ymhen eiliadau rhoddwyd yr alwad. Taflodd gwŷr Okey y ddau Lloyd i mewn at y carcharorion eraill a gadawyd hwy yng ngofal mintai fechan o wylwyr. Ymhen awr roedd y Cyrnol Horton yn arwain ei fyddin allan o Aberhonddu ac yn gorymdeithio'n gyflym i'r de.

Roedd eraill yn teithio i'r un cyfeiriad, ar yr un ffordd a'r un mor gynnar. Ar waethaf holl ymdrechion teulu Llanhamlach i'w chael i aros yn hwy, roedd Mary Games wedi penderfynu mai'r peth gorau iddi hi oedd cychwyn 'nôl yn gynnar i Benderin. Oedd, roedd hi'n deall fod y cythrwfl drosodd yma ond ni welai hi synnwyr mewn mentro i dref Aberhonddu ac ni fyddai'n gallu gorffwys nes y byddai hi a'i mab 'nôl gyda'r teulu ym Modwigiad. Ni wnaeth y glaw trwm ddim i newid ei meddwl, chwaith, ac erbyn iddi ddyddio'n iawn, roedd Mary a Richard a'u gweision wedi cyrraedd y llwybr serth oedd yn arwain at y bwlch yn y Bannau.

Richard glywodd sŵn y drwm gyntaf.

'Byddin! 'Shgwlwch!'

Trodd y cwmni bach ac edrych yn syfrdan ar y ffrwd ddynol oedd yn teithio'n gyflym o gyfeiriad y dref.

'I'r dde fan'cw, Meistres — o'u ffordd nhw!' galwodd Rheinallt. Edrychodd o'i gwmpas ond doedd 'na ddim — na ffermdy na thyddyn na llwyn coed na wal a allai fod yn lloches iddynt. Doedd dim amdani ond aros i'r fyddin fynd heibio a gweddïo na fyddai neb â diddordeb mewn gwraig weddw a'i chyd-deithwyr.

Teimlodd Mary'n flin wrthi'i hun am fod mor fyrbwyll — mynd o olwg pob byddin oedd ei bwriad hi. Edrychodd ar wyneb ei mab ac ni hoffai yr olwg gyffrous arno. Roedd rhyw ysfa ofnadw yn y bachgen am fywyd milwr. Heb os, pe buasai o oed pan dorrodd y rhyfel mas gyntaf, fe fyddai wedi mynd wrth ochr ei ewythr, y Capten Thomas Games, ym myddin y Brenin. Erbyn hyn ei ewythr, y Cyrnol Edward Prichard Llancaeach, oedd ei arwr a'r Fyddin Fodel Newydd oedd ei bopeth.

Yn wir teimlai Richard uwchben ei ddigon. Roedd wedi bod mor anfodlon cychwyn y bore hwnnw a hithau mor gynnar yn y bore ac roedd wedi achwyn yn aml ar y ffordd am y ffolineb o deithio yn y glaw mawr. Ond dyma anffawd wedi troi'n ffawd — cyfle i weld byddin y Cyrnol Horton yn gorymdeithio — ac yntau'n llygad-dyst o ran o Fyddin anorchfygol Fairfax a Cromwell! Disgleiriai ei lygaid wrth edrych i gyfeiriad y fyddin a châi ei fam drafferth i'w gael i aros ar ei phwys — 'nôl dipyn oddi ar yr hen heol Rufeinig yr oedd gwŷr Horton yn ei dilyn.

Roedd y milwyr yn nesáu'n gyflym ac mewn byr amser roedd y Cyrnol Horton gyferbyn â nhw. Am eiliad, trodd ei ben i sylwi ar y gwylwyr a gwyrodd ei ben i gyfeiriad y wraig weddw ac yna aeth ef a'i fyddin ymlaen heb oedi dim.

Syllodd y cwmni bach mewn syndod ar y marchogion, y dragŵns, y gwŷr traed arfog ac yna'r ceffylau trymion yn tynnu'r gynnau mawrion i fyny'r rhiw serth — pawb yn mynd yn gyson, gyflym. Mewn fawr o dro, roedd y milwyr olaf wedi diflannu trwy'r bwlch ac yn raddol, distawodd sŵn y drwm.

Ym mhlas Bodwigiad roedd Elisabeth yn cael bod pethau'n dechrau mynd o chwith. Rhedodd i fyny'r grisiau gan alw, 'Nest, Nest! dere 'ma, wnei di?' Ond Anna ei chwaer fach ddaeth i'w chyfarfod ar ben y grisiau, â golwg druenus ar ei hwyneb bach gwelw, ei doli glwt yn ei chôl ac un goes iddi yn ei llaw.

'Dyw Nest ddim lan 'ma, Lisa. O'n i'n moyn hi i wnïo'r go's 'nôl ar Doli.'

'Pam na ofynni di i Ffranses?'

'Wedi gofyn iddi — *no time, too busy,* medde hi.'

Ochneidiodd Elisabeth. Doedd hi ddim yn synnu mai am Nest roedd Anna fach yn chwilio. Arni hi, y forwyn ffyddlon a ddilynodd ei mam i Fodwigiad slawer dydd, pan oedd hi ei hun ond yn blentyn, yr oedden nhw blant wedi dwli. Hi oedd wedi eu magu nhw pan oeddynt yn dost; eu cysuro pan mewn helbul; eu difyrru nhw â'i straeon doniol a gallai gwero tegan mewn chwinciad. Yn ystod absenoldeb ei mam, ar Nest roedd Elisabeth wedi disgwyl dibynnu. Er siom a syndod iddi, cawsai fod newid rhyfedd wedi dod dros y forwyn annwyl oddi ar i'w meistres fynd i ffwrdd. Doedd hi ddim ar gael pan oedd fwyaf ei heisiau — fel nawr, meddyliodd Elisabeth yn ddig, a hithau â llond ei dwylo ac angen morwyn brofiadol yn y gegin heblaw helpu i ddiddori'r ferch fach bump oed.

Cydiodd yn y ddoli a gwelodd fod tipyn o waith ail-wnïo arni. Doedd hi ddim yn synnu bod Ffranses wedi gwrthod. Roedd hi bob amser yn ymwybodol o'i chefndir bonheddig. Dysgu Saesneg i blant y Sgweiar a'u hyrwyddo i ymddwyn mewn dull ffurfiol boneddigaidd oedd ei swydd hi. Byddai hefyd yn gofalu am ddillad gorau'r teulu. Roedd hi'n garedig ac yn gydwybodol ond doedd dim cynhesrwydd yn perthyn iddi. Oddi wrth Nest y câi'r ferch fach yr anwesu a'r anwylo roedd eu hangen arni.

'Dere lawr i'r parlwr at Dad-cu,' meddai Elisabeth. 'Fe ddwediff e stori wrthot ti — nes bod Nest yn dod 'nôl. Falle 'i bod hi wedi mynd â moddion i rywun sy'n dost yn y pentre.'

Bodlonodd Anna ar hyn. Rhedodd i'r parlwr gan ddal yn dynn yn y ddoli a'r goes. Pan edrychodd Elisabeth i mewn yn ddiweddarach roedd hi'n eistedd yn dynn wrth ochr ei thad-cu, ei llygaid mawr tywyll yn ddisglair wrth wrando ar Thomas Prichard yn adrodd hen chwedl. Gwenodd yntau ar ei wyres hynaf ond aeth ymlaen â'r stori. Cododd Elisabeth ei llaw ar ei chwaer fach ac yna aeth 'nôl allan a chaeodd y drws. Ochneidiodd. Roedd hi wedi cael digon o drefnu'r tŷ

a thrafod morynion ar hyn o bryd ac roedd arni ysfa i ddianc
am ychydig. Cafodd siom wrth weld bod y glaw mân wedi
trymhau ond doedd hi ddim yn mynd i adael i hynny ei
rhwystro. Cydiodd yn ei chlogyn oddi ar fachyn yn y cyntedd,
cododd yr hugan dros ei phen ac aeth yn gyflym trwy'r
buarth. Gallai glywed sŵn lleisiau ei brodyr, William a
Henry, yn dod o'r sgubor wag — yn gwneud stranciau ar ben
y ceirt neu'n siglo ar raff o'r trawstiau, fwy na thebyg. Doedd
Edward ddim gyda nhw. Roedd e wedi mynd gyda Tomos
Siencyn, hen was eu tad, i Ystradfellte. Roedd Elisabeth yn
falch o feddwl fod un, o leia, o'i brodyr yn dilyn yn llwybrau'i
thad. Diolch fod Edward mor gyfrifol — braidd yn rhy
ddifrifol a henaidd ei ffordd o gofio mai bachgen pedair ar
ddeg oedd e. Wrth fynd trwy'r glwyd uchaf clywodd Elisabeth
sgrech o'r sgubor a wnaeth i'w chalon lamu mewn braw.
Damwain? Ond yr eiliad nesaf clywodd chwerthin uchel. Y
ddau sgelffyn bach! Iawn o'dd hi 'da nhw ar hyn o bryd
gyda'u mam a Rheinallt a Tomos Siencyn oddi cartre a'u tad-
cu yn aros mwy a mwy yn y tŷ. Wel, doedd hi ddim yn mynd
atyn nhw. Bydde'n rhaid iddyn nhw ddysgu gofalu amdanynt
eu hunain.

Dringodd yn gyflym nes cyrraedd pen y twyn ac edrych
draw at gefn Cadlan. Gymaint o weithiau y rhedasai lan yma
i gyfarfod â'i thad ar ôl synhwyro rywsut ei fod ar ei ffordd
'nôl o Aberhonddu neu'r Fenni. Buasai'n rhedeg tuag ato ac
yntau'n estyn ei law i lawr tuag ati a'i chodi ar gefn ei geffyl.
Ond ofer oedd edrych i'r cyfeiriad yna bellach. Ymunodd ei
dagrau â'r diferion glaw oedd yn gwlychu'i hwyneb ac ni
wnaeth ymdrech i'w sychu. Yn sydyn daeth pwff o wynt cryf
a fygythiai gydio ynddi a'i hyrddio i lawr y twyn. Cydiodd
Elisabeth yn dynn yn ei chlogyn a throdd ei chefn tuag at y
gwynt gan symud ymlaen at lwybr mwy cysgodol. Daeth o
hyd i graig fawr a safodd yno am ysbaid. Cododd ei golygon
i ben draw'r cwm a sylweddolodd ei bod yn gallu gweld

pedwar smotyn du yn y pellter oedd fel petaent yn symud. Arhosodd. Sychodd ei hwyneb a'i llygaid â'i neisied er mwyn bod yn siŵr nad oedd yn ei thwyllo'i hun. Roedd y pedwar smotyn du yn cynyddu ac yn nesáu!

'Mam!' gwaeddodd a throi ac i lawr â hi dros y llwybr garw heb sylwi ar y cerrig llithrig na hidio bod ei chlogyn wedi chwythu ar agor a'r glaw'n ei gwlychu.

'Ann!' gwaeddodd wrth glwyd Tyddyn y Glog ac wedyn wrth y drws. 'Ma' Rheinallt ar y ffordd!' ac ymlaen â hi nes cyrraedd drws y sgubor.

'Dewch i'r tŷ y ddou ohonoch chi — ma' Mam yn dod.'

Aeth i mewn i'r tŷ fel corwynt gan weiddi'r newydd dros y lle ac ar unwaith roedd pawb yn ymddwyn fel petaent wedi dihuno o drwmgwsg. Aeth gweision a morynion ati ar frys i gyflawni dyletswyddau y dylid bod wedi eu gwneud ynghynt; daeth Ffranses o'r llofft i nôl Anna a rhoi gŵn bert amdani a thwtio'i gwallt; cymerodd Thomas Prichard afael yn William a Henry a'u rhoi uwchben padell o ddŵr yn y gegin a gofalu fod y dŵr a'r sebon yn cyrraedd y gwddf a'r clustiau yn ogystal â'r cylch bach o wyneb a arferai gael ei wlychu; daeth Nest o rywle ac aeth hithau i ymolchi a chymoni'i dillad a daeth gwên 'nôl i'w hwyneb wrth iddi fynd i'r parlwr i dacluso'r lle a gweiddi ar Moc, y gwas bach, i ddod â rhagor o foncyffion i'w rhoi ar y tân. Wedi i Elisabeth newid i ddillad sychion, rhedodd o gwmpas y tŷ gan weld rhagor oedd eisiau ei wneud ac er yr holl brysurdeb teimlai nad oedd y cyfan eto'n barod pan glywyd y ceffylau'n cyrraedd y buarth.

Cynorthwyodd Rheinallt ei feistres i lawr oddi ar gefn ei cheffyl ac aeth Mary tuag at y drws lle'r oedd ei thad a'i phlant yn aros amdani. Ni chlywodd neb hi'n eu rhybuddio am wlybaniaeth ei dillad a diflannodd ei phen a'i hysgwyddau o dan y breichiau a afaelodd yn dynn ynddi. Tynnwyd hi i'r parlwr ac ni chafodd fynd o'u golwg i newid ei dillad — roedd Nest wedi dod â nhw yno ac yn eu cynhesu o flaen y tân. Bron heb yn wybod iddi, cafodd Mary ei hun yn eistedd mewn dillad cynnes sych yn y gadair fawr, gydag Anna ar ei harffed a'r bechgyn wrth ei thraed. Eisteddai ei thad ac Elisabeth yr ochr draw iddi a llamai fflamau'r tân gan daflu golau melyngoch cynnes ar wynebau'r teulu.

Doedd Richard ddim wedi dilyn ei fam i mewn i'r parlwr. Aeth ar ei union i'r llofft i newid ei ddillad gwlyb. Gallai glywed lleisiau yn dod o'r llofft gefn ac ar ei ffordd 'nôl at ben y grisiau daeth Ffranses allan yng nghwmni menyw ifanc. Gwnaeth y ddwy gyrtsi a chyfarchodd Richard Ffranses yn gynnes iawn gan ei fod yn dipyn o ffefryn gyda hi. Ar y cyntaf, nid adnabu'r fenyw ifanc wrth ei hochr nes i'w phrydferthwch ei ddenu i sylwi'n fanwl arni. Gwelodd Ffranses ei ddryswch a dywedodd wrtho yn Saesneg mai Lleucu, y forwyn a fu yn ei fagu slawer dydd oedd hi — wedi dod i ffarwelio â nhw cyn gadael gyda'i gŵr, Dic Siencyn, i fynd i'w cartref newydd yn Llanfabon.

'Pam yn Llanfabon?' gofynnodd Richard.

'Mae'ch Tad-cu, Mistar Prichard, wedi bod yn garedig iawn wrth Dic,' atebodd Lleucu'n swil, 'ac wedi'i helpu fe i brynu partneriaeth gyda hen saer coed 'na ac ma' Dic wrth 'i fodd mynd i fyw acw a bod gyda'i gyd-grefyddwyr. Mawr yw'n diolch ni i'r teulu cyfan ym Modwigiad, syr. Byddwn bob amser yn ych cofio yn ein gweddïa. Da boch chi nawr, Mistar Richard.'

Wedi iddi fynd o'r golwg i lawr y grisiau cefn, syllodd Richard ar ei hôl gan edrych braidd yn anfodlon. Methai â deall pam yr oedd un mor brydferth a Lleucu wedi dewis priodi'r saer cloff, oedd wedi troi'n gymaint o Biwritan ar ôl bod yn y rhyfel. Er ei fod yntau nawr yn cefnogi plaid y Senedd ac yn edmygydd mawr o'i ewythr, Edward Llancaeach, nid oedd gan Richard ddim diddordeb yn nadleuon crefyddol y Piwritaniaid. Roedd e wedi gorfod godde gwrando ar ei dad-cu a Dic Siencyn yn siarad am oriau am fedyddio — oedd hi'n iawn i fedyddio babanod neu aros nes eu bod yn ddigon hen i ddewis? Ni wyddai Richard beth i feddwl ar y pwnc a doedd dim llawer o ots ganddo, chwaith.

Sylweddolodd fod Ffranses wedi gofyn iddo am newyddion o Aberhonddu ac aeth ati gydag awch i ddisgrifio helyntion cyffrous y dyddiau cynt. Ond cyn bo hir, clywodd lais Elisabeth yn ei alw i ddod i lawr i'r parlwr.

'Croeso'n ôl adre, 'machgen i,' meddai'i dad-cu yn hawddgar. 'Mae'n dda dy ga'l di a dy fam 'nôl gyda ni unwaith 'to.'

Gwelodd Richard fod ei fam yn rhythu arno — yn ei rybuddio i ateb yn foesgar ac fe wenodd y bachgen ar y cwmni a cheisio ymddwyn yn hawddgar ac eto ar yr un pryd teimlai'n ddig. Roedd y lleill wedi ffurfio cylch tyn o amgylch y tân ond er eu bod wedi troi tuag ato pan ddaeth i mewn doedd ei frodyr ddim wedi'i gyfarch na gwneud lle iddo. Bu'n rhaid i'w fam ddweud wrth William am symud fel y gallai ei frawd hynaf ddod â stôl ymlaen ond fe wenodd Anna fach arno ac ar gymhelliad ei mam daeth ato i'w gusanu.

'Pryd ry'ch chi'n erfyn Edward 'nôl?' gofynnodd Mary i'w thad, ond cyn y gallai ateb, gofynnodd Richard, 'Ble mae e 'te?'

'Wedi mynd i Ystradfellte gyda Tomos Siencyn i gasglu rhenti ac un neu ddwy o negeseuon eraill.' Trodd Thomas Prichard at ei ferch. 'Yn wir, Mary, rwy'n gweld Edward yn mynd yn debycach i'w dad bob dydd. Mae e'n dod yn fachgen cyfrifol dros ben ac ma' 'da fe ffordd dda o drafod pobol. Fe ddaw e'n dipyn o gefn i ti.'

Gwelodd Mary yr wg ar wyneb Richard a throdd hithau olwg anfodlon ar ei thad. Nhad bach, meddyliai, dyna chi wedi doti'ch tro'd ynddi 'to. Wir, ry'ch chi'n mynd yn ddifeddwl iawn yn eich hen ddyddia. Gofynnodd eto: 'Yty e'n dod 'nôl heno?'

'Ddim os bydd y glaw 'ma'n para. Fe wetws Tomos Siencyn falle y bydden nhw'n aros dros nos ym Mhenfathor. Ma' nhw'n mynd i weld os yw dy gaseg di wedi dod ag ebol eto.'

Gloywodd llygaid Richard wrth glywed sôn am y gaseg ddu. Dyna'r gaseg orau oedd gan ei dad ac er mai ei fam oedd biau hi, y fe fyddai piau'r ebol.

Yn ddiweddarach, ar ôl i'r plant lleiaf fynd i'w gwelyau, bu Mary'n trafod ei gofidiau gyda'i thad am eu sefyllfa nhw fel teulu yn wyneb yr argyfwng newydd.

'Mae'n amlwg fod Horton a'i fyddin wedi trechu'r gwrthryfelwyr yn ardal Aberhonddu a diolch am 'ny,' meddai, ei hwyneb a'i llais yn llawn pryder, 'ond 'sgwn i beth sy'n digwydd lawr sha Caerdydd erbyn hyn a beth yw sefyllfa Edward druan?'

''Sdim isha i chi boeni o gwbl, Mam,' oedd barn hyderus Richard. 'Bydd Horton a'i filwyr yn siŵr o faeddu unrhyw fyddin arall a falle fydd Cromwell wedi cyrraedd erbyn hyn.'

Pennod 6

Doedd Cromwell ddim wedi cyrraedd Caerdydd a gwyddai'r Cyrnol Edward Prichard mai ofer fyddai ei ddisgwyl am beth amser. Roedd e'n ôl unwaith eto ar y llwybr ar ben wal y castell yn edrych trwy ei sbienddrych i gyfeiriad y gogledd. Yn absenoldeb Cromwell, ar Horton y dibynnai'r cwbl. Daliai'r negeswyr i gyrraedd gyda newyddion drwg am y tyrfaoedd o Gymry oedd yn heidio i ymuno â'r fyddin oedd yn nesáu o'r gorllewin. Roedd hi'n anhygoel bod Brenhinwyr selog y Fro yn barod i ymladd dan awdurdod eu hen elyn, y Cadfridog Laugharne. Cymrodyr rhyfedd iawn yn wir!

Gostyngodd y sbienddrych; ychydig a allai weld trwy'r niwl a'r glaw, beth bynnag. Trodd ac aeth i lawr y grisiau cul, troellog ac i'r ystafell fach yn un o'r tyrau oedd wedi bod yn gartref iddo ers misoedd. Oddi ar iddo gael ei wneud yn Llywodraethwr ar Gaerdydd, ychydig a welsai o Lancaeach a'i deulu. Roedd ganddo dŷ yng Nghaerdydd ond roedd hi'n llawer rhy beryglus yma i wragedd a phlant a lle i filwyr yn unig oedd y castell. Roedd wedi bwriadu cael lle i'w wraig Mary a'r plant yn Llandaf y llynedd ond cyn iddo allu trefnu hynny fe ddigwyddodd y gwrthryfel cyntaf yn erbyn llywodraeth y Senedd a pherthynas iddo, Richard Basset, yn ei arwain. Roedd e wedi llwyddo i wrthsefyll y bygythiad hwnnw ac wedi anfon Rumsey ar garlam gwyllt i nôl Laugharne. Roedd ymddangosiad llongau'r Senedd yn aber yr Afon Taf wedi bod o help i dorri calonnau y gwrthryfelwyr hefyd. Ond doedd dim sôn am y llynges y tro 'ma.

Eisteddodd yn drwm yn ei gadair. Sylwodd fod yna lythyrau ar y ford ac aeth trwyddynt rhag ofn fod rhywbeth newydd oedd eisiau sylw — ond na, roedd rhain wedi bod yma ers tro. Wrth eu trafod, daeth llythyr diwethaf ei wraig i ben y pentwr a phruddhaodd ei wedd. Nid agorodd ef. Roedd wedi'i ddarllen drosodd a throsodd eisoes. Llythyr prudd. Torcalonnus. Caeodd Edward ei lygaid. Roedd ei galon ar dorri wrth feddwl am ei wraig druan yn ei hunigrwydd yn Llancaeach, heb ei gŵr; heb ei chwaer Jane a fu mor annwyl ganddynt ond a fu farw ddwy flynedd ynghynt; ac wedyn wedi gorfod gweld ei mab bychan yn dioddef ac yna'n marw. Roedd bywyd wedi bod yn greulon wrth Mary Mansel Prichard ar yr union adeg pan oedd ei gŵr yn gaeth i'w ddyletswyddau yng Nghastell Caerdydd. Dim ond ychydig ddyddiau a gawsent gyda'i gilydd pan fu farw eu bachgen bach. Wedi hynny y penderfynodd Edward brynu tŷ yn Llandaf er mwyn cael ei wraig a'r ddwy ferch fach yn agos ato. Y ddwy ferch fach! Dim ond merched oedd ganddynt ar ôl bellach: Thomas a Lewis yn eu bedd cyn cyrraedd pedair oed. Daeth ochenaid ddofn o enau Edward Prichard. Roedd yn rhaid derbyn ewyllys yr Arglwydd. Yr Arglwydd a roddodd a'r Arglwydd a gymerodd ymaith . . .

'O Arglwydd,' gweddïodd, 'dysg inni dderbyn Dy ewyllys.'

Ni wnaeth y gwarchodwr y tu allan i'r drws ymgais i rwystro'r swyddog ifanc rhag tarfu ar y Llywodraethwr. Roedd y Cyrnol Bussy Mansel, fel pennaeth lluoedd y Senedd ym Morgannwg, yn adnabyddus i warchodlu Caerdydd a gwyddent ei fod hefyd yn frawd-yng-nghyfraith i'r Cyrnol Prichard. Heblaw hynny, roedd Bussy Mansel yn hollol amlwg ble bynnag yr âi, yn ei wisg liwgar, ei lais uchel hyderus a'i osgo pendefigaidd. Ni chlywodd Edward ef yn dod i mewn a daliai i eistedd yn swp yn ei gadair a'i lygaid ynghau.

Oedd e'n cysgu? Safodd Bussy'n llonydd a syllu ar ei

frawd-yng-nghyfraith gyda pheth syndod. Doedd e ddim wedi sylwi o'r blaen gymaint roedd Edward wedi heneiddio. Cerddodd ymlaen ato'n dawel ond y tro hwn clywodd Edward sŵn ei droed a chododd ei ben.

'Newydd ddod ma' hwnna?' gofynnodd Bussy, wedi adnabod ysgrifen ei chwaer ar y llythyr yn llaw Edward.

'Nage. Gest ti gyfle i fynd ecw?'

'Naddo, ond fe ddanfones was ac fe wetws e fod popeth yn iawn 'cw ar hyn o bryd.'

Edrychai Edward yn fwy calonnog ar hyn ac ni allai Bussy ychwanegu bod y gwas wedi dweud bod golwg ddifrifol o wannaidd a gwelw ar Feistres Prichard.

'Gest ti'r newydd fod Philip Jones a'i wŷr ar y ffordd o Abertawe?' gofynnodd.

'Do. Me'n depyg 'u bod nhw'n cetw i'r gogledd o'r Fro er mwyn osgoi'r gelyn.'

'Ie,' meddai Bussy, 'ond yn fwyaf er mwyn cisho taro ar Horton a'i wŷr ar eu ffordd o Aberhonddu. Fase'n dda ca'l newyddion amdano fe. O's fy ishe i arnot ti?'

'Neg o's, ddim yn erbennig. I ble ro't ti'n meddwl mynd?'

Cydiodd Bussy mewn rholyn oedd ar y ford. Gan fod ganddo ef ac Edward wybodaeth fanwl am dirwedd y wlad rhwng Abertawe a Chasnewydd roedden nhw wedi llunio map er hwylustod i'r swyddogion Seneddol oedd yn ddieithriaid yn ne Cymru. Agorodd y rholyn a thrawodd riwl bren arno gan wneud llinell gymwys o Aberhonddu i Gaerdydd. Dododd ei fys ar safle Merthyr Tudful.

'I'r fan hyn y down nhw,' meddai, 'un bidir yw Horton i gymryd y ffordd sytha.'

'Fe fydd hi'n daith ofnadw iddyn nhw, yn enwedig a'r tywydd mor ddrwg.'

'Bydd — ac fe gymrith amser iddyn nhw ddod dros y brynia 'na.' Pwysodd Bussy'n nes at y map. 'Rwy'n meddwl mai anelu at Sain Ffagan wnaiff e er mwyn arbed Caerdydd.' Daeth gwên ddireidus i wyneb y dyn ifanc. 'Sa'n i'n lle dy gender, Syr William, faswn i'n 'i gwân hi odd 'na ne fydd e yn 'i chanol hi.'

Gwenodd Edward hefyd. ''Sdim ishe i neb bryderu am William. Fydd e wedi 'i gwân hi o 'na'n barod. Cetw mes ohoni me fe'n moyn.'

Roedd Bussy'n tynnu'i fys ar hyd y map ar yr ardal rhwng y Fro a'r Blaenau.

'Rwy'n meddwl yr a' i i sgowtian lan 'ma rhwng Llandaf a Ffynnon Daf. Os ga i rhyw newydd am Horton mi adewa i i ti w'pod. Falle fydd 'da fe orchmynion i ni.'

Aeth Edward yn ôl i ben wal y castell i wylio ymadawiad Bussy ac i baratoi ei hun a'i filwyr ar gyfer oriau maith o wylio ac aros. Cyrhaeddodd y twr ar ben y twyn a bu'n rhoi gorchmynion cwta i'r milwyr o'i gwmpas. Roedd ganddo gannoedd ohonyn nhw yma ar hyn o bryd ac eto roedd 'na adegau pan deimlai'n hynod o unig. Saeson oedden nhw bron i gyd a Saesneg oedd yr iaith roedd yn rhaid ei defnyddio ac ni allai ef wneud dim i newid hynny. Dim ond y Cymry oedd yn annibynnol yn eu cred grefyddol oedd yn cefnogi'r Senedd, ac yma yn y de, dim ond yn y llain gyfyng yn y dwyrain rhwng Llanigon ym Mrycheiniog a Llanfaches yng Ngwent yr oedd ffyniant y Ffydd Biwritanaidd. Trwy ras y Duw trugarog roedd nifer go dda ohonyn nhw yn ei ardal ef ei hun — ym mhlwyf Gelli-gaer a'r plwyfi cyfagos, Llanfabon ac Eglwysilan — llawer yn ddigon cadarn yn eu cred i ymladd ar faes y gad dros yr Achos. Daeth chwa o falchder drosto wrth feddwl am ffyddloniaid fel Philip Jones a'i frawd Jenkin o Landdeti a'u teiliwr lleol, John Morgan, oedd yn barod i ddilladu milwyr y plwyf ar ei gost ei hun. Oedd, yr oedd yna weithwyr dewr yn y winllan ond — ysgydwodd Edward ei ben a dweud yn dawel:

'Y cynhaeaf yn ddiau sydd fawr ond y gweithwyr yn anaml.'

Gweddïai y byddai pregethu taer Wroth a Powel a Cradoc yn deffro eneidiau yng Ngwent ac yn ennill digon o ddewrion i gadw'r Brenhinwyr dan law fel na allent fod yn rhwystr i Cromwell a'i fyddin ar eu ffordd o Loegr.

Aeth oriau heibio heb sôn am gyffro o unrhyw gyfeiriad a phan ddaeth y prynhawn gadawodd Edward Prichard ei grwydro aflonydd o gwmpas y castell ac aeth i'w ystafell i gael pryd o fwyd. Doedd ganddo fawr o archwaeth at fwyd ond fe'i llyncodd wrth sylweddoli na wyddai pryd y câi'r cyfle nesaf. Roedd newydd wthio'i blât oddi wrtho pan agorodd y drws yn ddirybudd a brasgamodd Edward Rumsey i mewn, ei ddillad yn wlyb diferu a'i esgidiau lledr uchel yn llaid i gyd. Wedi rhedeg i fyny'r grisiau troellog, roedd yn fyr ei wynt.

'Edward,' meddai, 'Horton — mae e wedi cyrraedd cyrion Llandaf — mae e'n mynd tuag at Sain Ffagan ac ma' fe'n benderfynol o wynebu byddin Laugharne cyn gynted ag sydd modd.'

Gwnaeth Edward awgrym iddo eistedd ac yna gofynnodd, 'Gyda fe ddest ti o Aberhonddu?'

'Nage — o 'Bergafenni ddes i yn gynta ac wedyn i Ferthyr a 'no weles i'r fyddin ar 'i ffordd. Llwyddes i'w dala nhw a cha'l gair â Horton — ar frys — do'dd e ddim yn fodlon oedi eiliad. Do'dd dim amser, medde fe — dim amser i orffwys na chymryd bwyd. Do'dd e ddim am roi cyfle i Laugharne roi trefen ar y fyddin.'

'Faint o obaith sy 'da fe o ennill? Dwy'n clywed dim ond sôn am y miloedd a'r miloedd sy'n ymuno â'r gwrthryfelwyr.'

Ond roedd Rumsey yn ffyddiog:

'Ie, ond miloedd afreolus iawn y'n nhw a do's dim arfa rhyfel gwerth yr enw 'da'u hanner nhw. Dim ond y milwyr sy 'da gwŷr Sir Benfro sy'n filwyr gwerth yr enw.'

'Me gyda Bassett a Stradling garfane sy wedi gweld tipyn o frwydro,' atgoffodd Edward ei gyfaill.

'Gwir,' meddai Rumsey, 'ond wy ddim yn deall fel ma'

nhw'n mynd i ildio'u hawdurdod i Laugharne, o bawb, — yn
enwedig ar ôl iddo fe fod yn ddigon llym wrthyn nhw llynedd
ac oni bai amdanat ti fe fydde wedi bod yn llawer gwaeth
arnyn nhw. Ac ma' swyddogion profiadol dros ben gyda
Horton. Ma' Okey a Wogan a Barton yn arweinwyr galluog
tu hwnt a'u dynion yn barod i'w dilyn i'r pen.'

'Rwy'n cytuno a 'ne i gyd,' atebodd Edward, 'ond me
menteision 'de'r lleill, hefyd. Me nhw'n nebod y wled. Me
nhw'n gwybod em bob pent a bryn a phob perth a chors ac
fe fydd y werin yn berod i'w cynnel nhw. Saeson yw milwyr
Horton, cofie.'

'Ie,' cyfaddefodd hwnnw, 'a dyna'r anhawster mwya sy gan
Horton. Ma' nhw'n mynd i fod yn ofnadw o brin o fwyd,
achos me'r ceirt bwyd wedi'u dal ym Merthyr.'

'Ym Merthyr!' Gwylltiodd Edward Prichard. 'Fel 'ny?'

'Fe weles i res o'r ceirt wedi'u dal mewn hewl gul, yn ffaelu
mynd gam ymhellach achos ro'dd yn rhaid mynd trwy glwyd
o'dd yn arwain dros goedca ac ro'dd gwalch o berchennog tir
yn gwrthod yn lân i'w gada'l nhw i symud. Ro'dd yn
cyhoeddi'n ddigon croch nad o'dd gelynion y Brenin ddim yn
mynd cam dros 'i dir e. Cofia di, ro'dd e'n gwbod fod Horton
filltiro'dd i ffwrdd erbyn 'ny. Fydd 'da'r fyddin ddim dewis
ond hawlio bwyd wrth y trigolion lleol. A dyw hynny ddim yn
beth da.'

'Pwy o'dd hwnna? Gest ti 'i enw fe?' gofynnodd Edward,
a'i feddwl yn dal ar y dihiryn o Ferthyr.

'Na wn i, ond rwy'n siŵr y cei di wybod ond iti holi. Ond
o sôn am fwyd — o's cyfle i fi gael pryd, Edward?'

Tra bu Rumsey wrthi'n bwyta, aeth y Llywodraethwr i lawr
i feili'r castell ac ar unwaith daeth sŵn cynnwrf wrth y
porthdy. Galwyd arno gan y swyddog mewn llais oedd yn
datgan fod 'na negesydd arbennig iawn yn gofyn am
fynediad. Aeth y Cyrnol allan drwy'r porth a gweld achos
dryswch y gwylwyr. Ar y bont roedd marchog a'i gydymaith,

un yn dal baner wen a'r llall yn cario baner bersonol Laugharne. Roedd y marchog yn cario rholyn o bapur yn ei law hefyd. Am eiliad, daeth i feddwl Prichard fod Laugharne wedi callio ac wedi penderfynu dychwelyd at ei hen blaid ond estyn y llythyr gydag osgo sarhaus a wnaeth y negesydd a gwelodd y Llywodraethwr ei fod wedi camddeall amcan yr ymwelydd. Derbyniodd y llythyr ond gwrthododd fynediad i'r ddau a gorchmynnodd i'w wylwyr eu cadw'n ddiogel nes y deuai'n ôl. Aeth yntau'n ôl i'w siamber ac yno yr agorodd y llythyr. Y funud nesaf daeth sŵn o'i enau oedd yn gymysgedd o ddicter a digrifwch.

'Wel, ar fy ngwir, Edward!' llefodd wrth ei gyfaill, 'gwranda ar hwn!' Roedd Laugharne yn gofyn pa hawl oedd gan swyddogion y Senedd i ddod â milwyr i mewn i Forgannwg gan mai ganddo ef, Laugharne, yr oedd yr awdurdod dros luoedd y Senedd yn rhanbarth y de.

'A fynte'n arwain byddin yn erbyn y Senedd!' gwaeddodd Rumsey. 'Wel, dyna beth yw dyn haerllug!' Daeth gwên fach gam i wefusau Edward Prichard ac yn ddi-oed aeth at y ford i lunio ateb. Atgoffodd Laugharne am ei ddyletswydd yntau i'r Senedd ac nad oedd ganddo hawl o gwbl i ddod â gwŷr siroedd Caerfyrddin a Phenfro i mewn i Forgannwg. Gorchmynodd iddo ildio i'r Cyrnol Horton ar unwaith.

I lawr wrth y porthdy estynnodd y Llywodraethwr ei lythyr i'r negesydd ac wrth i hwnnw droi i ffwrdd roedd un arall eisoes yn croesi'r bont gan greu cyffro ymysg y gwylwyr. Roedd hwn yn cario baner ddigamsyniol Cromwell ac wrth ei weld, sbardunodd y llall ei geffyl ac aeth ef a'i gydymaith oddi yno ar garlam. Cyd-ddigwyddiad ffodus dros ben, barnodd Prichard. Fe fydde pawb ym myddin y gelyn yn gwybod bod cennad wedi cyrraedd oddi wrth y Cadfridog a byddai hyn yn siŵr o greu dychryn yn y rhengoedd. Wedi darllen y neges, fodd bynnag, teimlai'n falch na wyddai'r negesydd hwnnw beth yn union oedd y cynnwys — nid oedd Cromwell yn rhag-weld y gallai gyrraedd Caerdydd am rai dyddiau eto.

Ond er y disgwyl y byddai Laugharne yn ymosod ar unwaith cyn dyfodiad y Gŵr Mawr a chyn bod Horton a'i wŷr yn cael cyfle i orffwys nac i sefydlu'r gwahanol garfanau — y marchogion, y dragŵns, y picellwyr, y gwŷr traed arfog ac yn bennaf oll wŷr y gynnau mawr — a dewis y safleoedd gorau ar eu cyfer, ni ddaeth ymosodiad sydyn. Aeth tridiau heibio heb ddim ond ambell i ysgarmes ddibwys a barodd i swyddogion Laugharne feddwl eu bod yn cael y gorau o'r ornest. Ond tynnu'n ôl dros dro roedd y Seneddwyr. Pan ddaeth yr ymosodiad mawr roedden nhw'n barod amdani. Ymladdwyd yn ddewr gan filwyr y ddwy ochr ond doedd gwladwyr brwdfrydig y Fro erioed wedi clywed y gynnau mawr na gweld yr effaith ddychrynllyd a wneid ganddynt ar ddynion a meirch.

Yn y diwedd, byddin fach ddisgybledig Horton a orfu. Ciliodd Laugharne a Poyer a Powell yng nghwmni rhai o uchelwyr y Fro'n ôl i Benfro a gohiriwyd y diwedd iddyn nhw dros dro.

Yng Nghastell Caerdydd, aros mewn gofid oedd tynged Prichard a'i warchodlu. Roedd y newyddion cyntaf wedi rhoi'r argraff fod Horton a'i wŷr wedi eu trechu ac ar ffo yn ôl at Gaerdydd. Edrych am yr olwg gyntaf o'r gweddill y bu'r gwylwyr wedyn a pharatoi i'w derbyn i'r castell. Yna daeth y neges oddi wrth Horton ei hun yn dweud ei fod wedi aildrefnu'i filwyr a'u bod wedi llwyddo i wrthsefyll ymosodiadau gwyllt gwŷr meirch y fro. Roedd hi'n mynd i fod yn frwydr galed ond roedd Horton yn ffyddiog fod y Brenin Mawr o'u plaid a'r fuddugoliaeth yn sicr. Wedi hynny, roedd y negeswyr yn dod yn aml ac o'r diwedd doedd dim lle i amau bod y frwydr drosodd.

Aeth Edward Prichard a Bussy Mansel i lawr i wylio'r carcharorion yn dod i mewn. Roeddent yn adnabod cymaint o'r trueiniaid oedd yn cael eu llusgo trwy'r beili cyn cael eu taflu i'r celloedd tanddaearol i aros dedfryd Cromwell, nad oedd bellach ond ychydig filltiroedd i ffwrdd. Y tro yma, caledodd calon Edward Prichard yn erbyn y cyn-gyfeillion a pherthnasau oedd yn eu plith. Roedd wedi dangos trugaredd wrthynt ar ôl yr ymosodiad ar Gaerdydd y llynedd ond doedden nhw ddim wedi gwerthfawrogi hynny nac wedi cadw'r addewidion a roesant i gadw'r heddwch. Rhyngddyn nhw a Cromwell! Ni fyddai ef mor debyg o fod yn dyner tuag atynt.

1649

Pennod 7

Roedd lleisiau croch plant yn chwarae i'w clywed wrth i Edward Games Bodwigiad a'i ddwy chwaer farchogaeth tuag at Lancaeach ond ni chymerodd y bonheddwr ifanc sylw o'r hanner dwsin o blant brwnt oedd yn chwarae yn y llaid ar lan y nant a lifai heibio i'r plas nes i'w chwaer hynaf, Elisabeth, ffrwyno'i cheffyl yn sydyn a syllu ar un o'r twr o ferched oedd yn cecrach yn sbeitlyd â'i gilydd. Roedden nhw tua chwech oed, yn frwnt a'u gwalltiau'n rhydd, aflêr, ac roedd rhegfeydd yn dod fel ffrwd o'u genau! Ond roedd dillad un ohonynt yn hynod o dda ac roedd esgidiau lledr am ei thraed.

'Jane! Jane Prichard!' galwodd Elisabeth mewn llais llym.

Trodd y ferch fach i wynebu'r ymwelwyr dieithr ac edrychodd yn hurt ar y foneddiges ifanc oedd yn ei galw.

'Pwy ddiawl y'ch chi?' gofynnodd yn haerllug.

'Beth wetest ti, y groten ddrwg? Dere di 'ma ar unwaith, 'merch i. Ble ma' Mary? Yti hi gyta ti?'

Ond wrth iddi ofyn, gwelodd Elisabeth ei chyfnither fach arall yn codi o'r man ar lan y nant lle bu'n chwarae gyda dau o blantach difrifol eu golwg a mynd i sefyll tu ôl i'w chwaer hynaf. Ddywedodd hi ddim, ond edrychodd â braw yn ei llygaid mawr gleision ar y dieithriaid.

'Cer iddi moyn nhw, Edward, da ti. Ma'n rhaid ca'l y ddwy odd'na.'

Neidiodd Edward i lawr oddi ar ei geffyl ac aeth at y ddwy ferch fach. Edrychodd yr hynaf fel petai'n bwriadu ei

64

wrthsefyll ond wrth iddo nesáu, gwenodd Edward arni a dywedodd yn fwyn:

'Ytych chi ddim yn ein napod ni? Edward Bodicied wy i a dyma Elisabeth ac Anna. Ytych chi ddim yn cofio dod draw aton ni i Benderin, dro'n ôl?'

Ysgydwodd Mary fach ei phen ond dangosai'r olwg yn llygaid Jane ei bod hi'n cofio a nawr yn eu hadnabod nhw ond doedd hi ddim yn ymddangos yn falch o'u gweld. Edrychodd 'nôl ar ei chyd-chwaraewyr oedd yn sefyll yn fud a chegagored gerllaw a gwnaeth osgo fel petai'n bwriadu ailymuno â nhw ond roedd Edward wedi rhoi ei law ar ei braich ac wedi cydio yn llaw Mary ac yna tynnodd nhw'n benderfynol tuag at y ceffylau. Cyn iddynt gael amser i sylweddoli beth oedd yn digwydd roedd y gŵr ifanc tal cryf wedi eu codi ar gefn ei geffyl ac yn eu harwain 'nôl i'r hewl a âi at gefn y plas.

'Wel wir! 'Shgwlwch ar eu golwg nhw!' Daliai Elisabeth i ddweud y drefn. 'Weles i ddim plant Ynys y Gwter yn dishgwl yn wa'th erio'd! A'r iaith 'na! Jane Prichard, wyt ti ddim yn sylweddoli mai boneddiges wyt ti ac na ddylet ti ddim rhegi fel 'na? Beth fase dy dad yn 'i weud?'

'Nhad ddim gatre,' meddai Jane yn swta.

'Ble ma'ch mam?' Mary atebodd y tro 'ma.

'Mam yn y gwely'n dost, dost,' meddai a llifodd dau ddeigryn dros ei hwyneb gan adael dau lwybr glân o'i llygaid i'w gên.

'Pwy sy'n dishgwl ar ych ôl chi 'te?'

'Mali a Siân — withe,' atebodd Jane. Roedd hi'n dal yn sarrug ac yn dal i daflu llygaid mochyn ar Elisabeth.

Wedi cyrraedd cefn y tŷ, disgynnodd Elisabeth ac aeth at ei brawd.

'Cadwa nhw fan hyn am funud ne ddwy. Fe a' i mewn i'r tŷ ac i'r gecin i ga'l gweld pwy sy 'ma a shwd drefen sy 'ma.'

Wrth nesáu at ddrws y gegin, sylweddolodd Elisabeth ei bod yn clywed sŵn lleisiau dynion yn ogystal â morynion y tu mewn a phan groesodd y trothwy, syrthiodd distawrwydd sydyn dros y lle. Ni chafodd amser i sylwi'n fanwl ar bwy oedd yno gan i'r gweision ddod at y drws ar unwaith yn edrych yn euog a swil. Aethant heibio iddi a mwmiodd un ohonynt rywbeth am fynd at eu gwaith. Tair morwyn oedd ar ôl ac aeth un ohonyn nhw ar frys i glirio'r ford o lestri budron ac un arall i glirio annibendod oedd ar hyd y parth. Wrth y tân roedd Leusa'r brif forwyn wedi bod yn eistedd ond pan glywsai hithau'r sŵn troed mewn esgid ysgafn ar garreg y drws, roedd wedi codi o'i stôl mewn syndod a braw. Safai'n llonydd nawr yn edrych yn anghysurus a phryderus ar y foneddiges ifanc oedd yn sefyll ar ganol y llawr yn sylwi'n feirniadol ar gyflwr y gegin.

'Ble mae dy feistres?' gofynnodd o'r diwedd.

'Yn y siamber ore, Mistres Elisabeth. Ma' hi'n dost iawn y dyddie 'me — ddim weti cwnnu ers diwrnote.'

'A phan ma' hi yn y gwely ry'ch chi i gyd yn esgeuluso'ch dyletswydda. Rhag dy gywilydd di, Leusa. Ro'n i'n meddwl y base ti o bawb wedi catw trefan yma. Pwy sy'n gofalu amdani y funud 'ma?'

Wrth i Leusa ysgwyd ei phen dywedodd Elisabeth gydag arswyd yn ei llais.

'Wyt ti'n meddwl gweud wrtha i nad o's neb ar y llofft gyda hi? Ac mae'r plant wedi ca'l rhedeg yn wyllt! Mali!' galwodd yn chwyrn ar y forwyn a welai wrthi'n brysur nawr yn neuadd y gweision:

'Cer i'r llofft ar unwaith i weld os o's ishe rhywbeth ar dy feistres. Dwed wrthi 'mod i a Meistr Edward a Mistres Anna wedi cyrra'dd ac y bydda i lan 'na nawr iddi gweld hi.'

Trodd Elisabeth ar ei sawdl ac aeth mas at ei brawd. Diolch i'r Mawredd mai Edward oedd wedi cael dod gyda hi yn lle Richard fel y trefnwyd yn wreiddiol. Doedd gan Elisabeth fawr o olwg ar ei brawd hynaf. Gwelai ef yn hynod o ddifater o'i ddyletswyddau fel etifedd tra hawliai pob sylw y teimlai

oedd yn ddyledus iddo fe, ac nid oedd ganddi hi fymryn o
hyder yn ei ddeallusrwydd. Pan welai ei chwaer ef yn
esgeuluso materion gweinyddu'r ystad a gadael y pethau
trafferthus i'w dad-cu ac Edward, teimlai yr hoffai ei ysgwyd
nes byddai ei ddannedd yn clecian. Methai â deall pam na
fyddai ei mam yn mynnu iddo ddal at y gwaith. Doedd dim
gwerth iddi hi, Elisabeth, ddweud dim wrtho fo. Dim ond
ffraeo fydden nhw a doedd hi ddim wedi edrych mla'n at y
daith i Benllwynsarth yn ei gwmni ag yntau mor ddiserch ei
ffordd tuag at weision . . . Dyna lwc i'r ffŵl gwympo oddi ar
ei geffyl ac anafu'i ysgwydd nes ei fod yn ffaelu â brachga,
meddyliodd. Fydde fe ddim wedi bod o ddim gwerth mewn
sefyllfa fel hon; fe fydde wedi bod mor ddiamynedd. Roedd
Edward mor wahanol — gellid dibynnu arno fe ac roedd 'da
fe amynedd Job!

'Edward,' meddai'n dawel, 'ma'r lle 'ma'n shang-di-fang.
Fe a' i â'r merched 'ma i'r tŷ a gweld atyn nhw ac wetyn i weld
Modryb Mari. Druan ohoni — wedi ca'l 'i anghofio gan
bawb, allswn i feddwl. Cer di i'r stapla a gwna'n siŵr bod y
gweision 'na wrth eu gwaith. Mae'n well i'n dou ni fynd 'nôl
nawr. Caiff rhain ein hebrwng ni i Benllwynsarth.'

Estynnodd Edward ei chwaer fach, Anna, a'i ddwy
gyfnither i lawr oddi ar y ceffylau ac aeth at y stablau.

I lofft y plant ar yr ail lawr yr aeth Elisabeth â'r tair merch.
Gwnaeth i Anna a Jane gydio dwylo tra daliai hi yn llaw yr
un deirblwydd. Roedden nhw'n dawel iawn nawr ac yn eitha
ufudd. Roedd Anna'n edrych o'i chwmpas mewn syndod.
Doedd hi ddim yn cofio iddi fod yn Llancaeach o'r blaen ac
edrychai popeth a welai'n wych iddi hi ond gweld olion
esgeulustod yr oedd Elisabeth. Roedd y lle mor wag o bobl
— mor annhebyg i'r dyddiau fu, a theimlai'n bryderus a
thrist. Mynnodd gael dŵr twym i ymolchi'r ddwy ferch fach
a dewisodd wisgoedd glân o'r cistiau dillad i'w rhoi
amdanynt. Dioddefodd Jane a Mary yr ymolchi a'r newid

dillad heb rwgnach ond pan ddaeth hi'n bryd cribo a threfnu eu gwalltiau bu strancio ond cawsant bod eu cyfnither Elisabeth mor llym a phenderfynol ag unrhyw forwyn a fu'n eu tendio — yn wir yn waeth — ond ar ôl dioddef cletsian neu ddwy, ildio a wnaethant.

'Nawr ry'ch chi'n dishgwl rhywbeth yn debyg i fel y dyle merched Llancaeach ddishgwl. Ry'n ni'n mynd i weld ych mam nawr a chofiwch ych bod chi'n bihafio a gofala di Jane, dim rheg o dy wefusa di ne fyddi di'n 'i cha'l hi.'

Gwthiodd Jane ei gwefus isaf mas ac wrth weld y dagrau'n dechrau cronni yn ei llygaid pert, tosturiodd Elisabeth wrthi. Plygodd o flaen y ddwy a chydiodd amdanyn nhw a'u cusanu.

'Pidwch â bod a'n ofan i,' meddai, 'ma' popeth yn iawn nawr. Dewch i weld eich mam.'

Roedd Elisabeth yn disgwyl gweld golwg wael ar ei modryb ond pan welodd hi Meistres Llancaeach yn gorwedd yn y gwely enfawr, llyncodd ei phoer. Doedd hi'n ddim ond croen ac esgyrn! Roedd Mali'r forwyn wedi gwneud ei gorau brysiog i'w hymolchi a thacluso'r gwallt melyn o dan y cap nos gwyn. Edrychai'r cap yn rhy fawr o lawer gan wneud i'r pantiau yn y bochau edrych yn ddyfnach a thanlinellu'r cysgodion duon o dan y llygaid.

Estynnodd Mary Mansel Prichard law wen denau tuag at Elisabeth a gwenodd arni. Cydiodd Elisabeth yn ei llaw a phlygodd i gusanu'i boch.

'Rwy mor falch o dy weld di,' sibrydodd y wraig glaf, 'dyw dy fam ddim gyda ti, yty hi?'

'Ddim y tro 'ma, Modryb Mari, ond mae'n bwriadu dod cyn bo hir.'

'Fe faswn yn falch tu hwnt o'i gweld hi — iddi gael doti trefen ar y lle 'ma. Dwy ddim yn gallu aros ar 'y nhra'd yn ddicon hir i ofalu bod popeth yn ca'l 'i neud.' Edrychodd y feistres yn awgrymog ar y forwyn ac meddai Elisabeth:

'Dyna ddicon yma nawr, Mali. Cer lawr at Leusa a dwed

wrthi am baratoi pryd ysgafn i'r Feistres ac wetyn cer lan i gymoni tipyn ar ystafell y plant.' Gwnaeth Mali gyrtsi ac aeth allan ar unwaith.

'Pa cyd rwyt ti'n aros?' gofynnodd Meistres Prichard. 'Fase ti ddim yn hir cyn cymhwyso'r lle 'ma. Ma' ffordd dy fam 'da ti.'

Gwenodd Elisabeth. 'Ma' rhai o'n morynion ni'n achwyn 'run peth,' meddai, 'ond ar ein ffordd i Benllwynsarth y'n ni i'r briotas.'

'Priotas?' crychodd Mary Prichard ei thalcen.

'Ia. Ma' Mary Penllwynsarth yn prioti â James Gunter o'r Fenni fory ac ry'n ni i fod i gyrraedd 'na heddi.'

Roedd hyn yn amlwg yn siom i'r wraig glaf. Syrthiodd ei phen 'nôl ar y gobennydd a chaeodd ei llygaid. Teimlodd Elisabeth blwc ar ei llawes a gwelodd fod y ddwy ferch fach am fynd ar ben y gwely i weld eu mam.

'Modryb Mari, dyma dair boneddiges fach wedi dod i'ch gweld chi,' a chododd Jane a Mary ar ben y gwely a gwneud i Anna ddod i sefyll wrth yr erchwyn. Daeth nerth newydd i gorff y fam wrth iddi weld y plant ac ar ôl iddynt ei chusanu aeth y ddwy i orwedd am ysbaid y naill ochr iddi. Llwyddodd eu mam i ddal sgwrs â nhw a chwerthin yn dawel weithiau ond cyn bo hir aeth yr ymdrech yn ormod iddi a daeth yr olwg o wendid llethol yn ôl i'w hwyneb.

'Dyna fe, 'na ddicon nawr,' meddai Elisabeth gan godi'r ddwy'n ôl i lawr y llofft, 'cerwch ag Anna lan i'ch siamber i 'ware am dipyn.'

'Cisha'i catw nhw'n hapus, 'na ferch dda,' sibrydodd yng nghlust Anna. Diolchodd fod ei chwaer fach yn hynod o gall o'i hoed, er nad oedd ond blwyddyn yn hŷn na'i chyfnither, Jane. Rhedodd y tair allan yn hapus ddigon.

'Modryb Mari,' meddai wedi mynd 'nôl at y gwely a'i gymoni a gosod y gobennydd yn gysurus iddi, 'fasech chi'n fo'lon i ni fynd â Jane a Mary gyda ni i Benllwynsarth? Bydde

Modryb Margaret yn siŵr o fod yn falch o'u gweld nhw ac fe fydde gweld priotas yn brofiad hyfryd iddyn nhw — a bydd Anna wrth 'i bodd o ga'l 'u cwmni nhw. Ma' hi'n ofnadw o swil ymysg oedolion achos dyw hi ddim wedi ca'l llawer o gyfle i gymysgu â dieithriaid.'

Gwenodd ei modryb a dangos ei boddhad. Arhosodd Elisabeth gyda hi am beth amser gan roi hanes y teulu ym Modwigiad ac adrodd ambell hanesyn doniol i godi ei chalon. Yna'n raddol, rhwng ysbeidiau pan fu'n rhaid iddi aros i ail-ennill ei hanadl a'i nerth, cafodd y nith glywed am y trafferthion yn Llancaeach gyda'r Meistr yn absennol am gyfnodau hir. Roedd e wedi bod gartref am ychydig ddyddiau rhyw fis yn ôl.

'Ro'n i'n gallu catw ar 'y nhra'd trwy'r dydd bryd 'ny er do'n i ddim yn teimlo'n dda o gwbl ond ro'n i'n cisho pido dangos iddo fe. Mae cyma'nt o gyfrifoldeba ar 'i sgwydda fe gyda'r holl ad-drefnu 'ddar i'r Senedd ennill y wlad. Ac ma' 'mrawd Bussy hefyd mor brysur. Dwy ddim wedi'i weld e ers tipyn. Ro'dd dy ewyrth Edward yn dweud y bydde fe'n mynd â ni'n ôl 'da fe pan ddaw e nesa. Dyna pam dwy ddim wedi cyfloci morwyn newydd i ofalu am y merched bach.'

Wrth sôn amdanyn nhw trodd Mary Prichard at Elisabeth gyda gofid yn llond ei llygaid.

'Ma' gofid ofnadw arno i amdanyn nhw. Do's neb 'ma i'w dysgu nhw ac rwy'n ofni 'u bod nhw'n ritag yn wyllt.'

Clywyd llais dyn o'r siamber fawr.

'Edward!' meddai Mary Prichard a gwnaeth ymgais i godi ar ei heistedd.

'Nage, Modryb Mari, nid fy ewyrth Edward, ond Edward 'mrawd.'

Er ei siom, gwnaeth ei modryb ymdrech dda i groesawu'r nai gan ddangos ei hedmygedd o harddwch y dyn ifanc.

'Ma' fe'n depyg i'm Edward i,' sibrydodd wrth Elisabeth. Eglurodd ei chwaer wrth Edward y cynllun i fynd â'r ddwy ferch fach gyda nhw i Benllwynsarth a chytunodd ef ar unwaith ond ychwanegodd:

'Gawn ni fynd â rhai o'ch ceffyla chi, Modryb Mari, a gweision? Fe halson ni'n gweision 'nôl a bydd isha rhai i ofalu am ein ceffyla ym Mhenllwynsarth.'

'Wrth gwrs. Gofyn i Deio. Fe sy ora 'da'r ceffyla ac ma' fe'n dda i ofalu am y plant pan fyddan nhw'n brachga. Cofia ddymuno priotas dda i Mary drosta i, Elisabeth.'

Pennod 8

Os oedd Llancaeach yn wag, yna roedd Penllwynsarth yn
orlawn. Wrth iddynt gyrraedd pen yr heol hir goediog a oedd
yn arwain at y plas, gallai'r ymwelwyr weld nifer o
foneddigion ar y lawnt a'r beili o flaen y tŷ ac yn eu canol yn
uchel ei lais a'i chwerthiniad roedd eu hewythr Edmwnd.
Roedd hi'n anodd peidio â gweld Edmwnd Morgan
Penllwynsarth gan ei fod yn anghyffredin o dal ac wrth iddo
heneiddio roedd ei gorff mawr wedi lledu i bob cyfeiriad.
Wrth glywed ei lais croch, barnai Elisabeth fod Sgweiar
Penllwynsarth wedi cael llond bol o win eisoes. Trodd yn ei
chyfrwy a gwnaeth arwydd gyda'i chwip i ddangos i Edward,
oedd yn marchogaeth y tu ôl iddi hi a'r plant, ei bod am anelu
at y glwyd a agorai i'r buarth y tu cefn i'r tŷ. Ar ôl iddyn nhw
i gyd ddisgyn, cymerodd Elisabeth ofal o'r plant a'u tywys ar
unwaith i ddrws yn nhalcen y tŷ mawr.

'Ble ry'n ni'n mynd?' gofynnodd Jane gyda chwilfrydedd.
Roedd hi, fel ei chwaer fach a'i chyfnither Anna wedi bod
wrth eu bodd ar y daith. Doedden nhw ddim wedi bod ar y
fath daith o'r blaen, ac roedd y tair wedi bod yn rhyfeddu at
bopeth a welsant ar y ffordd ac wedi bod yn holi'n ddi-baid.
Roedd Jane wedi anghofio'i digofaint at Elisabeth; yn wir,
roedd hi'n arwres yn ei golwg bellach ac roedd yn barod i'w
dilyn i bellter daear.

'Lan i'r siamber fawr ond rhoswch funud,' a chydiodd yn
y merched bach a'u tynnu o ffordd dwy foneddiges a oedd yn
dod i lawr y grisiau. Roedd 'na bobl ym mhobman. Cuddiodd

Anna a Mary tu ôl i Elisabeth, eu swildod yn bygwth trechu eu mwynhad, ond gwenu'n hapus ar bawb yr oedd Jane, gyda mwy o hunanhyder nag a deimlai Elisabeth erbyn hyn ymhlith cynifer o ddieithriaid pwysig yr olwg.

Bu'n rhaid iddynt aros a sefyll i'r naill ochr lawer gwaith cyn cyrraedd y siamber fawr ac yno cawsant ragor o wragedd a merched, i gyd mewn dillad drudfawr a wnaeth i Elisabeth deimlo'n ymwybodol iawn o'i dillad teithio plaen. Edrychodd o'i chwmpas yn bryderus, gan chwilio am ei modryb Margaret. A dyna lle'r oedd hi, ym mhen draw y siamber fawr. Ac roedd hon *yn* siamber fawr! Gymaint ddwywaith ag un Bodwigiad ac yn gymaint os nad yn fwy nag un Llancaeach. Ymlwybrodd Elisabeth a'r plant tuag at Meistres Morgan Penllwynsarth.

'Elisabeth! O'r diwedd! Rwy wedi bod yn dy erfyn di ers orie! A phwy yw rhain sy 'da ti? Anna? Wel rwyt ti wedi tyfu'n ferch fawr!'

Cofleidiodd Margaret Morgan y ddwy ac edrychodd Anna arni gyda'i llygaid mawr tywyll yn llawn syndod ac ofn. Doedd hi ddim wedi cael iechyd da ers yn faban ac oherwydd hynny doedd hi ddim wedi arfer ymweld â'i pherthnasau yn eu plastai fel y gwnaethai Elisabeth. Doedd hi ddim wedi meddwl y buasai'n gweld cynifer o bobl na chlywed y fath sŵn siarad, ac roedd hi'n siŵr bod pawb yn edrych arni. Closiodd yn nes fyth at ei chwaer.

Ond ar y ddwy arall yr oedd Margaret Morgan yn syllu.

'Pwy . . .' dechreuodd, ac yna deallodd. 'Merched Llancaeach? Beth wnaeth i ti ddod â nhw?'

Deallodd Elisabeth ar unwaith fod yna anfodlonrwydd yn llais ei modryb a chododd ei phen i edrych i fyw ei llygaid. Pam? Pam edrych mor ddiserch ar y ddwy fach?

'Fe eglura i wrthych chi nes mla'n, Motryb. Ble ma'ch Mary chi?'

'Draw 'cw — cer ati ac wetyn cer â'r plantos 'ma i'r llofft.

Fe fydd yn rhaid iddyn nhw gysgu gyda ti, cofia. Ma'r lle 'ma'n orlawn.'

Roedd Mary Morgan, y ddarpar-briodferch, yng nghanol twr o ferched, a phenderfynodd Elisabeth ohirio cyfarfod â hi. Roedd hi'n well mynd â'r merched bach i'r llofft. Yno gwelodd y byddai anhawster i gael lle iddynt i gysgu ond ar ôl bod yn daer gyda'r forwyn oedd â gofal am y llofftydd, cafodd wely iddynt mewn congl cysurus. Bu'n diddori'r plant am beth amser ac roedd yn falch o ddeall bod newid dillad a chwmni wedi dod â newid iaith i Jane. Doedd yr un rheg wedi dod o'i genau ers iddynt adael Llancaeach! Cyn bo hir, dangosodd y tair fod y daith wedi eu blino'n lân ac roedden nhw'n barod iawn i ufuddhau i'r gorchymyn i fynd i'r gwely. Erbyn i Elisabeth newid ei gŵn a chymoni'i gwallt roedd y tair yn cysgu ac aeth Elisabeth yn araf a phetrusgar i lawr i'r siamber fawr.

Doedd dim cymaint o'r ymwelwyr yno erbyn hyn. Roedd ei modryb a'i chyfnither yn eistedd ymhlith y rhai oedd ar ôl yn y cylch o flaen y lle tân mawr. Cyfarchodd Meistres Morgan ei nith yn serchus iawn a chafodd Elisabeth ei chyflwyno i'r boneddigesau dieithr. Cafodd dipyn o sylw gan y gwragedd hyn a buont yn ei holi am ei chartref a'i theulu. Llwyddodd Elisabeth i ateb yr ymholiadau yn gwrtais ond heb ddatgelu dim manylion a gwelodd fod hyn wedi plesio'i modryb.

'Dere draw fan hyn 'da fi, Lis,' sibrydodd Mary ac aeth y ddwy at y lle tân bach oedd yr ochr draw i'r siamber.

Roedd y ddwy gyfnither yn hen gyfarwydd â'i gilydd; yn wir bron yn gymaint o ffrindiau ag oedd eu mamau. Yn awr cafodd Elisabeth glywed manylion y trefniadau ar gyfer y briodas drannoeth — yn y prynhawn, yn eglwys y plwyf uwchlaw; ac yna'r wledd yn y neuadd ac yn union wedyn roedd James yn mynd â'i briodferch i'w chartref newydd yn Abergafenni.

'Dim neithior yma, diolch i Dduw!' meddai Mary, 'ond rwy'n gw'pod y bydd 'na ddicon yn ein dilyn ni a'u randibŵ! Fyddi di'n dod? Fase'n dda 'da fi dy ga'l di gyda fi.' Ysgydwodd Elisabeth ei phen, er yn gwenu.

'Faswn i wrth fy modd i fod gyda ti ond ma'r merched bach dan 'y ngofal i a bydd yn rhaid mynd â Jane a Mary'n ôl i Lancaeach yn gynnar y bore wetyn.'

'Ytyn nhw 'ma 'te? Do'n i ddim yn 'u herfyn nhw.'

Trodd Elisabeth ac edrych yn ddifrifol arni. 'Pam? Be sy'n bod? Do'dd dy fam ddim yn dishgwl yn bles o gwbl o'u gweld nhw gynna. Dy'ch chi ddim wedi ffraeo, ytych chi?'

Edrychodd Mary'n anghysurus.

'Nhad sy,' atebodd yn dawel. 'Ma' fe wedi dicio wrth blaid y Senedd am iddyn nhw ladd y Brenin. Ac ma' fe'n meddwl bod Ewyrth Edward yn dilyn y Piwritaniaid eithafol — y rhai sy ishe ca'l gwared â'r ffeiraton. Ma' nhw'n moyn ca'l gwared ar ein ffeirad ni ond ma' Nhad yn 'u gwrthwynebu nhw ac yn 'i ddiogelu e. Fe fydd yn ein prioti ni fory ac yn ôl trefen y Llyfr Gweddi.'

Symudodd Mary'n aflonydd ar ei sedd ac aeth ati i blethu'r rhubanau ar lawes ei gŵn.

'Dy'n nhw ddim wedi ffraeo'n gyhoeddus, ytyn nhw?'

Nodiodd Mary. 'Ytyn — yn 'Bergafenni, wythnosa'n ôl. Wetws Mam bod Nhad wedi colli'i dymer ac wedi dweud petha cas ofnadw wrth Ewyrth Edward, ac wetyn fe ffraews Mam a Nhad, achos rwyt ti'n gw'pod gymaint o olwg sy 'da Mam ar Ewyrth Edward.'

'O, 'na letwith!' griddfanodd Elisabeth. 'I ni i gyd fel teulu. Beth fydd Mam yn 'i ddweud? A hithau mor hoff o Ewyrth Edward a Modryb Margaret.' Ac roedd y ddau ewythr yn gyd-reolwyr ar ewyllys ei thad. Rywsut doedd hi erioed wedi meddwl y byddai'r anghydfod yn y wlad yn creu diflastod personol rhwng aelodau o'i theulu hi.

Taflodd olwg ar ei modryb. Ar hyn o bryd roedd hi'n siarad

yn hawddgar gyda gwragedd o'i chwmpas ac yn ymddangos yn hollol ddiofal, ond ar ôl ychydig funudau gwelodd Elisabeth ei bod hi wedi synhwyro ei bod hithau'n ei gwylio ac amneidiodd arni i ddod i eistedd ar ei phwys.

'Fe fuoch chi yn Llancaeach 'te?' gofynnodd mewn llais isel.

'Do.'

'Shwd ma' Mary druan?'

'Yn glaf — yn wael iawn, i ddweud y gwir. Ma' golwg ddychrynllyd arni a do's neb ond morynion gyda hi 'na.'

'Ma' dy ewyrth ar fai yn 'i gata'l hi gymaint wrth 'i hunan. Ma' fe'n esgeuluso'i wraig a'i blant. Sa'n well iddo fe ofalu am 'i deulu yn hytrach na chrwydro'r wlad yn pwyllgora'n ddi-ben-draw,' meddai'r fodryb yn sarrug.

'Ond oherwydd y swydd bwysig sy 'da fe ma' fe gymaint oddi cartre, Motryb Margaret. All e ddim bod yn Llancaeach a Chaerdydd. A beth bynnag, ma' fe'n bwriadu mynd â nhw lawr i Landaf.'

'Gore po gynta, 'te,' oedd sylw cwta ei modryb.

Fe ddihunodd y merched bach yn ddisynnwyr o gynnar fore trannoeth ac er mwyn sicrhau na fyddent yn ymyrryd â chwsg pawb arall, bu'n rhaid i Elisabeth lusgo'i hun o'r gwely a mynd â nhw i lawr i'r gegin fawr. Yno roedd llu o forwynion wrthi'n paratoi pryd y bore ond pan welodd y brif forwyn y plant, rhoddodd groeso twymgalon iddyn nhw a chawson nhw ac Elisabeth y dewis cyntaf o'r danteithion oedd ar gael. Yno y cafodd meistres y plas nhw ac am eiliad edrychodd braidd yn anfodlon o'u gweld. Ond yr eiliad nesaf, roedd wedi dod atyn nhw ac yn gwneud yn fawr ohonyn nhw.

'Druain bach!' meddai'n ddistaw wrth Elisabeth. 'Nid 'u bai nhw yw e bod fel tae pawb a phopeth yn y byd 'ma'n troi o chwith. Ma' pobol mewn oed yn 'i cha'l hi'n ddicon anodd i ddygymod â'r holl newidiada sy'n dicwdd o'n cwmpas ni,

heb sôn am blant. Beth wyt ti'n mynd i neud â nhw bore
'ma?'

'Ro'n i'n meddwl mynd â nhw i'r llannerch yn y co'd tu ôl
i'r tŷ. Fe fydd lle iddyn nhw whare fanna a fyddan nhw ddim
o dan dra'd pobol.'

Wedi cyrraedd y llannerch yn y coed, aeth y plant ar
unwaith i chwarae, gan neidio dros foncyffion a chuddio tu
ôl i lwyni. Ni theimlai Elisabeth yn heini o gwbl; buasai wedi
hoffi cael aros yn hwy yn ei gwely. Gollyngodd ei hun i lawr
ar foncyff mawr yng nghanol y llannerch a phwyso'i gên yn
ei dwylo ac aeth i bendrymu ynghylch y rhwyg rhwng y ddau
deulu roedd hi mor hoff ohonynt. Buasai wedi hoffi cael
gafael yn ei brawd, Edward, iddynt gael ymgynghori. Er nad
oedd ond pymtheg oed, roedd e'n gallu bod yn hynod o gall
ac roedden nhw'u dau yn cyd-weld, gan amla. Ond doedd hi
ddim wedi gweld cip arno ers y noson cynt a'r pryd hynny
roedd e yng nghanol torf o ddynion ifainc.

Gollyngodd ei phen i lawr ar ei breichiau ac ochneidiodd.
Daeth atgof o olwg bryderus Modryb Margaret wrth iddi sôn
am Mary Llancaeach. Doedd hi ddim wedi ymddangos mor
galon-galed, bore 'ma. Roedd yn rhaid ei fod fel tân ar ei
chroen hi i wybod bod eisiau ei chymorth ar y teulu bach a
hithau'n cael ei dal oddi yno oherwydd ei gŵr. Cyn dod o'r
plas roedd Elisabeth wedi edrych i mewn i'r neuadd fawr rhag
ofn y byddai Edward yno ond yn lle hynny gwelsai ei hewythr
Edmwnd a'i modryb yn taflu golwg dros y paratoadau ar
gyfer y wledd briodas. Roedd Edmwnd wedi ymddangos yn
swrth tra oedd ei modryb Margaret yn siarad ag ef yn dawel
rhwng ei dannedd. Os oedd Edmwnd wedi mwynhau mynegi
ei farn yn Y Fenni, roedd wedi gorfod dioddef clywed barn
ei wraig ym Mhenllwynsarth — yn fân ac yn aml, tybiai
Elisabeth, ac ar ôl i'r briodas yma fynd heibio, edrychai'n
debyg y byddai pethau'n waeth arno. Doedd Margaret
Morgan ddim yn wraig oedd yn dioddef yn ddistaw. Ac roedd

ganddi gariad mawr at Edward Llancaeach. Er mai modryb iddo oedd hi o ran perthynas, fel brawd a chwaer y cawsent eu magu yn mhlas yr hen Edward Prichard, ac roedd hi wedi bod yn hynod falch o'i ddyrchafiad i un o swyddi mwyaf pwysig de Cymru. Ochneidiodd Elisabeth eto. Beth allse neb ei wneud? Fyddai diflastod yn nheulu Penllwynsarth yn gwella dim ar sefyllfa'r teulu yn Llancaeach.

Trodd a galwodd ar y plant. Daeth Anna a Mary fach ar unwaith ond bu'n rhaid chwilio am Jane nes i'w chwerthin ddatgelu ei chuddfan ac wedyn cawsant berswâd ar Elisabeth i chwarae wic gyda nhw am ychydig, cyn bodloni mynd 'nôl at y plas. Gymaint oedd sŵn chwerthin y plant wrth iddi redeg ar eu holau fel na chlywodd Elisabeth y marchogion yn nesáu ac roedd y ddau fonheddwr a'u gweision yn eu hymyl cyn iddi sylwi bod neb yn agos. Rhedodd y merched bach ati a chydio yn sgert ei gŵn a syllu'n ofnus ar y ddau ŵr mewn dillad gwych tu hwnt ar y meirch tal heirdd. Dim ond edrych arnyn nhw wnaeth y blaenaf ond gwenodd y llall arnyn nhw ac edrychai fel petai am aros i'w cyfarch ond yna cyffyrddodd ei het â'i law ac aeth yn ei flaen. Gadawodd Elisabeth iddynt fynd o'r golwg cyn iddi hi a'r plant eu dilyn 'nôl tuag at y plas. A hithau'n forwyn briodas roedd yn rhaid iddi hi ofalu ei bod yn cael amser i newid i'w dillad gorau a hefyd fod wrth law i helpu'r briodferch.

O'r diwedd fe ddaeth y paratoadau cymhleth, manwl i ben ac roedd yr osgordd briodas ar gychwyn. Roedd o amgylch y tŷ mawr yn llawn o geffylau a gweision y boneddigion yn aros i'w cynorthwyo i esgyn i'w cyfrwyau. Cafodd Elisabeth hithau ei helpu ar gefn ei cheffyl a chymryd ei lle gyda'r morynion priodas eraill y tu ôl i Mary a'i thad tra oedd Edward yn mynd gyda meibion Penllwynsarth ar y blaen. Roedd Modryb Margaret wedi trefnu y byddai'r plant yn cael marchogaeth yn ei rhan hi o'r osgordd.

Gellid gweld yr eglwys yr oeddynt yn anelu amdani o'r

lawnt o flaen y plasty gan fod Eglwys Plwyf Mynydd Islwyn yn sefyll fel angel gwarcheidiol ar ben y bryn a godai'n serth yr ochr draw i'r afon. Fel yr hed y frân, doedd hi ddim ymhell ond fe gymerodd y daith ar hyd yr heolydd culion gyda'r perthi celyn ar bob ochr, a'r troeon mynych er mwyn lleddfu rhywfaint ar y dringo cyson, dipyn o amser, ac fe gafodd meddwl Elisabeth gyfle i grwydro o'r briodas hon at ei dyfodol ei hun. Doedd ei mam ddim wedi sôn dim yn ddiweddar am unrhyw fwriad i geisio trefnu priodas addas iddi hi — ddim hyd yn oed wedi crybwyll enwau teuluoedd y byddai'n debyg o feddwl y byddai'n fodlon cysylltu â nhw. Doedd hyn ddim wedi poeni dim arni hyd yn ddiweddar. Doedd hi ddim yn awyddus i feddwl am adael ei theulu ac efallai gorfod mynd i fyw filltiroedd maith i ffwrdd. Ond roedd ffws a ffwdan priodas Mary wedi cael rhywfaint o ddylanwad arni. Doedd hi ddim yn awyddus i briodi ar hyn o bryd ond pe bai rhyw ddyn ifanc golygus, cefnog o deulu da'n dod i'r golwg o rywle, teimlai y byddai'n barod i newid ei meddwl. Ond hyd yma doedd hi ddim wedi gweld neb oedd yn werth sylwi arno. Ac eto, rhybuddiodd ei hun, efallai na châi hi ddim cymaint â hynny o ddewis a doedd hi ddim am fod yn hen ferch. Yr anhawster oedd fod Penderin mor ddiarffordd. Doedden nhw ddim yn gweld llawer o foneddigion oddi ar farwolaeth ei thad. Aethai nifer yr ymwelwyr yn brin a'r rheiny oedd yn dod draw yn hen ac yn briod.

Wrth droi tro sydyn yn yr heol, sylweddolodd Elisabeth ei bod yn gallu gweld nifer o'r gwŷr ifainc oedd ar y blaen — brodyr Mary — na, doedden nhw ddim gwerth iddi — priodasau iddyn nhw wedi eu trefnu'n barod, beth bynnag. Yna, gwelodd ŵr ifanc dieithr a'i hatgoffai o rywun arall — o Bussy Mansel. Ochneidiodd Elisabeth wrth gofio am yr amser, amser maith yn ôl — pan y bu hi'n math o freuddwydio am Bussy ac roedd hi wedi teimlo'n dorcalonnus am awr neu ddwy ar ôl clywed ei fod wedi priodi — a chyda gweddw oedd bron yn ddigon hen i fod yn fam iddo! Ond dyna fe, un craff ofnadw oedd Bussy — bob amser yn gwylad mantais ac roedd priodi gweddw Syr Edward Stradling yn siŵr o fod yn fanteisiol iawn iddo fe.

Roedden nhw'n nesáu at ben eu taith ac roedd yr osgordd wedi cynyddu'n gyson ac yn enfawr erbyn hyn. Ar bob un o'r llu o groesffyrdd y daethant iddynt ar eu ffordd i fyny i Fynydd Islwyn, buasai nifer o farchogion, yn wŷr a gwragedd, yn aros amdanynt, wedi teithio o'r cymoedd cyfagos i dalu gwrogaeth i gangen Penllwynsarth o deulu goludog y Morganiaid.

Gyda chymorth gwas, disgynnodd Elisabeth yn ofalus ac aeth at y briodferch i helpu cymoni ei gwisg ac aros i'r naill ochr tra oedd y gwesteion yn mynd i mewn i'r eglwys. Trodd ei golwg i edrych ar yr olygfa oddi tani. Gallai weld Plas Penllwynsarth yn blaen a'r caeau gleision yn ymestyn ar hyd y llethr bob ochr iddo, ac i'r gogledd codai bryniau wedi eu gorchuddio â choed deri ac ynn, bedw a chyll, fel ton ar ôl ton amryliw yng ngogoniant gwisg yr hydref.

Pan gymerodd ei lle y tu ôl i'w chyfnither wrth gangell yr eglwys y gwelodd Elisabeth y priodfab am y tro cyntaf a chafodd dipyn o siom. Doedd Mary ei hun ddim wedi dweud fawr amdano ond roedd ei mam wedi dweud ei fod 'dipyn bach yn henach na Mary'. Ond roedd James Gunter, cyfreithiwr o'r Fenni, yn hŷn o lawer — yn ganol oed o leia ac yn dangos hynny! A hefyd roedd e'n fyr ac yn dew a Mary, fel y Morganiaid i gyd, yn dal!

Ddylen ni ddim bod wedi pentyrru'r blodau a'r les 'na ar 'i phen hi, meddyliodd Elisabeth. Ma' nhw'n gwneud iddi ddishgwl yn dalach fyth. Wir ma' nhw'n dishgwl yn bâr doniol. O Mary, pam gwnest ti'i dderbyn e? Gyda dy waddol di a dy linach fe ddylet fod wedi cael gwell cynnig na hwn. Ond roedd yn rhaid bod Mary'n ddigon hoff ohono. Fyddai'i rhieni ddim wedi'i gorfodi hi i'w dderbyn e, fydden nhw? Edrychodd Elisabeth draw atyn nhw. Ond roedden nhw a Mary'n edrych yn hollol fodlon a balch.

O, wel! Trodd i gael cipolwg ar y tair merch oedd yn sefyll y tu ôl i'w modryb. Popeth yn iawn — roedden nhw'n edrych ac yn ymddwyn fel angylion — yn enwedig Jane a Mary, yn eu dillad gorau prydferth a'u gwallt euraidd yn gyrliog bert o gwmpas eu hwynebau bach crwn. Doedd Anna ddim yn edrych cystal â nhw. Roedd hi mor welw a phica, a'i gwallt tywyll, trwchus yn boddi'r wyneb main. Safai'r tair yn llonydd a thawel gan fwynhau'r olygfa o'u cwmpas. Cyn iddi droi ei sylw'n ôl at yr allor lle penliniai'r ddeuddyn priod, cafodd ei hun yn edrych yn wyneb y bonheddwr a safai y tu ôl i'r plant ac adnabu ef fel y marchog oedd wedi gwenu arnyn nhw yn y llannerch y bore hwnnw. Un tal, awdurdodol ei olwg; llygaid tywyll, barf dywyll, gwallt hir tonnog, tywyll. Yn frysiog, trodd Elisabeth ei golwg yn ôl at yr allor. Clywai lais yr offeiriad yn llafarganu'r gweddïau ond ni wrandawai ar y geiriau. Brenhinwr yw hwnna? dyfalai. Yma? Doedd y rhan hon o Went ddim yn lle diogel i Frenhinwyr ar ôl eu methiant ym mrwydr Sain Ffagan, llynedd. Ond roedd hi'n anodd adnabod pobl wrth eu gwisg. Pa blaid oedd gŵr newydd Mary'n ei gefnogi, tybed? Efallai nad oedd e ddim yn cefnogi unrhyw blaid, fel y mwyafrif o'r boblogaeth.

Daeth y briodas i ben a dilynodd y llu gwesteion James a Mary Gunter o Eglwys Plwyf Mynydd Islwyn 'nôl i lawr yr hewlydd troellog, culion at blasdy Penllwynsarth.

Bu'r noson ar ôl i'w phlant adael Llancaeach yn un erchyll o hir a phoenus i Mary Prichard a chyn i'r wawr dorri, roedd wedi mynnu i'r forwyn fynd i nôl Dafydd Dafis, y pregethwr lleol oedd wedi cymryd lle offeiriad y plwyf. Wrth ddynesu at erchwyn y gwely, fe sylweddolodd yntau ar unwaith fod

Meistres Prichard mewn cyflwr difrifol iawn. Cydiodd yn ei llaw a phlygodd drosti.

'Meistres Prichard, ry'ch chi'n moyn 'y ngweld i?'

Agorodd hithau'i llygaid.

'Dafydd Dafis, — rwy'n moyn ichi sgrifennu llythyr drosta i.'

'Llythyr at eich gŵr, Meistres?'

'Nace — at 'y mrawd — Bussy Mansel, Briton Fferi.'

'Ngore, Meistres. Yn Saesneg, efe? Dyw'n Saesneg i ddim yn dda iawn, cofiwch.'

'Fe wnaiff y tro. Fe ddyweda i wrthoch chi beth i'w weud.'

Yn araf, araf, gyda llawer i seibiant pan fu'n rhaid i'r wraig glaf aros i gael nerth cyn mynd ymlaen, mynegwyd yr hyn oedd yn ei phoeni fwyaf — sef dyfodol ei phlant. Roedd Dafydd Dafis yn falch o'r ysbeidiau hyn iddo gael meddwl sut i roi sibrydion y Feistres i lawr mewn Saesneg a farnai ef oedd yn iaith swyddogol. Weithiau byddai hi ei hun yn siarad yn Saesneg a gwnâi hynny hi'n haws iddo,

'Seeming that it is the Lord's will and pleasure to call for me now in the minority of my two children . . .'

Roedd y fam druenus yn gofyn i'w brawd — *'in whom next to my own husband I repose the greatest confidence . . .'* — gymryd ei merch hynaf i fyw ato ef a'i wraig, fel y gallai hi ofalu am ei haddysg gan nad oedd neb yn Llancaeach a oedd yn addas i wneud hynny. Gwyddai fod ei wraig (Lady Stradling gynt) wedi magu a dysgu'i phlant ei hun fel yr haeddai plant boneddigion, ac felly crefai arni i gymryd,

'this little one who otherwise would learn nothing but rudeness with countrey children . . .'

Fe beidiodd y geiriau ac fe gaeodd Mary Prichard ei llygaid. Arhosodd Dafydd Dafis. Pan agorodd hi nhw drachefn, gofynnodd iddi,

'Dyna'r cyfan, Meistres Prichard?'

'Ie — ond — dywedwch wrtho fe am fy nghofio i at fy

82

nghyfeillion — fe sgrifenna i'n enw os gelwch ar Mali i ddod i'm helpu i gwnnu ar fy ishte.'

Yn araf a thrafferthus ysgrifennwyd y geiriau:

'*Your mortal sister,*
  Mary Prichard.'

'Halwch e ar unwaith,' meddai a suddodd 'nôl ar y gobennydd.

'Gwnaf, Meistres.'

Cododd Dafydd Dafis ac aeth drwodd i'r siamber. Yno ysgrifennodd yntau lythyr byr at y Cyrnol Prichard i ddweud wrtho fod ei wraig yn marw.

Cafodd un o weision Llancaeach fynd â llythyr y Feistres i Briton Fferi ond rhoddodd y llall i'w was ei hun gyda'r gorchymyn i fynd ar garlam i Gaerdydd a dweud wrth y Cyrnol fod yn rhaid iddo ddod adre ar unwaith os oedd am weld ei wraig yn fyw.

Y bore ar ôl y briodas aeth Elisabeth i chwilio am ei brawd. Roedd hi'n awyddus iawn i gychwyn 'nôl ar fyrder gan ei bod yn ganol mis Hydref a'r dydd yn fyr a byddai'n rhaid iddyn nhw dorri eu siwrnai yn Llancaeach. Cafodd ddeall gan y morynion bod nifer o'r gwŷr ifainc wedi cysgu ar lawr y neuadd ar ôl cyrraedd 'nôl o'r Fenni yn oriau mân y bore. Aeth Elisabeth yn betrusgar at y drws a cheisio gweld ei brawd ymhlith y rhai a orweddai driphlith draphlith ar hyd y llawr. O'r diwedd, canfu Edward yn codi ar ei eistedd a llwyddodd i dynnu ei sylw. Daeth ati'n araf gan gamu'n ofalus dros y rhai oedd yn dal i gysgu. Wrth ddod mas i'r awyr iach, ysgydwodd ei ben a rhwbio'i lygaid.

'Gormod o win a dim digon o gwsg, efe Edward?'

'Ia,' cyfaddefodd. 'Gad inni fynd i gerad tipyn, i fi ga'l stwytho.'

'Nest ti fwynhau'r neithior, 'te?'

Chwarddodd Edward. 'Do — wel, cawson ni fechgyn ddicon o hwyl — dwn i ddim am James.'

'Na Mary chwaith, druan.'

'Druan? Pam druan?'

'O, wn i ddim ond 'mod i'n synnu 'i bod hi'n prioti â hen ŵr.'

'Dyw e ddim mor hen â 'na — tua deugen, allswn i feddwl.' Roedd Edward mor rhesymol bob amser!

'Dros uca'n mlynedd rhyngtyn nhw. Ma'n well gen i ddynion hŷn ond ma' hwnna'n ormod,' atebodd ei chwaer yn bendant.

'Wel cawn weld pwy fydd dy ŵr di,' chwarddodd Edward, 'ro'dd dicon yn holi yn dy gylch di.'

Cochodd Elisabeth. 'Pwy, 'sgwn i?'

'O, nifer o ddynon — ifainc a hen — a hen iawn!' Chwarddodd ei brawd yn uchel wrth weld anfodlonrwydd ei chwaer ond yna difrifolodd a gofynnodd:

'Welaist ti'r ddou Herbert?'

'Pwy oedd rheiny?'

Disgrifiodd Edward nhw a deallodd Elisabeth mai'r ddau a welsai'n mynd trwy'r llannerch oedden nhw.

'Major Henry Herbert yw'r hynaf a Major William Herbert, ei frawd, oedd y llall.'

'Yr un oedd wedi'i wisgo fel Brenhinwr?'

'Ie, Brenhinwr oedd e tan yn ddiweddar iawn ond mae ei frawd wedi'i ddarbwyllo fe 'i bod hi'n gallach i fod o blaid y Senedd y dyddia 'ma. Dau fab Herbert Coldbrook y'n nhw ac yn gyfoethog tu hwnt. Meddylia, ro'dd y ddou 'na'n ymladd yn erbyn 'i gilydd! Ond mae William yn dilyn 'i frawd yn ffyddlon erbyn hyn. Ma'n rhaid dy fod ti wedi sylwi arno fe . . . Ro'dd e wedi sylwi arnat ti, ta beth. Fe glywes i e'n holi Ewyrth Edmwnd amdanat ti.'

'Beth! Yn wir!' Yn erbyn ei hewyllys a heb ddim rheswm yn y byd teimlodd Elisabeth y gwaed yn codi i'w hwyneb.

'*Yn wir*,' meddai Edward gyda phwyslais, gan fwynhau anniddigrwydd ei chwaer, 'ond wrth gwrs, mae e'n rhy hen i ti. Mae e wedi bod yn briod ishws. Hen witwar yw e.'

Trodd Elisabeth ei chefn arno a dweud yn llym ei bod hi'n hen bryd iddynt gychwyn am adre.

'Ma' rhywbeth yn bod, Edward,' meddai Elisabeth yn dawel wrth iddyn nhw ddynesu at Lancaeach.

Disgynnodd y cwmni ac aethant at y drws cefn. Roedd Leusa'n aros i'w derbyn. Gwnaeth awgrym i Elisabeth ddod i'r naill ochr.

'Ma'r Feistres wedi marw ers y bore bach. Ma'r Mishtar 'ma — wedi cyrra'dd yn ddiweddar nithwr — dim ond mewn pryd — ro'dd hi yn 'i napod e. Ma' fe a Dafydd Dafis yn y siamber fawr ar hyn o bryd. Ma' fe am weld y plant ar unweth, medde fe — ma' fe am weud wrthyn nhw. Fe gaiff Mali fynd â nhw lan ato fe.'

Arhosodd Elisabeth, Edward ac Anna yn y gegin nes iddynt gael neges i fynd lan at eu hewythr. Roedd yn eistedd yn ei gadair fawr gyda'r ddwy ferch fach ar ei lin a hwythau'n glynu'n dynn ynddo. Diolchodd yn gynnes i Elisabeth ac Edward am eu cymwynas i'w wraig a'i blant.

'Beth allwn ni neud drosoch chi nawr, Ewyrth Edward?' gofynnodd Elisabeth.

'Wyt ti'n meddwl y gelli di eros yma i ofelu am fy merched bech nes fydd yr engledd drosodd? Fe fydde hynny'n gymwynes o'r mwye.'

Bodlonodd Elisabeth a chafodd Anna fynd gartre gydag Edward a chario'r neges yn gofyn i'w mam ddod i Lancaeach ar fyrder. Ei chymorth hi a ddymunai Edward Prichard yn ei unigrwydd.

Fe ddaeth tyrfa i Lancaeach i'r angladd. Fe brofodd teyrngarwch teulu a thylwyth yn gryfach na gwahaniaeth barn am grefydd a gwleidyddiaeth ac fe ddaeth teuluoedd Games

Bodwigiad, Mathews Aberaman a Thomas Llanbradach yno i gyd o'r bron. Fe ddaeth Margaret Morgan Penllwynsarth hefyd, ond heb ei gŵr. Ei mab Henry ddaeth gyda hi. Wrth gwrs, roedd holl ddeiliaid a gweinyddion y plas yno — eu hiraeth am eu meistres fwyn, garedig yn hollol ddidwyll.

Yno'n amlwg hefyd roedd nifer o wŷr dieithr — rhai pwysig fel y Cyrnol Philip Jones, Llywodraethwr Abertawe a gorllewin Morgannwg, yng ngofal ei warchodlu, a'i frawd Jenkin, y milwr-bregethwr o Lanigon a ddeuai bob hyn a hyn i Eglwys Ferthyr i dorri bara.

Pan gyrhaeddodd yr angladd Gelli-gaer derbyniwyd hwy i'r eglwys gan nifer o wŷr mewn gwisgoedd plaen du a hetiau tal a hwy a fu'n gyfrifol am drefn y gwasanaeth. Ni ddarllenwyd o'r Llyfr Gweddi, ond cafwyd pregeth gan Dafydd Dafis.

Roedd rhai perthnasau a chymdogion amlwg yn absennol — un arbennig iawn, ond nid ei fai ef oedd hynny. Roedd brawd annwyl Mary Prichard yn aelod seneddol ac yn Llundain ac nid oedd Bussy Mansel eto wedi derbyn llythyr ei chwaer na'r un a ddanfonodd ei wraig ato yn ei hysbysu am ei marwolaeth.

Drannoeth fe aeth Edward Prichard a'i ferched bach o Lancaeach i Landaf a gyda nhw aeth Elisabeth Games. Roedd ei mam wedi bodloni i gais taer ei chefnder iddi gael mynd i ofalu amdanynt dros dro.

1650

Pennod 9

Symudodd Elisabeth Games ei stôl at y ffenest fawr a chydiodd unwaith eto yn y ffrâm frodio, er nad oedd yn cael fawr o hwyl arni. Edrychodd allan ar y ffordd fawr a gallai weld rhai o wragedd Llandaf yn mynd ar frys heibio i'r tŷ. Ychydig a fyddai'n codi eu golwg at dŷ y Cyrnol Edward Prichard ac ni fyddai neb yn codi llaw i gyfarch y foneddiges ifanc wrth y ffenestr.

Doedd Elisabeth erioed wedi dychmygu y gallasai rhywun fod mor unig yn byw yng nghanol pentref. Roedd hi'n sicr na fyddai'r wraig dlotaf yn y bwthyn mwyaf anghysbell ym Mhenderin yn dioddef gymaint o unigrwydd. Yno, byddai bugail neu borthmon neu ambell deithiwr yn galw i mewn i holi ei hynt a dod â newyddion. Yma, yn Llandaf, roedd digon o bobl o gwmpas, tai a bythynnod o boptu, plasty'r Mathewsiaid yn ymyl, a phlas Radyr heb fod ymhell ond prin iawn oedd y rhai a alwai ar ymweliad cymdeithasol. Byddai llawer o ddynion yn galw i weld ei hewythr ar fusnes; rhai o'r pentref hwn wedi bod yn aros am oriau amdano, yn barchus eu hymddygiad ond yn dlodaidd a digalon eu golwg, rhai a fu'n dda eu byd o dan yr hen drefn frenhinol pan oedd Llandaf yn eiddo i'r esgob, ond yn awr yn gorfod cipian am swyddi israddol er mwyn ennill cynhaliaeth i'w teuluoedd. Doedd dim rhyfedd fod yma ddigofaint.

Plygodd ymlaen i wrando wrth glywed lleisiau plant. Y merched bach yn dychwelyd? Nage, plant y pentre yn chwarae ar ben isa'r stryd, sylweddolodd gyda siom. Doedd hi ddim yn cael cwmni Jane a Mary yn aml nawr. Roedd Edward Prichard wedi cyflogi perthynas tlawd i deulu Radyr i ofalu amdanynt a chaent eu dysgu bob dydd gyda phlant bonheddig eraill gan un o gyn-offeiriaid yr eglwys gadeiriol.

Gwthiodd ei nodwydd yn ddiamynedd i mewn i'r defnydd. Doedd hi ddim yn hoff o'r gwaith ar y gorau. Buasai'n well ganddi ddarllen ond doedd dim llyfrau i'w darllen yma heblaw'r Beibl a llyfrau Ewythr Edward ar y gyfraith a thractiau dirifedi yn Saesneg am ddiwinyddiaeth ac roedd hi'n cael y rheiny'n ofnadwy o anodd i'w deall.

Aeth â'i stôl i ben draw'r ffenest ac edrych i gyfeiriad arall. Gallai weld yr eglwys gadeiriol oddi yma. Syllodd arni a theimlodd yn flin am y difrod a wnaed iddi. Roedd hi'n cydsynio â chael gwared o gerfluniau a phethau o'r fath ac wedi'i dysgu nad oedd eisiau rhwysg a seremoni mewn gwasanaeth crefyddol ond — oedd yn rhaid difetha'r organ? Onid oedd y salmydd yn dweud am foli Duw gyda thannau ac ag organ? Roedd hyn wedi poeni tipyn arni. Oedd canu'r delyn yn bechod? Ysgydwodd Elisabeth ei phen. Na, doedd hi ddim yn barod i gredu hynny. Roedd hi wedi teimlo droeon yr hoffai ofyn i'w hewythr am hyn ond doedd e ddim yn un hawdd i'w holi heb sôn am ddadlau ag e. P'run bynnag, yn anaml y câi hi a'i ferched bach ei gwmni. Roedd e oddi cartre ar hyn o bryd, mewn cyfarfod pwysig iawn — Pwyllgor Seneddol dros dde Cymru yn Y Fenni a Duw a ŵyr pryd y byddai'n dychwelyd.

Mewn diflastod llwyr, taflodd Elisabeth y ffrâm frodio i'r naill ochr a chodi ar ei thraed i gerdded o gwmpas y siamber. Buasai'n dda ganddi fynd allan a chrwydro ar lan Afon Taf a lifai mor hamddenol trwy'r dolydd gwastad islaw. Ond feiddiai hi ddim. Doedd hi ddim yn ddiogel i foneddiges oedd yn perthyn i Seneddwr pwysig fynd i unman heb weision i'w gwarchod. Aeth drwodd i'r ystafell arall, lle'r oedd ffenest yn wynebu'r gogledd. Syllodd yn hir ar y tir yn codi'n fryniau ac yna'n codi'n uwch ac uwch nes iddo gyrraedd y Bannau yn y pellter anweledig. Llanwodd ei llygaid â dagrau o hiraeth. Roedd yn rhaid iddi gael mynd adre, nawr. Doedd dim o'i heisiau yma. Addunedodd iddi ei hun y byddai'n gofyn i'w hewythr, cyn gynted ag y deuai'n ôl, am weision i'w hebrwng 'nôl i Benderin. Gymaint oedd ei hiraeth fel y dyheai am weld unrhyw un o'i theulu (hyd yn oed Richard), a phe byddai ef wedi cerdded i mewn y funud yma byddai'n taflu ei breichiau am ei wddf a'i wasgu'n dynn. Yn lle hynny, eisteddodd yn swpyn ar y llawr a llefain fel babi.

Yn raddol, fe giliodd y dagrau a chododd ar ei thraed gan ddwrdio'i hunan am fod mor blentynnaidd. Aeth i'w hystafell wely ac arllwys dŵr i'r badell biwtar. Roedd wedi ymolchi ac yn twtio'i gwallt pan dorrodd sŵn lleisiau dynion ar ei chlyw. Rhedodd 'nôl i'r siamber fawr ac edrych drwy'r ffenest gefn. Roedd nifer o wŷr wedi dod trwy'r porthdy ac yn disgyn oddi ar feirch tal ac roedd eraill yn dod yn eu sgil, ond ar gefn merlod. Gallai weld ei hewythr Edward yn croesawu dau fonheddwr gwych yr olwg. Yn llawn cywreinrwydd aeth Elisabeth at y drws a chlustfeinio a chlywodd sŵn traed a lleisiau'n mynd i mewn i'r neuadd fawr. A fyddai'n cael cyfle i'w cyfarfod, tybed? Ni ddigwyddai hynny'n aml — ddim os mai ar neges swyddogol yr oeddynt. Ond roedd wedi cwrdd â llawer o'r pregethwyr teithiol a thybiai mai dyna oedd y rhai a welsai ar y merlod. Weithiau byddent hwy'n cael aros dros nos pan ar eu ffordd i bregethu yn yr eglwysi yn y Fro, oedd bellach heb offeiriaid. Roedd hi wedi cael ymuno yn eu cyfarfodydd gweddi gyda'r nos. Un tro roedd wedi cwrdd â'r pregethwr enwog, Walter Cradoc, a mynd gydag Ewythr Edward i wrando arno'n pregethu yn yr awyr agored. Roedd hi wedi rhyfeddu at ei ddawn i hudo'r dorf o bobl anwybodus, di-grefydd. Ar y pryd roedd hithau wedi teimlo ei bod yn cael ei hysgubo i uchafbwynt nwyfus gan y bregeth danbaid ac aeth i'r gwely y noson honno yn llawn brwdfrydedd oherwydd y weledigaeth a gawsai. Siom ofnadwy oedd darganfod drannoeth na allai gofio beth a ddywedodd y pregethwr i'w chynhyrfu gymaint. Roedd yn rhaid nad oedd hi'n un o'r etholedigion. Parodd hyn iddi gael pwl o ddigalondid nes iddi benderfynu beidio â phoeni ynghylch y fath bethau nes iddi fynd adre a chlywed barn ei thad-cu.

Daliodd Elisabeth i wylio'r prysurdeb yn y beili oddi tani gan ei bod wedi sylwi bod y gweision yn dal clwyd y porthdy ar agor o hyd. Roedden nhw'n disgwyl boneddigion eraill i gyrraedd, felly. Yn y man sylwodd fod y prif was yn symud at y porthdy yn barod i dderbyn y ddau a farchogodd yn urddasol drwy'r glwyd. Adnabu'r gŵr ar unwaith a brathodd ei gwefus. Bussy Mansel! Fe fu amser pan y bu'n dda ganddi ei weld — yn ystod misoedd cyntaf ei harhosiad yn Llandaf. Roedd hi a'r merched bach wedi mwynhau ei gwmni ond un diwrnod pan ddaeth roedd y forwyn newydd wedi mynd â'r plant am dro a hithau ar ei phen ei hun. Roedd wedi aros yn sgwrsio â hi am y digwyddiadau yn Llundain a hanes rhai o foneddigion y Fro a hithau'n ddigon diniwed i'w gymell i aros yn hwy i weld os deuai'i hewythr 'nôl yn gynnar o'r castell. Llosgai ei bochau wrth feddwl beth a ddigwyddodd wedyn. Yn hollol ddirybudd roedd wedi'i chael ei hun yn dynn yn ei freichiau ac yntau'n ei chusanu'n ddi-baid. Llwyddodd i dynnu'i hun yn rhydd oddi wrtho a chilio i'r gegin at y morynion. Byth oddi ar hynny roedd wedi ei osgoi. Diolch i Dduw, roedd ei wraig gyda fe heddi! Ac roedd e'n ymddangos yn ofalus iawn ohoni wrth ei helpu i ddisgyn oddi ar ei cheffyl. Y Ledi Mansel! Er yn falch o'i phresenoldeb roedd Elisabeth yn ansicr sut y dylai ymddwyn tuag at y fath foneddiges odidog. Aeth ar ei hunion 'nôl i'w hystafell a rhoi ei gŵn orau amdani a cheisio trefnu'i gwallt trwchus tonnog yn daclus bob ochr i'w hwyneb. Gwgodd ar ei llun yn y drych bach llaw — ddim yn ffasiynol o gwbl, ochneidiodd, ond doedd dim amser i wneud dim i'w newid gan ei bod yn

clywed Cathrin Mansel yn dringo'r grisiau a rhedodd at
ddrws y siamber orau fel y byddai yno mewn pryd i'w derbyn.
Hwyliodd y foneddiges i mewn, ei sgert lawn, felfed yn sisial
wrth gyffwrdd â ffrâm y drws. Estynnodd ei dwy law allan a
chydio'n dynn yn nwylo Elisabeth a gwyro ymlaen i'w
chusanu.

'Elisabeth, dear child, are you still being kept prisoner here?'

Edrychodd Elisabeth yn syn arni a rhoddodd chwerthiniad
bach ansicr gan na wyddai sut i ateb y fath gwestiwn dyrys.
Gwelodd Ledi Mansel ei dryswch a chwarddodd hithau'n
dawel ac yna troi i'r Gymraeg. Dyna fel y gwnâi bob amser
— sef cyfarch yn Saesneg gyntaf. Arhosodd i'w morwyn
dynnu'i chadair ymlaen at y lle tân ac yna eisteddodd yn
osgeiddig ac aros i'r ferch drefnu'i sgertiau llawn yn ofalus o'i
chwmpas.

Wrth aros i'r forwyn orffen ei gorchwyl, syllodd y ddwy
wraig yn feirniadol ar ei gilydd. Barnai Elisabeth fod Cathrin
yn parhau'n fenyw eitha glân a meddwl ei bod hi siŵr o fod
yn tynnu am ei deugain oed. Doedd dim blewyn gwyn i'w
weld yn y gwallt melyn a ymddangosai wedi'i gyrlio'n
gylchoedd hir ffasiynol o dan y cap prydferth a roddwyd yn
dwt ar ei chorun. Roedd hyn yn gweddu i'r wyneb main ac
roedd ei chroen yn para'n llyfn. Ei dannedd oedd yn amharu
fwyaf arni ond byddai Cathrin bob amser yn ceisio cofio
peidio ag agor ei cheg yn rhy lydan pan oedd yn gwenu neu
yn chwerthin. Ac er ei bod erbyn hyn yn wraig i un o
Seneddwyr pwysicaf de Cymru, roedd ei gwisg cyn hardded
â'r un o eiddo gwragedd Brenhinwyr.

Yn y cyfamser, roedd Ledi Mansel yn sylwi bod y
foneddiges ifanc o'i blaen yn dal, yn siapus ei ffurf, gyda
chroen golau, llygaid pert llwydlas, a gwallt brown tonnog
oedd heb ei drin mewn ffordd ffasiynol o gwbl. Yn wir, roedd
y ferch yn ffodus ei fod yn donnog wrth natur neu byddai'n
edrych braidd yn blentynnaidd. A'r gŵn blaen lwyd yna! O

ddefnydd da, wrth gwrs, a'r goler les o wneuthuriad crefftus ond oedd hi'n bosib fod Edward yn mynnu fod ei nith — neu gyfnither, beth bynnag oedd hi — yn gwisgo fel un o'r Piwritaniaid? Neu oedd hi'n un ohonyn nhw? P'run bynnag, doedd dim synnwyr bod merch ifanc mor ddeniadol â hon yn cael trigo heb gwmnïaeth gwraig hŷn gyfrifol, mewn tŷ lle roedd cymaint o ddynion yn galw ac yn lletya. Sut allasai ei mam fod mor ddifeddwl â gadael ei merch ifanc mor ddiymgeledd? Oedd hi ddim yn gwybod beth oedd y sefyllfa yma yn Llandaf?

'Nawr 'te, Elisabeth,' meddai, gan bwyso mlaen mewn ffordd gyfeillgar a chyfrinachol. 'Beth yw'ch hanes chi erbyn hyn? Ydych chi ddim wedi blino bod yma heb neb o'ch oed chi o gwmpas? Mae'n rhaid bod bywyd yn undonog iawn i chi. Oes dim chwant arnoch chi fynd adre? Mae Bussy wedi bod yn cymryd trueni mawr drosoch chi ac yn siŵr eich bod yn unig ac yn hiraethu, medde fe.'

Edrychodd Elisabeth yn graff arni cyn ateb. Beth yn union oedd e wedi'i ddweud wrthi? A beth oedd tu ôl i'r siarad neis-neis yma? Oedd hi wedi drwgdybio bod ei gŵr ifanc yn rhy gydymdeimladol tuag ati a hithau nawr am gael ei gwared o Landaf? Wel, fe allai ei chysuro ar unwaith.

'O's, ma' chwant ofnadw arna i i ga'l mynd adre. Dwy ddim yn gweld bod f'eisia yma'n awr. Mae'r plant yn eitha cartrefol gydag Ann Mathews a do's dim dicon i fi neud 'ma. Ma' Ewyrth Edward wedi gallu dod o hyd i forynion profiadol ac wedyn does dim o'm hisha yn y gegin chwaith.'

'Fydde hynny ddim yn taro i chi, ta beth. Ydych chi wedi sôn am hyn wrth Edward?'

'Nagw. Ma' fe wedi bod i ffwrdd mor amal ond rwy'n bwriadu g'neud 'ny cyn gynted ag y ca i'r cyfle.'

Gwenodd y foneddiges yn ofalus. 'Ie, gwnewch,' meddai'n foddhaus, 'ac rwy'n meddwl y bydde'n syniad da i fi sôn am y peth wrtho hefyd. Mae dynion yn gallu bod yn hynod o ddi-weld ar brydie. A nawr,' gwyrodd ymlaen eto, 'ydych chi'n gwybod pwy yw'r rheina a gyrhaeddodd o'n blaene ni?'

Ysgydwodd Elisabeth ei phen. 'Nagw. Rwy'n meddwl mai Dafydd Dafis yw un o'r pregethwyr. Weles i ddim o'u hwynebe nhw ond rwy'n credu i fi adnabod 'i lais e.'

'Nid rheina o'n i'n feddwl! Yn ôl y Porthwr mae 'na ddau fonheddwr newydd gyrraedd. Welsoch chi nhw?'

'Ddim 'u hwynebe nhw.'

'Wel, fe awn ni lawr yn y man i gwrdd â nhw,' meddai Ledi Mansel yn bendant. 'Beth mae'r pregethwyr yn 'u neud yma? Dy'n nhw ddim yn mynd i gynnal cyfarfodydd pregethu yn Llandaf, ydyn nhw?'

Gwenodd Elisabeth wrth glywed yr arswyd yn ei llais.

'Na, dwy ddim yn meddwl. Ar y ffordd i'r Fro i gynnal gwasanaetha yn yr eglwysi, fwy na thebyg.'

'Hy! Roeddwn i'n dweud wrth Bussy mai ffolineb oedd cael gwared o'r holl offeiriaid a gadael yr eglwysi'n wag a'r werin heb neb i'w dysgu nhw.'

'Ond roedd cymeriad rhai o'r rheiny'n warthus!' mynnodd Elisabeth.

'Rhai ohonyn nhw falle, ond ddim i gyd o bell ffordd ac o leia roedden nhw'n wŷr o dras ac addysg. Meddyliwch! Melinydd cyffredin yw'r un sydd â gofal un o'r eglwysi yng Nghastell-nedd a does 'da fe ddim gair o Ladin!'

'Ond does dim isha Lladin i bregethu'r Efengyl!' atebodd Elisabeth yn frwd, 'dim ond gallu darllen y Beibl yn Gymraeg. Cymraeg mae'r werin yn 'i deall, nid Lladin!'

'O, ie, ie, eitha gwir,' cytunodd Ledi Mansel, yn awyddus i dawelu'r awyrgylch rhyngddynt, 'ond mae'n rhaid i fi gyfadde 'mod i'n 'i chael hi'n anodd i ddygymod â'r holl newidiadau, ond does dim eisie i ni'n dwy ffraeo ynghylch pethau o'r fath. Mae'r dynion yn gwneud digon o hwnna droson ni.'

Cododd ac aeth draw at y ffenestr ac edrych lawr ar Gwrt Llandaf.

'Pa mor aml ry'ch chi'n cwrdd â'r teulu Mathews?' gofynnodd.

'Ddim yn amal. Mae Meistres Mathews a'i chwaer yn dod weithie ond arhosan nhw ddim yn hir.'

'Gawsoch chi wahoddiad i fynd draw acw?'

'Do, a bu'r plant a minnau acw ambell brynhawn ond do's neb o'm hoedran i yno, a do's dim llawer o gymdeithasu rhwng teuluoedd y tai mawr ar hyn o bryd. Mae pawb mor ddrwgdybus ac ofan bod yn gyfeillgar.'

'Eitha gwir. Mae'r un fath draw yn ardal Abertawe a Chastell-nedd hefyd. Ond dewch nawr, Elisabeth, fe awn ni lawr i gael gweld pwy yw'r ymwelwyr diarth.' Ac i ffwrdd a Ledi Mansel at y drws.

'Ond — ' Roedd Elisabeth yn petruso. Ni fyddai hi byth yn ymuno â chwmni heb i'w hewythr anfon amdani.

'Dim ond!' oedd yr ateb pendant. Roedd y foneddiges fawreddog eisoes wedi cyrraedd pen y grisiau ac yn dechrau disgyn yn araf, urddasol i'r cyntedd a dilynodd Elisabeth hi'n eiddgar.

Roedd dau bregethwr yn gadael y neuadd ac ar eu ffordd at y drws mawr. Hwyliodd Ledi Mansel heibio iddynt gyda'r mymryn lleiaf o gydnabyddiaeth i'w cyfarchion cwrtais. Oedodd Elisabeth pan welodd fod un ohonynt yn gwenu arni hi.

'Meistres Elisabeth,' meddai yntau'n swil. 'Mae'n dde gen i'ch cwrdd chi eto. Shwd y'ch chi ers llawer dydd?'

'Yn dda iawn, diolch, Dafydd Dafis. Shwd mae pethe yng Ngelli-gaer ar hyn o bryd?'

'Yn weddol, wir, Meistres Lisabeth. Mae'n dde 'de fi ddweud fod yr echos yn cynyddu a bod mwy o bobol yn troi at yr Arglwydd bob dydd. Ytych chi'n napod y brawd hwn?

Dyme John Miles. Ry'n ni ar er ein ffordd i Ebertewe et ein brodyr yn y Ffydd yn yr erdel honno.'

Plygodd Elisabeth ei phen mewn cydnabyddiaeth.

'Ytw, rwy'n meddwl i ni gwrdd adeg angladd fy modryb yn Llancaeach. O'r Fenni ry'ch chi, yntefe?'

'Ie, ac yng nghymoedd Gwent roedd fy maes llafur dros yr Arglwydd ond mae'r alwad wedi dod ifi fynd gyda'r brawd Dafis i wasanaethu yn y gorllewin.'

'Pob hwyl i chi'ch dou 'te, a Duw fyddo gyda chi,' ac aeth Elisabeth heibio iddynt yn frysiog at ddrws y neuadd lle'r oedd Ledi Mansel yn aros yn ddiamynedd amdani.

Cyn gynted ag y gwelodd Elisabeth y ddau ymwelydd, sylweddolodd gyda phleser ei bod wedi eu gweld o'r blaen. Daeth Bussy at ei wraig a'i chyflwyno iddyn nhw.

'A dyma fy nith, Meistres Elisabeth Games, Penderin,' ategodd Edward Prichard. 'Dyma Major Henry Herbert a'i frawd Major William Herbert, Coldbrook, Sir Fynwy.'

Moesymgrymodd y ddau'n isel a suddodd y ddwy foneddiges mewn cyrtsi gosgeiddig.

Ar unwaith aeth Ledi Mansel draw atynt a mynnu i'r ddau eistedd un bob ochr iddi a meddiannodd yr ymgom. Bu'n eu holi am eu tylwyth ac am bobl flaenllaw eu hardal, yn hollol gartrefol wrth ddal sgwrs â dynion oedd yn ddieithr iddi. Bu Elisabeth yn eistedd yn ddistaw wrth ochr ei hewythr yn gwrando'n astud ac yn edmygu'r ffordd y llithrai cyn-feistres Castell San Donau yn ystwyth o un testun siarad at un arall pan synhwyrai fod y cyntaf yn peri anesmwythyd. O bryd i'w gilydd ciledrychai Elisabeth ar William Herbert. Roedd yn edrych yn hardd gyda'i wallt cyrliog hir a'i farf wedi'i thrin mor ddestlus. Roedd ganddo lygaid tywyll disglair hefyd, sylweddolodd yn sydyn, wrth iddi ei ddal yn syllu arni hithau. Gostyngodd ei golygon ar frys, a gwridodd.

Roedd Ledi Mansel hefyd wedi troi ei sylw at William ond cyn iddi gael cyfle i'w holi, fe ddaeth gwas i mewn â neges i

Edward Prichard. Cododd y tri dyn ac wedi i Edward fynd allan aeth Henry a Bussy tuag at y drws ac aros yno'n siarad yn dawel. Llithrodd William i'r sedd a wacawyd gan Edward a gofynnodd yn dawel:

'Ydych chi'n mwynhau bod yma yn Llandaf?'

'Wel, yn weddol, ond rwy'n edrych mla'n at fynd 'nôl gatre yn fuan.'

'Mae gan eich mam blas yn Llanwenarth on'd oes e?'

'Oes,' atebodd hithau'n syn.

'Fe ges i'r pleser o gyfarfod â'ch mam ychydig ddyddiau'n ôl yn Y Fenni.'

'O, do fe? Shwd ma' hi?'

Cyn ateb, edrychodd William braidd yn ddifrifol arni; yna gofynnodd:

'Yn iawn. Pryd welsoch chi hi ddiwetha?'

'Ma' 'na fisoedd bellach. Pam?'

Ni chafodd gyfle i gael ateb. Roedd ei hewythr wrth y drws yn dweud bod y swyddog o Lundain roedden nhw i'w gwrdd wedi cyrraedd Castell Caerdydd. Aeth y bonheddwyr oddi yno yn frysiog a diseremoni gan adael y ddwy foneddiges yn edrych ar ei gilydd yn hynod o siomedig. Gofynnodd Ledi Mansel i Elisabeth alw ei morwyn i ddod ati ac wedi i honno gyrraedd a'i sicrhau bod ei siamber yn barod, dywedodd ei bod am fynd yno i orffwys gan ei bod yn lluddedig ar ôl y daith. Deallodd Elisabeth nad oedd gan Ledi Mansel ddiddordeb pellach ynddi ac na fyddai'n debyg o'i gweld eto nes y byddai hi a Bussy'n mynd oddi yno drannoeth. Roedd hyn wrth fodd Elisabeth hefyd. Roedd ganddi lawer o bethau i feddwl amdanynt. Roedd cyfarfod â William Herbert wedi ei chyffroi ac am beth amser wedi iddi fynd i'w hystafell ei hun bu'n mwynhau ail-fyw pob munud. Roedd e wedi bod mor serchus tuag ati ac roedd hi wedi'i hoffi e — er — o ddod yn agos ato roedd yn edrych yn hŷn nag yr oedd hi wedi meddwl pan welodd hi e ym Mhenllwynsarth. Aeth at y ffenest. Dyna ryfedd fel oedd y byd yn gallu newid o fewn ychydig oria! Lledodd y wên yn ei llygaid i'w gwefusau. Roedd y prynhawn wedi troi'n bleserus dros ben ac roedd hi'n meddwl fod Cathrin Stradling Mansel yn wraig ardderchog i Bussy ac yn gwbl alluog i'w gadw rhag mynd ar gyfeiliorn.

Pan glywodd hi Jane a Mary'n dychwelyd, rhedodd i lawr i'w cyfarfod a sylwodd y ddwy ferch fach fod eu cyfnither mewn gwell hwyl nag y bu ers llawer dydd. Cafodd Ann Mathews ryddid i fynd at ei dibenion ei hun a chymerodd Elisabeth at y plant a chan ei bod mewn cystal hwyl, mynnodd y ddwy gael chwaraeon yr oedd Ann yn eu gwrthod iddynt.

Fe barhaodd y teimlad cynnes, bodlon tan amser gwely ac aeth i gysgu a gwên ar ei hwyneb. Ond rywbryd yn oriau mân y bore, deffrôdd a chododd ar ei heistedd wrth i ofid gydio'n sydyn ynddi. Roedd wedi cofio'r olwg yn llygaid William Herbert wrth iddo ofyn, 'Pryd welsoch chi'ch mam?' Oedd rhywbeth yn bod ar ei mam? Yna, ymdawelodd. Roedd hi'n codi bwganod. Onid yn Y Fenni roedd William wedi cwrdd â hi? Os oedd hi wedi gallu teithio i'r Fenni, yna doedd hi ddim yn dost. Gollyngodd ei hun 'nôl ar y gobennydd. Ciliodd y gofid a daeth breuddwydion hyfryd yn ei le.

Pennod 10

Ar ôl y pryd canol dydd drannoeth roedd y tŷ'n rhydd o ymwelwyr ac i bob golwg roedd y Meistr yn mynd i aros gartref. Gyda'r nos, danfonodd am Elisabeth a'r plant i ddod ato i'r parlwr gorau. Dangosodd y ddwy fach swildod ar y dechrau ond buan y diflannodd hwnnw wedi iddo godi Mary ar ei lin a thynnu Jane i sefyll wrth ei ymyl a'i fraich amdani. Dechreuodd ddweud straeon wrthynt am ei blentyndod ef ei hun yn Llancaeach a'r bywyd diofal cyffrous a gofiai. Chwarddent i gyd wrth iddo adrodd am ambell antur neu anffawd ac roedd y plant wrth eu bodd. Roedd Elisabeth yn mwynhau hefyd, er ei bod wedi clywed rhai o'r straeon hyn o'r blaen gan ei mam. Dyma'r Edward Llancaeach roedd ei mam a Modryb Margaret yn ei gofio a'i garu. Mor wahanol yr edrychai nawr yn pwyso'n ôl yn ei gadair a'i freichiau am ei blant ac yn eu hanwylo. Roedd yr wyneb hir gwelw wedi ymlacio, yr olwg tradifrifol wedi diflannu ac roedd gwên yn y llygaid glas a arferai edrych mor llym.

Pan ddaeth hi'n amser i'r plant fynd i'w gwely fe dynnodd eu tad yr egwyl i ben trwy benlinio gyda nhw a'u dysgu sut i weddïo. Penliniodd Elisabeth hefyd ac ailadrodd gyda'r plant weddïau eu tad, ac yna wedi iddynt ei gusanu aethant yn fodlon gydag Elisabeth i'w hystafell.

Pan ddychwelodd, roedd ei hewythr yn dal i eistedd yn gyffyrddus yn ei gadair a gwenodd arni pan aeth hithau'n ôl i'w sedd ei hun. Ar ôl ysbaid o dawelwch meddai wrthi:

'Elisabeth, rwy'n felch tu hwnt o gael y cyfle i gael gair â thi. Rwy'n ofni 'merch i, 'mod i wedi bod yn hunenol iawn ac yn ddell hefyd. Rwy'n sylweddoli nawr dy fod wedi cael amser anodd yme a dy fod wedi'i chael hi'n unig. Me'n ddrwg iawn gen i, 'merch i. Fe ddylwn fod wedi sylweddoli ond wnes i ddim ond me pobl erill wedi tynnu fy sylw at dy sefyllfa ac wedyn fe fydde i'n trefnu dy fod yn cael mynd gatre ar fyr o dro. Na, paid â'm hesgusodi,' meddai gan godi'i law i'w thawelu, 'a beth bynnag dwyt ti ddim yn mynd i adel ar dy union gen fod gen i eisiau dy fern di ar fater o bwys.'

Cododd aeliau Elisabeth ond arhosodd iddo egluro.

'Rwy wedi gofyn i ŵr bonheddig lleol — Piers Deere yw ei enw fe ac mae e'n ddyn cyfoethog dros ben — ddod yma yfory ac mae e'n dod â'i ferch gydag e. Mae hi'n un ar bymtheg mlwydd oed ac yn ôl pob sôn yn ferch brydferth iawn ac rwy i'n meddwl y gwnaiff hi wraig eddes i dy frawd Richard ond fe hoffwn gel dy fern di. Rwyt ti'n ednebod dy frawd gystel â neb.'

Erbyn hyn roedd ei nith yn syllu'n graff arno a gofynnodd ar unwaith:

'Ewyrth Edward, oes 'na reswm arbennig dros drefnu priodas i Richard nawr? Roedd Mam a Tad-cu wedi bod yn sôn am y peth cyn i fi ddod lawr yma ond wedi penderfynu aros nes bod Richard bron â dod i oed — achos bod Mam ishe dal 'i gafael ynddo fe a'i eiddo.' Oedodd gan deimlo ei bod yn annheyrngar i'w brawd ac ychwanegodd yn dawel: 'Dyw e ddim wedi dangos ei fod yn ddigon cyfrifol, 'chi'n gweld.'

Ond wrth ei olwg, nid oedd hyn yn newydd i'w hewythr.

'Wel, mae dy fam wedi gofyn i fi drefnu priodes iddo fe nawr. Dim ond trefnu byddwn ni ar hyn o bryd, beth bynnag. Fydden nhw ddim yn debyg o gael priodi am flynydde.'

Eisteddodd Elisabeth yn dawel yn syllu'n feddylgar i'r tân. Crychodd ei thalcen a daeth golwg ofidus ar ei hwyneb wrth i'r ofnau oedd wedi'i dychryn y noson cynt ddod 'nôl i'w meddwl. Ar ôl ysbaid gofynnodd yn dawel:

'Ewyrth, fe ddywedodd William Herbert wrtho i fod e wedi cwrdd â Mam yn Y Fenni. Bryd 'ny ofynnws hi i chi wneud y trefniade?'

'Ie.'

Cododd ei nith ac aeth i sefyll o'i flaen. 'Ewyrth Edward, gwetwch y gwir wrtha i. O's rhywbeth o'i le ar Mam?'

'Pam wyt ti'n gofyn, 'merch i?'

'Achos i fi ofyn i William Herbert shwd oedd hi ac roedd rhywbeth yn y ffordd yr atepws e a gofyn i fi pryd o'n i wedi'i gweld hi ddiwetha, yn gwneud i fi ddrwgdybio, ac os a'th Mam bob cam i'r Fenni i ofyn i chi drefnu priodas i Richard ar frys — yna, mae rhywbeth o'i le. Gwetwch, Ewyrth Edward, yty Mam yn dost?'

'O'r gore, 'merch i. Mae'n well i ti w'pod nag i ti bryderu heb ishe,' ac aeth ymlaen i gyfaddef mai dod yn unig swydd i'r Fenni wnaeth ei mam am iddi glywed am y cyfarfod arbennig a fyddai yno. Nac oedd, doedd ei mam ddim yn dda ei hiechyd ar hyn o bryd. Roedd hi'n cael pyliau tost ond wedyn yn gwella ond roedd hi wedi colli tipyn o bwysau oddi ar y tro olaf iddo fe ei gweld hi.

'Ond do's dim ishe i ti fynd o flaen gofid,' ychwanegodd.

Gwenodd hithau, 'Ry'ch chi'n swnio fel Tad-cu.'

Gwenodd Edward hefyd. 'Nid y ti yw'r cyntaf i weud 'ny. Ond nawr rwy am i ti fod gyda fi fory pan ddaw Piers Deere a'i ferch yma.'

'Beth os na fydda i'n meddwl y bydd hi'n taro?'

'Fe gawn weld. Fe fydd Richard ei hun yn cael cwrdd â hi cyn gwneud penderfyniad terfynol ac fe gei di fynd 'nôl gatre gydag e. Dyna oedd dymuniad dy fam.'

Un fach fer, bert, gyda gwallt melyn cyrliog a llygaid glas

agored oedd Elisabeth Deere, yn barod i wenu a chwerthin ac i blesio'r oedolion o'i chwmpas.

Mae hi fel doli, meddyliodd Elisabeth, fe wnaiff i'r dim i Richard — do's dim gormod yn 'i phen hi — er, o ailfeddwl, menyw hŷn gall, debyg i wraig Bussy oedd 'i ishe arno fe. Ond gwyddai fod pethau fel maint ei gwaddol briodas yn cyfrif yn y bargeinio a'r hyn a ddywedodd wrth ei hewythr oedd na welai hi ddim yn ei herbyn a byddai Richard yn siŵr o ddwli arni.

Dywedodd yntau ei fod ef hefyd wedi'i fodloni gan y teulu ac y byddai neges yn cael ei danfon i Benderin ar unwaith i ddweud wrth Richard am ddod lawr i Landaf.

Am unwaith, roedd y brawd a'r chwaer yn wirioneddol falch o weld ei gilydd ac nid oedd pall ar siarad Richard. Roedd ei ewythr wedi danfon gosgordd o wŷr arfog i'w hebrwng ac roedd Richard wedi mwynhau pob munud o'r daith.

'Dew, ma' 'na le hyfryd lawr 'ma yn Llandaf, ferch. On'd wyt ti wedi bod yn lwcus i ga'l aros 'ma cy'd? Rwyt ti siŵr o fod wedi cwrdd a gwŷr pwysica'r wlad.'

Gwenodd ei chwaer, 'Rhai ohonyn nhw, falle. Ond, Richard, shwd ma' Mam?'

'Mam? 'Sdim llawer yn bod ar Mam!'

'Ond ro'dd Ewyrth Edward yn dweud 'i bod hi'n cael pyle tost a'i bod hi wedi colli pwyse.'

'Wel, yty, ma' hi wedi colli pwyse ond ma' hi mor fywus ag erio'd ac yn dal 'i gafa'l ar bopeth mor dynn ag erio'd. Na, dwy ddim yn meddwl bod ishe i neb bryderu. Ond gwed, Lis — beth am y ferch 'ma? Yty hi'n bert? Ro'dd Ewyrth Edward yn dweud 'ny yn 'i lythyr at Mam.'

'Yty, mae hi, yn bert iawn.'

Gwenodd Richard yn foddhaus gan ddangos rhes o ddannedd glân, cyson.

'Beth ddylwn i ddweud wrthi a shwd wy i'n dishgwl?' a chamodd 'nôl, i'w chwaer gael gwell golwg arno.

Syllodd Elisabeth yn feirniadol ar ei brawd. Roedd yn gwisgo siwt o frethyn gorau ac roedd y lliw llwyd golau'n gweddu i'w wallt du a'i lygaid tywyll. Roedd ganddo groen golau clir a lliw coch iachus yn ei fochau. Er peth syndod iddi roedd yn rhaid iddi gydnabod bod ei brawd hynaf wedi gwella 'i olwg yn ystod y flwyddyn ddiwethaf. Roedd hi erioed wedi bod o'r farn mai un bach diolwg oedd e, yn enwedig o'i gymharu ag Edward.

'Rwyt ti'n dishgwl yn ddyn ifanc hardd, Rich,' cyfaddefodd, 'a do's dim ishe i ti bryderu. Fydd dim ishe i chi'ch dou weud fawr o ddim.'

Dim ond un edrychiad ar y ferch fach wylaidd, brydferth yn ei dillad gwych oedd eisiau ar Richard. Llwyddodd i'w chyfarch yn swil ond boneddigaidd a chododd Elisabeth Deere ei llygaid glas ac edrych i fyny ato a gwenu. Roedd yn amlwg i'w perthnasau bod y ddau ifanc yn fodlon iawn ar y dewis a wnaed drostynt. Cyn pen yr wythnos roedd y bargeinio priodasol wedi cyrraedd man boddhaol a rhoddwyd caniatâd i'r dyweddïad. Fe gafodd y ddau gwrdd â'i gilydd eto un prynhawn yng nghwmni modryb y ferch a chwaer y bachgen. Dim ond un peth a flinai Richard sef na fyddai'r briodas yn cymryd lle nes ei fod yn dod i oed ac i'w etifeddiaeth ac roedd hynny'n golygu tair blynedd o aros. Doedd e ddim yn fodlon gadael Llandaf mor fuan chwaith ond doedd dim modd newid meddwl Ewythr Edward. Roedd wedi trefnu iddynt gael eu hebrwng yn ddiogel cyn belled â phlas Aberaman yn gynnar y bore wedyn. Doedd hynny ddim yn rhy gynnar i'w chwaer.

Roedd y tywydd yn dda uwchben a'r ddaear yn sych dan draed ac fe gafodd y ceffylau farchogaeth yn gyflym ar hyd y ffordd a ddilynai gribau'r bryniau yn hytrach nag ymlwybro trwy'r coedwigoedd ar lawr Dyffryn Taf. Ni fuont fawr o dro cyn troi i Gwm Cynon a chyn bo hir wedyn roeddent yn rhydio'r afon ac yn anelu at blas Aberaman. Wedi cyrraedd golwg y plas fe ffarweliodd swyddog y gwarchodlu â nhw a throdd ef a'i wŷr 'nôl i Gaerdydd. Roedd Miles Mathews wedi dod o gyrion y plas a nifer o weision gydag e ac wedi gwylio ymadawiad yr osgordd, daethant ar garlam i gwrdd â'r ymwelwyr.

Ar ôl cael pryd o fwyd, mynnodd Meistres Mathews sylw Elisabeth.

'Rwy'n felch cl'wed fod Edward a'r merched bech yn gysurus lawr 'na, Elisabeth,' meddai ar ôl iddi holi ei nith yn fanwl. 'Druen bech! Ie wir!'

'Ytyn, modryb. 'Sdim ishe i chi bryderu amdanyn nhw, mwyach. Maddeuwch i fi am dorri'n hymweliad mor fyr ond rwy'n awyddus iawn i gyrraedd gatre a gweld shwd ma' Mam.'

'Wyt, rwy'n siŵr, 'merch i,' meddai'r hen wraig ac estynnodd am ei ffon a chodi'n araf er mwyn dod i'w hebrwng drwy'r buarth at y glwyd. 'Rwy'n gweld dy frawd wrth y steple gyda Miles. Yty e'n tyfu'n gellech neg o'dd e? Un go enodd i'w drin yw e, yn ôl Miles.'

Ni wyddai Elisabeth sut i ateb ond doedd dim eisiau, oherwydd ar ôl aros a phwyso am eiliad ar ei ffon trodd ei modryb ati a dweud yn dawel:

'Me dy fem yn clafychu rwy'n ofni, 'merch i. Bydd yn dde dy fod ti'n ôl gyte hi nawr. Me mwy o dy ishe di erni hi nag sydd er Edward a'i deulu.'

Cododd ei geiriau fraw ar Elisabeth. Dyna'r gwir 'te, meddyliodd. Byddai ei hen fodryb yn deall mwy na Richard oedd mor ddifeddwl ac yn gweld dim ond beth oedd e am ei weld. Galwodd Elisabeth yn wyllt arno i ddod ar unwaith. Roedd hi am deithio'r chwe milltir oedd rhyngddi hi a Bodwigiad cyn gynted ag y gallai. Roedd ei phryderon yn dwysáu bob cam o'r ffordd. Erbyn iddi gyrraedd Rhyd Pontprenllwyd roedd hi wedi perswadio ei hun fod ei mam ar ei gwely angau. Siom o'r ochr orau oedd hi felly i gyrraedd y tŷ a chael ei mam wrth y drws yn ei disgwyl â'i breichiau ar led.

Ar ôl treulio'r noswaith yn ei chwmni a sylwi'n fanwl arni roedd hi'n ysgafnach ei meddwl. Oedd, roedd ei mam yn denau ac yn welw ond doedd hi ddim cynddrwg ag yr oedd hi wedi ofni, o bell ffordd.

1651

Pennod 11

Deuai sŵn ceibio cyson o ochr Trebanog i Afon Cynon ac yn
raddol roedd cwter ddofn yn ymddangos yn anelu at lecyn lle
roedd waliau adeilad yn araf godi.

Yn y gwter, mewn dŵr at fola'i goes roedd Siams Bach.
Bob hyn a hyn, taflai'i gaib i'r naill ochr a chydio yn y cerrig
mawrion a ryddhawyd. Hyrddiai y rhai hynny i ben y tir ac
yna rhawio'r cerrig mân ar eu hôl. Mwmiai alaw yn ei lais
dwfn angerddol, sŵn a fuasai'n debyg o wneud i ddieithryn
feddwl mai melltithio'i waith blin yr oedd. Ond cwter oedd
cynefin Siams a thaerai rhai o'i gyd-ddynion cellweirus mai
mewn cwter y ganed e, a phan oedd eisiau agor cwter ddofn
hir yn y plwyf, am Siams y byddai'r galw. Heblaw bod yn
arbenigwr ar y gwaith, roedd yn weithiwr rhad. Y cyfan a
fynnai Siams oedd cornel mewn sgubor neu feudy lle y gallai
gysgu; un pryd y dydd, sef bara ceirch a chig moch bras wedi'i
ferwi i'w fwyta, a chwrw i'w yfed, ac ambell i hen ddilledyn
cynnes. Byddai hefyd yn ddiolchgar yn y gaeaf am ffetan
flawd drwchus i roi dros ei ysgwyddau pan ddeuai glaw mawr;
a byddai'n ddiolchgar tu hwnt i unrhyw un a roddai het fawr
iddo ac am bâr o hen esgidiau a'r mymryn lleia o wadn ar ôl
arnyn nhw. Byddai'n addo gweddïo'n daer — i Dduw a'r
Drindod Sanctaidd a'r seintiau i gyd (ond roedd wedi dysgu
peidio â sôn am y Forwyn Fair ers llawer dydd). Ni fynnai
arian, gan y taerai nad oedd dim gwerth yn y cylchoedd bach
metel ac ni fynnai gwmni ei gyd-ddynion chwaith — a da

hynny, gan mai ychydig ohonynt hwy a allai oddef ei ddrewdod.

Yn y man, oedodd Siams ac yn raddol, cymhwysodd ei gefn. Tynnodd ei grys carpiog, brwnt yn rhydd o'i frytish a sychodd y chwys oddi ar ei wyneb ac yna eisteddodd ar garreg fawr ar ymyl y gwter. Syllodd yn synfyfyriol ar ôl ei lafur ac ymddangosai fel petai yn fodlon arno ac fe aeth y canu'n uwch.

'Rwyt ti mewn hwyl dda heddi, Siams Bach. Ma' hyd yn y gwter 'ma ishws.' Cododd Siams ei olwg i edrych ar ei gyflogwr presennol. Er y byddai'n cyfarch pob cyflogwr fel 'Mishtir', ni fynnai Siams unrhyw ddyn yn feistr parhaol arno. Fe fyddai'n dewis i bwy ac ymhle y gweithiai; ac er bod ambell blwyfolyn yn gwgu ar ei hyfdra a'i hynodrwydd, ni allai neb ei gyhuddo o fod yn grwydryn diog a'i erlid o'r plwyf gan mai un o blant y plwyf ydoedd, ac yr oedd bob amser mewn gwaith. Ni allai neb gofio iddo erioed fod yn sâl er ei fod yn gweithio mewn dŵr yn feunyddiol ac ni fyddai'r glaw trymaf yn ei rwystro hyd nes i'r llif ar waelod y gwter droi'n gornant.

Gwthiodd Siams Bach ei het lydan ddi-siâp 'nôl oddi ar ei dalcen cyn ateb yn araf:

'O's, Mishtir, dim llawer o gerrig mawr 'ma ar lan yr afon. Tir da 'ma.'

'Ie, Siams, ac os deil y tywydd, fyddi di ddim yn hir cyn 'i chwpla hi.'

Doedd Siams ddim yn hoffi'r olwg foddhaus ar wyneb Siencyn Phylip. Dyn bach sgwâr, cryf, pengoch, gydag wyneb coch, hawddgar yr olwg oedd e, ond un cyfrwys, trachwantus yn ôl pob sôn.

'Falle,' meddai'n swrth. 'Cawn weld, yntefe?' A throdd ei olwg yn araf o'i gwmpas. 'Dim llawer o waith yn mynd mla'n draw manna heddi,' ychwanegodd gan gyfeirio â'i ben at y man lle'r oedd Siencyn a'i was wedi bod yn codi cerrig i wneud wal. 'Fe fydd hi'n flwyddyn nesa arnat ti cyn bydd dy felin di o dan do.'

Edrychodd Siencyn Phylip yn gas arno. Pwy ddiawl oedd wedi dweud wrth hwn mai melin roedden nhw yn 'i chodi? Roedd e a'i feistr tir, Morgan Prys William, Trebanog wedi gwneud eu gorau i gadw'r mater yn gudd gan nad oedd y gwaith ond ar ddechrau.

Amneidiodd Siams â'i ben eto ond tuag at yr ochr draw i'r afon y tro yma. 'Ma' rhywun arall yn catw golwg ar beth wyt ti'n neud.'

Trodd Siencyn yn wyllt ac edrych drwy'r coed ar lan yr afon ond ni allai weld neb.

'Ble?'

'Dishgwl di draw dros yr ynys, Mishtir. Mae Gruffydd Penca' wedi bod yna ers tipyn.'

Rhegodd Siencyn wrth weld bod y gwterwr yn iawn.

'Pobol Bodiciad yn bownd o ga'l gw'pod — Gruffydd yn perthyn, ti'n gweld, ac yn dal 'i dir e wrth Mistras Games,' a nodiodd Siams ei ben i bwysleisio'r gosodiad.

Gwgu wnaeth Siencyn a chnoi ei wefus ond wrth weld Siams yn dal sylw arno, trodd a sgwariodd ei ysgwyddau.

'Hy!' meddai'n uchel. 'Beth yw'r ots 'da fi amdanyn nhw? Nid wrth deulu Bodiciad rwy'n dal fy nhir i ac ma' 'da fi ganiatâd Morgan Trebanog. Cer di mla'n â dy waith, Siams Bach. 'Musnes i yw hyn.'

'Dicon gwir, Mishtar, dicon gwir,' ac fe ailgydiodd Siams yn ei gaib.

Drannoeth, fe gafodd Siams ymwelydd arall. Pan oedd y mwmian canu ar ei eithaf gan fod y gwter bellach yn treiddio trwy dir lle'r oedd mwy o bridd a llai o gerrig, daeth y gwterwr yn ymwybodol o gysgod yn syrthio drosto — cysgod mawr, llydan. Ymsythodd yn araf. Doedd dim eisiau iddo godi ei olygon i wybod pwy oedd yno. Dim ond un gŵr yn yr ardal oedd â het mor uchel a chlogyn mor lydan.

'Diwetydd da i chi, Mistar Pritsiart.'

'A diwetydd da i thitha, Siams. Rwyt ti'n torri cwter fawr yma ac eto do's dim o'i hishe hi. Dyw'r tir yma ddim yn wlyb. Beth yw'r amcan, Siams?'

'Neud 'y ngwaith wy i, Mistar Pritsiart. Mishtir yn gweud: "Torr gwter, Siams, o fan hyn i fan'cw," a dyna fydda i'n neud, er mwyn ca'l byta i gatw'n fyw, yntefe, Mistar Pritsiart?'

'Eitha gwir, Siams a ble mae dy fishtir nawr?'

Heb ateb edrychodd Siams dros ben y gwter i gyfeiriad y de, ac yna aeth 'nôl at y rhawio.

Safodd Thomas Prichard yn llonydd am ychydig i edrych 'nôl ar y gwter a weithiwyd eisoes ac edrych ymlaen at ble y cyfeiriai. Yna aeth yn ei flaen gan adael y coed ar y glannau a chroesi'r meysydd gwastad at fryncyn tua'r gorllewin. Oddi yno y deuai sŵn y morthwylion.

Cerddai'n araf. Er ei fod bellach yn tynnu at oed yr addewid, roedd yn dal yn iach a heini ond ni allai gerdded yn gyflym mwyach ac roedd dod ar daith fel hon, trwy goed trwchus ar lan afon yn anodd iddo. Ond nid y daith drafferthus a'i poenai ar hyn o bryd. Roedd ef a Mary wedi bod yn amharod i gredu'r sôn am baratoadau i godi melin newydd ar dir Trebanog hyd nes daeth Gruffydd Pencae i ddweud wrtho am y gwaith oedd eisoes mewn llaw. Doedd e ddim wedi dweud wrth Mary eto, ddim nes ei fod wedi cael cyfle i weld drosto'i hun a chael gair â'r deiliad, Siencyn Phylip.

Gallai weld bod adeilad sylweddol ar ei ffordd i fyny cyn iddo gyrraedd y man lle'r oedd dau ddyn yn codi wal ac roeddent hwythau wedi'i weld a'i adnabod yntau.

'Yffarn dân! Prichard 'i hunan!' ebe Siencyn yn dawel. Wedi gweld Gruffydd Penca' yn sbïo arno y diwrnod cynt roedd wedi rhag-weld y byddai rhywun o Bodwigiad yn cyrraedd ond wedi meddwl mai Rheinallt Dafydd fyddai'n dod, ac roedd wedi bod yn barod am drafodaeth frwd a allasai droi'n danllyd. Ond wir, meddai wrtho'i hun, base'n well 'da fi bido â wynebu'r hen ŵr bonheddig. Roedd Thomas Prichard yn sefyll ac yn edrych yn ddifrifol iawn arno. Roedd hefyd yn syllu ar y sylfeini a'r walydd ac yna'n ôl lawr at yr afon.

'Do's dim diben i ti wadu, Siencyn Phylip, nad melin sy'n cael 'i chodi yma. A dwy ddim yn cretu y byddet ti'n mentro ar y gwaith heb ganiatâd dy feistr tir. Ac mi wn i eich bod chi'ch dou'n gw'pod beth yw'r gyfraith ynglŷn â melinau'r Fforest Fawr. Y goron, neu llywodraeth y Senedd nawr, biau'r melinau, ond eu bod yn cael eu ffermio allan i wahanol dirfeddianwyr. Y nhw, a dim ond y nhw, sydd â hawl ar y melinau hyn a do's gan neb arall hawl i godi melin. Fel ry'ch chi'n gw'pod yn iawn, Melin Pwllcoch yw melin plwyf Penderin a fy merch, Meistres Games, sydd yn ei dal oddi wrth y Llywodraeth. I honno mae pawb i fynd â'u cynnyrch a thalu am ei falu a hefyd mae'r felin i'w chynnal a'i chwero gan bob un sy'n ei defnyddio. Rwyt ti, Siencyn, a Morgan Prys William yn gw'pod hyn i gyd. Wedyn, pam ry'ch chi'n torri'r gyfraith fel hyn?'

Roedd Thomas Prichard wedi siarad yn dawel ac amyneddgar ac fe geisiodd Siencyn ateb yn yr un modd.

'Ma'n wir ma' fel 'na ro'dd petha cyn y rhyfel, Mistar Prichard, ond ma' petha wedi newid 'ddar 'ny. Do's dim brenin 'da ni nawr, o's e? Dwy ddim yn ŵr bonheddig dysgedig fel chi, syr, ond rwy'n gallu gweld pan fo'r byd wedi newid. Ac ma' fe weti newid yn fidir, Mistar Prichard. Ro'dd ffeirad 'da ni pan o'dd brenin 'da ni ond do's dim un 'da ni nawr a dy'n ni ddim yn talu'r decwm dim racor, chwaith. A ma' nhw'n gweud wrtha i bod Llywodrath Llunda'n yn gwerthu tiro'dd yr eclws a phobl gyfoethog yn barod iddi prynu nhw a bod 'na lawer o ddeddfa newydd. Dwy ddim yn deall y petha 'ma i gyd ond dyna beth wy'n gl'wad.'

'Mae'n ddigon gwir bod newidiadau mawr wedi digwydd, Siencyn, ond does dim deddf newydd yn dweud bod rhyddid gan unrhywun i godi melin lle mynno fe ac mae'r deddfa ynglŷn â melinau'r Fforest Fawr yn aros.'

'Ia, wel, chi sy'n gweud 'na, yntefe, Mistar Prichard? Y cyfan rwy'n gw'pod yw 'mod i wedi gofyn i'm meistr tir am ganiatâd i godi melin yma ar dir Trebanog a dyw e ddim wedi gwrthod. A rwy'n gw'pod bod un arall yn ca'l 'i chwnnu yn Ystradfellte ac yn Nefynnog hefyd. Wetyn, dyna fel y ma' hi, Mistar Prichard. Diwetydd da i chi, syr.'

A chan godi'i het yn foesgar, aeth Siencyn 'nôl at y wal.

Roedd Mary Games yn eistedd wrth ford fach o flaen ffenest parlwr Bodwigiad pan ddychwelodd ei thad. Roedd hi'n teimlo lawer iawn yn well y dyddiau hyn, meddai hi wrth ei theulu. Mae'n rhaid bod y moddion a wnaethai ei thad o rysáit a gawsai gan hen wraig yng Ngelli-gaer, wedi gwneud y byd o les iddi. Roedd hi'n dal yn denau, mae'n wir, ond roedd ganddi fwy o archwaeth at fwyd a byddai'n siŵr o roi pwysau'n ôl yn y man. Roedd hi wedi llwyddo i dreulio oriau y prynhawn hwn yn astudio dogfennau tir a llyfrau cownt ond roedd yn barod i roi'r gorau i'r gorchwyl pan welodd ei thad yn dychwelyd. Deallodd ar unwaith ei fod wedi'i gythryblu ac wedi iddo ddod i mewn a chael ysbaid o orffwys, mynnodd Mary glywed y cyfan.

'Ro'dd Siencyn yn foneddigaidd iawn 'i ffordd ond ma' gen i syniad 'i fod e a Morgan wedi bod yn cwnsela a bod Morgan wedi'i drwytho'n dda gyda'r holl esgusodion a rhesymau 'na.'

'Ac fe fyddan nhw'n dala mla'n i godi'r felin?'

'Byddan. Wrth gwrs, pe bawn i'n gadael i Rheinallt ga'l 'i ffordd, fe fydda fe a'r gweision yn mynd a'i chwalu hi, ond dwy ddim yn cydsynio â 'ny. Dim ond achosi cynnwrf a mwy o ddigofaint wnelai hynny. Na, rwy'n meddwl y bydd yn rhaid mynd â'r achos i'r llys. Fe fydd yn well cael barn Henry Powel pan ddaw e.'

'Diolch i'r drefn, fe fydd e 'ma fory. Mae'n rhaid gwneud rhywbeth i'w rhwystro nhw. Ma' melin Pwllcoch yn werth deg punt y flwyddyn i ni!' meddai Mary'n benderfynol ac yna ychwanegodd yn chwerw, 'Morgan Trebanog, y sgelffyn! — yn gwylad mantais arna i, a finna'n weddw! Fydde fe ddim wedi beiddio gwneud hyn pe bydde Richard yn fyw!'

Roedd ymweliad Thomas Prichard wedi gadael Siencyn Phylip yn teimlo'n anniddig. Roedd yn hyderus ei fod wedi ateb y bonheddwr cystal ag y gallai unrhyw ddyn ei wneud, ac iddo gofio'r hyn a ddysgwyd iddo gan ei feistr tir. Ond rhywsut, teimlai'n anghysurus a daeth awydd arno i fynd i weld Meistr Trebanog i ddweud y cyfan wrtho. Felly, wedi iddo ef a'i was orffen y darn wal penodedig, penderfynodd Siencyn roi'r gorau iddi am y dydd a mynd ar ei union i gartref Morgan Rhys William.

Roedd tŷ Trebanog yn hen, hen. Ddwy ganrif ynghynt, hwn oedd yr adeilad mwyaf yn yr ardal, gyda neuadd fawr a llwyfan ar un pen iddi, lle arferai cyndeidiau Morgan eistedd pan fyddent yn cael bwyd. Ers hynny roedd y tŷ wedi newid tipyn. Roedd y lle tân wedi ei symud o ganol y llawr a'i osod ym mhen isa'r neuadd tra oedd parlwr cyffyrddus a stordy bwyd i'r teulu wedi eu gosod yn y pen hwnt. Y tŷ hwn oedd un o'r rhai cyntaf yn y plwyf i gael ystafelloedd ar y llofft gyda nenfwd uwchben a ffenestri yn eu goleuo, a grisiau sylweddol i'w cyrraedd. Ynghlwm wrth y tŷ yr oedd beudy a stabl.

Ni fyddai Siencyn byth yn dod i Drebanog heb ei edmygu a rhyfeddu at faint a nifer y tai allan. Roedd hi mor amlwg mai tŷ bonheddwr o hen dras oedd hwn a theimlai falchder o fod yn ddeiliad i'r perchennog. Nid oedd yn ei boeni nad teulu Trebanog oedd y blaenaf yn y plwyf bellach a bod y fath dŷ hir yn henffasiwn yn nhyb boneddigion o'r radd flaenaf;

na'r ffaith, ers dyddiau John Gwyn a Richard Games, mai Bodwigiad oedd y stad fwyaf o bell ffordd ac i'w gymharu â thŷ Trebanog fod tŷ Bodiwigiad yn blas.

Gwyrodd Siencyn Phylip ei ben wrth fynd trwy'r drws a arweiniai i'r penllawr rhwng y tŷ a'r beudy. Daeth cymysgedd o arogleuon i'w ffroenau — arogl mwg tân coed o'r neuadd ac arogl gwair, llaeth twym a dom da o'r beudy. Oedodd Siencyn yma ac yn ddistaw rhifodd bennau'r da oedd yn traflyncu'r gwair o'u blaenau yn y preseb. Deuddeg. Go dda, o gofio mai dim ond y gorau oedd y rhain a bod nifer o dda sychion ar y coedcae heblaw am yr ychen a'r bustych a'r merlod oedd yn pori ar y mynydd, a'r oll oedd yn pori ar diroedd pobl eraill dros dro ar hyd a lled plwyfi Penderin, Y Faenor ac Aberdâr! Meistr cefnog yn wir, ac un yr oedd hi'n werth ei blesio.

Torrodd llais miniog ar ei synfyfyrio,

'Beth wyt ti'n wneud yma, Shinc?' gofynnodd y prif was.

'Y Mishtar. Rwy am weld y Meistr Morgan Prys William — ar fusnes pwysig!' A chwyddodd ei frest.

'Marcad!' gwaeddodd Gwilym, 'Rho'r bwced 'na i Sara a cher â Shincyn i'r tŷ — ar ôl iddo fe sychu 'i dra'd,' ychwanegodd.

Cododd y forwyn fach oddi ar ei stôl odro, sychodd ei dwylo yn ei ffedog gynfas ac arweiniodd y tyddynnwr heibio i dalcen y lle tân, yna o dan y bwa cerrig ac i mewn i'r neuadd. Rhoddodd y ferch gyrtsi brysiog a dywedodd yn ofnus:

'Siencyn Phylip i'ch gweld chi, syr.'

Ni chawsai Siencyn fynediad i'r tŷ o'r blaen ac aeth i mewn yn wylaidd ei osgo ond roedd ei lygaid ym mhobman. Er bod yno ddwy ffenest fe fuasai'n dywyll oni bai am y fflamau a ddeuai o'r tân coed mawr yn y cawell haearn o dan y simne fawr. Un bob ochr i'r lle tân eisteddai y bonheddwr a'i wraig ac wrth ei hochr hi safai eu mab ifanc, William. Yn eistedd mewn cadeiriau â breichiau iddynt, sylwodd Siencyn, a chlustogau cyffyrddus arnyn nhw. Crwydrodd ei lygaid draw at y cwpwrdd deuddarn derw ar y wal gyferbyn, y platiau piwtar disglair oedd arno'n adlewyrchu golau'r fflamau; lliain coch pert ar y ford ar bwys y Feistres ac ar y ford hir ar ganol y llawr roedd gwydrau gwin, newydd eu gwacáu. Storiodd Siencyn y manylion hyn gydag awch. Byddai ei wraig, Gladys, yn glustiau i gyd!

'Wel, Siencyn Phylip?'

Roedd Siencyn newydd gofio tynnu'i het.

'Isha ca'l gair â chi, syr, os gwelwch yn dda,' meddai'n ffwdanllyd.

'O bwys efe, Siencyn?' gofynnodd ei feistr yn ei ffordd araf. Tueddai Morgan Prys William i lusgo'i eiriau gan roi'r argraff mai dyn pwyllog amyneddgar dioglyd ydoedd. Edrychai ar bawb o dan amrannau trymion ond doedd y llygaid craff yn colli dim.

'Ia, syr.'

Ar hyn, edrychodd Morgan draw ar ei wraig ac wedi deall yr awgrym, cododd hithau ac aeth hi a'r bachgen drwodd i'r parlwr.

'Ngore 'te, beth sy'n dy boeni di?'

Symudodd Siencyn ymlaen ychydig er mwyn gallu gweld ei feistr. Sylwodd nad oedd mynd yn ganol oed wedi rhoi dim brasder ar y ffrâm hir esgyrnog ond bod y gwallt hir tywyll wedi britho tipyn. Adroddodd Siencyn hanes ymweliad Thomas Prichard.

'Fe wnest yn iawn, Siencyn, i ddal dy dymer gyda Meistr Prichard. Dwy ddim am 'i ddicio fe. Wyt ti'n gweld, mae'n annoeth dicio neb o dylwyth Llancaeach ar hyn o bryd, tra bod Cyrnol Edward Prichard yn ddyn mor bwysig yn y de 'ma ond fe gariwn ni mla'n gan bwyll fach, serch hynny.'

Gwenodd Siencyn ac meddai yn galonnog:

'Beth allan nhw neud obythdu e, ta beth? Cofiwch syr, ro'n

i'n ofan gweld Rheinallt yn dod â gwishon i chwalu'r cyfan. A falle mai dyna wnawn nhw 'to.'

'Dwy ddim yn meddwl — ddim tra bo Thomas Prichard yn dal yr awenau acw. Ac, o feddwl, Siencyn, rwy'n siŵr mai dyna fydde Richard Games wedi'i wneud,' ac ychwanegodd wrtho'i hun na fuasai yntau wedi mentro arni yn y lle cyntaf.

Chwarddodd Siencyn, 'Na, ma' tipyn mwy o ryddid yn y plwyf 'ma nawr 'ddar i'r hen Sgweiar farw. A fel wetas i wrth Mistar Prichard, ry'n ni'n byw mewn byd newydd nawr. Allan nhw ddim erfyn i ni gatw at yr hen drefan am byth, allan nhw? A hen drefan annheg iawn o'dd hi, ta beth, yn gorfodi i bawb fynd i'w melin nhw. Fe fydd pobol yn ca'l dewis nawr.'

Ac fe wenodd y Meistr a'r gwas ar ei gilydd, yn hollol fodlon ar eu cynllun.

Doedd Siams bach ddim yn fo'lon. Ar ôl gweld yr haul yn suddo tua'r gorllewin, roedd wedi cydio yn ei gaib a'i raw, eu sychu'n ofalus a'u codi ar ei gefen a dringo o'r gwter. Yna, roedd wedi mynd lan i'r twyn at y bwthyn lle trigai Siencyn a'i wraig. Roedd ei fola gwag yn dweud wrtho ei bod hi'n bryd cael swper ond er siom iddo, roedd y drws ynghau ac ni ddaeth neb i'w ateb er iddo roi cnoc drom arno. Roedd Siams wedi sefyll yn ei unfan am rai munudau yn ceisio cofio beth yn union oedd y trefniadau ynglŷn â'i fwyd. Roedd wedi meddwl mai at Siencyn roedd e i fynd ond roedd yn rhaid mai yn Nhrebanog roedd i gael ei fwyd. Wedi diflasu'n llwyr â'r gohiriad hwn, trodd yn araf ac aeth dros y tri chae oedd rhwng bwthyn Siencyn a thŷ Trebanog.

Doedd Siams bach ddim yn cael ei gyfrif yn feddyliwr mawr, ond roedd wedi bod yn pendroni tipyn oddi ar y cyfarfod â Thomas Prichard. Doedd e ddim yn deall yn union pam roedd teulu Bodwigiad yn gwrthwynebu codi'r felin newydd ond roedd yr olwg ddifrifol ar wyneb yr hen fonheddwr y prynhawn hwnnw wedi gwneud iddo deimlo'n anniddig. Roedd wedi cofio iddo gael llawer iawn o waith ar stad Bodwigiad ar hyd y blynyddoedd a bob tro wedi cael bwyd a llety da ac ambell frytish da ac esgidiau cryfion hefyd.

Ac roedd Meistres Games bob amser yn ei gyfarch, yn wahanol i lawer o wragedd y plwyf a fyddai'n ei anwybyddu'n llwyr. Roedd Siams wedi cofio hefyd y tro hwnnw pan ddigwyddodd yr hen Sgweiar, Richard Games, a'i was ddod heibio pan oedd e'n agor cwter ar waun Llwyn Onn ac wedi dal rhai o lanciau hurt yr ardal yn taflu'r cerrig mawrion 'nôl i'r gwter heb hidio os byddent yn taro'r cwterwr. Ia'n wir, meddai wrtho ei hun, bu Siams Bach yn lwcus iawn bryd 'ny. Chwarddodd wrth gofio bod y Sgweiar wedi eu cael nhw o'i flaen yn y llys am ymosod arno fe, ac fe gas y diawliaid sefyll yn y cyffion am ddiwrnod ac ro'dd e, Siams, wedi ca'l hwyl i ryfeddu, wrth dowlu wya clwc atyn nhw a do'dd neb wedi beiddio bod yn gas â Siams Bach byth wetyn. Ia wir, hoffa fe ddim dicio Meistres Games na'r hen fonheddwr ei thad, na fase'n wir, ac eto roedd yn rhaid iddo fe ennill 'i fwyd, on'd o'dd e? A chytundeb o'dd cytundeb. Dim ond iddo fe ga'l 'i fwyd, fe fydda'n rhaid iddo fe ddal ati i gwpla'r gwter.

Erbyn iddo ddynesu at fuarth Trebanog roedd gwar crwm Siams Bach yn plygu'n nes at y ddaear gyda phob cam a'i aeliau trwm yn cyrlio dros ei lygaid. Roedd golwg sarrug tu hwnt ar yr wyneb bach tywyll, diolwg.

Aeth at ddrws cefn Trebanog a gweiddi:

'Pwy sy 'ma? Pwy sy 'ma?'

Daeth Ifan y gwas a ofalai am y gwartheg, o'r beudy.

'Beth wyt ti'n moyn 'ma?' gofynnodd yn ddiserch.

'Moyn 'y mwyd! Teilwng i bob gwithwr 'i fwyd!' hawliodd Siams, nerth ei geg.

'Ond nage 'ma yn Nhrebanog rwyt ti'n gwitho!'

'Siams Bach yn gwitho i Siencyn Phylip a fe'n gwitho i

Fishtir Trebanog. Neb yn nhŷ Siencyn, wetyn Siams dod 'ma.'

'O, aros fanna, fe a' i i weld.'

Bu Siams yn aros am dipyn a gallai glywed sŵn dadlau o'r tu mewn. Rombowliai'i fola i'w atgoffa am ei ddiffyg swper. O'r diwedd daeth Ifan 'nôl.

'Ma'r morynion yn gweud nag y'n nhw ddim wedi ca'l caniatâd i ddoti bwyd i ti, Siams.'

Gwylltiodd Siams Bach. Gollyngodd ei offer ar lawr ac yna gafael yng nghoes y gaib.

'Dishgwl!' gwaeddodd, gan godi'r gaib yn fygythiol. 'Swper i Siams Bach ne fydd hi'n fwstwr 'ma!'

Cymerodd Ifan gam yn ôl mewn braw a galw am Gwilym. Pan welodd hwnnw wyneb y dyn bach, dywedodd wrth Ifan am ddweud wrth y morynion am ddod â bwyd i Siams.

'Cig a bara a chwrw!' gwaeddodd Siams ar ei ôl.

'Ngora, ngora, taw sôn, da ti. Fe gei di dy swper. Cer i ishta ar y ffwrwm 'na wrth ddrws y sgupor.'

Ailgydiodd Siams yn ei gaib a rhaw ac aeth ar draws y buarth ac yn y man daeth Marged y forwyn fach â phlât a darnau o gig a bara arno ac yn y llaw arall cariai biser. Gwthiodd nhw at Siams a rhedeg 'nôl i'r tŷ.

Dechreuodd Siams Bach fwyta gydag awch. Roedd wedi cnoi a llyncu'r cig bron i gyd cyn iddo sylwi ar y blas cas. Poerodd y darn olaf o'i geg a chydiodd yn y piser ac yfed.

'Ych-ch!' ebychodd. 'Sothach gwaelod y gasgen.'

Cydiodd yn y dafell fara a'i chael yn sych ac yn galed. Bwytaodd ddarn ohoni. Yna cododd yn sydyn ar ei draed, lluchiodd y plât pren a gweddillion y cig a bara ar draws y buarth a rhoddodd gic i'r llestr pridd.

'Y diawliaid cybyddlyd!' gwaeddodd nerth ei geg. 'Siams Bach ddim gwitho i neb am fwyd ddim yn dda i foch. Ddim gwitho dim racor ar dir Trebanog. Byth 'to!'

Taflodd ei offer dros ei ysgwydd a brasgamodd y coesau

116

byrion o'r buarth. Roedd Siencyn Phylip wedi clywed llais croch Siams wrth iddo adael neuadd ei feistr.

'Beth nethoch chi iddo fe?' gofynnodd yn wyllt i'r gweision wrth iddo weld cefn Siams yn mynd yn y pellter. Wedi clywed achos yr helynt, collodd yntau'i dymer.

'Y ffyliaid hurt! I roi bwyd drwg i Siams Bach. Dyna i gyd mae e'n gofyn amdano fe. Dyna chi wedi'i gneud hi nawr! Ddaw e byth 'nôl i witho ar y gwter nawr a ble wy i'n mynd i ga'l gwithwr arall sy'n gofyn am ddim ond 'i fwyd?'

'Wel, pam 'sa ti'n gofalu amdano fe 'te?' oedd ateb sur Ifan. 'Ro'dd e wedi bod wrth dy ddrws di cyn dod 'ma.'

'O, yffarn dân! Yffarn dân! Ro'n i wedi anghofio! Ma' Gladys wedi mynd at 'i wha'r yn Ricos, ac ro'n i isha ca'l gair â'r Mishtar ar unwa'th. O yffarn! Bydd yn rhaid i fi ga'l gwterwr arall o rywle cyn allwn ni fynd mla'n â'r gwaith. Ddaw Siams Bach byth 'nôl!'

O fewn ychydig ddiwrnodau fe glywodd Siencyn bod Siams Bach yn glanhau cwteri melin Pwllcoch.

Henry Powel, y cyfreithiwr o Grucywel, a'i wraig Agnes oedd ymwelwyr mwyaf cyson Bodwigiad, oddi ar claddu yr hen Sgweiar, ac roedd cyfeillgarwch y wraig mor werthfawr â chyngor y gŵr i Mary Games. Un fer, braidd yn dew oedd Agnes, yn dawel a difrifol ei ffordd. Roedd Elisabeth yn ymwybodol o'r ddyled oedd arni hi i Feistres Powel am fod yn gefn i'w mam tra bu hi yn Llandaf ac roedd wedi sylwi ei bod wedi ennill ei hymddiriedaeth lwyr. Byddai Agnes bob amser yn gwrando ar ei phryderon gydag amynedd a chydymdeimlad a byddai Mary yn well ei hysbryd ar ôl yr ymweliad. Am hyn i gyd roedd Elisabeth yn wir ddiolchgar iddi, ond buasai'n dda ganddi pe bai hi'n gallu hoffi'r fenyw yn fwy. Roedd gan Agnes arferion bach annifyr, fel rhoi sniff ddwfwn bob hyn a hyn a wnâi i'w thrwyn glecian, a'r un mor aml byddai'n dweud: 'Ie'n wir, Mary fach, dyna fel ma' hi, yntefe?' nes i Elisabeth orfod gadael yr ystafell.

'Dyw Mam ddim fel petai'n sylwi,' meddai wrthi'i hun. 'Mae'n rhaid mai fi sy'n groendena.'

Nid yn aml y byddai Agnes yn siaradus ond roedd yna brydiau pan fyddai wedi crynhoi llawer o hanes Cwm Wysg a digwyddiadau yn Aberhonddu a phryd hynny byddai Elisabeth yn falch o'r cyfle i aros a gwrando ac roedd heddiw'n un o'r troeon hynny.

Cyn gynted ag yr aeth y tair i mewn i'r parlwr ar ôl cinio, fe ddechreuodd Agnes:

'Teulu Aberbrân, Mary fach, mae'n chwith gen i drostyn nhw, ond dyna un ffôl yw Ffranses, gweddw Thomas druan. Mae'n gwrthod yn lân â derbyn bod yr holl werthu tiroedd a benthyca a wnaeth e ar ran y Brenin wedi eu gwneud nhw'n dlawd. Mae hi a'i merched yn hala arian yn y dre 'cw fel tae dim wedi newid — ar ddillad a defnyddia — a'r gora o bopeth.'

'Ond o ble ma' nhw'n ca'l yr arian i dalu amdanyn nhw?' gofynnodd Mary.

'O, benthyca oddi wrth bawb allan nhw ond mae Henry'n dweud ei bod yn mynd i'r pen arnyn nhw nawr. Maen nhw yn y llys byth a beunydd oherwydd y dyledion ac mae'n debyg bod Aberbrân ei hun bellach o dan forgais.'

'Druain ohonyn nhw!' meddai Mary'n drist. Roedd yn gas ganddi glywed bod teulu nai Richard yn dioddef y fath dlodi er nad oedd dim cyfathrach wedi bod rhwng teuluoedd Bodwigiad ac Aberbrân ers y ffrae rhwng ei gŵr a Ffranses, ddiwrnod angladd y capten.

'Beth ddaw ohonyn nhw?' gofynnodd pan fu raid i Agnes aros i roi sniff dda.

'Ma' Henry'n dweud y bydd yn rhaid i John, yr etifedd, werthu'r stad i gyd er mwyn talu'r dyledion. Cofiwch, Mary fach, maen nhw wedi diodde yn ofnadw. Fe wnaeth milwyr Horton ddifrod ofnadw i'r lle. Mae'r porthdy'n yfflon ac mae golwg ddychrynllyd ar yr hen neuadd fawr, mae'n debyg. Ie, dyna fel y ma' hi, yntefe Mary fach?' A rhoddodd Agnes sniff enfawr.

Syllodd Mary i'r tân. Roedd clywed am gwymp Aberbrân yn peri tristwch iddi. Daeth atgofion am y troeon y bu hi yno gyda Richard pan oedd John ei frawd yn sgweiar yno a'i wraig Wilgifford yn rheoli fel brenhines. Y fath ogoniant a rhwysg oedd yno bryd hynny! A'r gofeb bren yn Eglwys y Priordy y byddai teulu Games Aberbrân yn talu cymaint o sylw iddi — honno hefyd wedi'i thaflu o'r eglwys gan filwyr y Senedd a'i llosgi gyda'r cerfluniau eraill. Ochneidiodd. Roedd hi'n cydfynd â llawer o'r newidiadau. Roedd angen puro crefydd o hen gredoau ofergoelus, paganaidd ond . . . oedd eisiau cymaint o chwalu?

'Ytych chi wedi cl'wad rhywbeth o hanes Edward Rumsey'n ddiweddar?' gofynnodd Elisabeth, wrth weld bod sôn am drafferthion Aberbrân yn peri i'w mam fod yn isel ei hysbryd. Ond ni wnaeth yr hanesion a ddilynodd am y ffraeo rhwng cyfaill Edward Llancaeach a Brenhinwyr Dyffryn Wysg ddim i godi calon Mary, yn enwedig o glywed bod Rumsey a Charles Walbieffe wedi eu cyhuddo gan gynoffeiriad o gasglu'r degwm a'i gadw iddyn nhw eu hunain.

'Ie wir, Mary fach, mae'r byd yn llawn helynt lan 'cw'r dyddia hyn. Dyna fel mae hi, yntefe?'

'A lawr yma hefyd,' meddai Mary'n brudd, 'ynglŷn â'r felin.'

'O, do's dim ishe i chi bryderu dim am honna — fe ddwediff Henry wrthoch chi beth sydd ora i neud.'

Roedd Henry Powel yn galonnog iawn ynglŷn â'r felin. Anogodd Mary i ymuno â'r boneddigion eraill oedd yn dal melinau'r Fforest Fawr mewn deiseb i'w danfon i'r Trysorlys i gael yr hawl i dynnu'r melinau newydd i lawr a chael y deddfau ynglŷn â nhw wedi eu cadarnhau.

'Bydd y Trysorlys yn eitha bodlon cyd-synio,' meddai

Henry'n ffyddiog, 'achos tirfeddianwyr yw'r rhan fwyaf o'r Seneddwyr a fyddan nhw ddim eisie colli'u hawlia ar y melinau, chwaith. A chyda llaw, Mary, rwy wedi llwyddo i brynu melin Aberbrân Fach ar ran Elisabeth.'

Agorodd hithau ei llygaid led y pen.

'Ond — roeddwn i'n meddwl mai Esgobaeth Tyddewi sydd biau honno!'

'Nid *sydd*, Elisabeth. *Oedd* biau hi. Mae'r Llywodraeth yn gwerthu eiddo'r Eglwys ac mae hawl gan bawb i brynu yr hyn a fynnant. Ac fe ddaw'r felin ag elw sylweddol i ti, 'merch i.'

Roedd balchder Henry Powel yn ei allu i gyflawni'r pryniad yn amlwg yn ei lais a'i osgo. Edrychodd Elisabeth ar ei mam mewn peth dryswch. Onid oedd hi'n ei gweld hi'n anghyson eu bod nhw fel teulu yn barod i elwa wrth newid yr hen drefn ynglŷn â melin Aberbrân tra gwrthodent newid ynglŷn â melin Pwllcoch? Ond na, roedd ei mam yn edrych yn falch iawn o'r gymwynas a wnaeth Henry ar ei rhan. Yn y man, daeth llais Agnes ar draws ei synfyfyrio,

'Ie, Mary fach, dyna fel mae pethe, yntefe?'

Pennod 12

Siglai Sienet Watcyn ei hwyres fach 'nôl a blaen yn ei chôl a chanu'n dawel mewn ymgais i'w chael i gysgu. Yn raddol fe dawodd llefain y plentyn ac aeth Sienet i eistedd wrth erchwyn y gwely lle gorweddai Mawden, ei merch.

'Beth ry'n ni'n mynd i neud ynghylch 'i bedyddio 'te, Mam? Ma' Gwilym yn gofidio cymaint am 'i fod e'n 'i gweld hi mor wanllyd. Ytych chi'n meddwl bod ishe . . .?'

Methodd y fam ifanc â gorffen. Llyncodd ei dagrau'n ôl ac edrychodd ym myw llygad ei mam.

'Nac o's a dyna'r gwir i ti. Mae hi wedi sugno'n gryf heddi ac fe ddaw 'run fach. Twt, wythnos o'd yw hi a beth ŵyr dynon am fabanod? Ond gan fod dy ŵr mor awyddus i'w chael hi wedi'i bedyddio mae dy dad wedi penderfynu mynd draw i Fodiciad i ofyn cyngor Mistar Prichard — os gall e gael gafael ynddo fe ar 'i ben 'i hunan. Dyw 'ny ddim mor hawdd y dyddia 'ma. Ma' fe'n heneiddio a dyw e ddim yn mynd cyma'nt o'r tŷ. Heblaw 'ny dyw Mistras Mary ddim yn hanner da a dy'n ni ddim yn awyddus i ychwanecu at 'i ofidia fe. Ond fe aiff dy dad, ta beth.'

Cododd yn ofalus, ac yn araf, gostyngodd y baban i lawr i'r crud.

'Dyna, mae'n cysgu,' sibrydodd, 'a cher di i gysgu hefyd. Fe fyddwch chi'ch dwy'n well o ga'l ychydig oriau o gwsg.'

Aeth o'r siamber i'r neuadd, lle'r oedd dyn ifanc newydd ddod i mewn. Un byr goleubryd oedd Gwilym Johnes, perchennog Hepste Fawr ac roedd Philip a Sienet wedi bod yn fodlon iawn ar y briodas rhyngddo ef a'u merch. Roedd wedi profi ei hun yn ŵr da iddi ond barnai ei fam-yng-nghyfraith ei fod braidd yn or-ddifrifol ei ffordd ac yn tueddu i weld cymylau duon. Wrth iddo edrych arni hi nawr, edrychai'n llawn gofid. Gwenodd Sienet arno a rhoi ei bys ar ei gwefusau:

'Y ddwy'n cysgu,' meddai. 'Gadewch lonydd iddyn nhw.'

'Oes trefniade wedi eu gwneud ynglŷn â'r bedyddio, eto?'

'Ma' Philip wedi mynd draw i ofyn cyngor Mistar Prichard. Ond da chi, Gwilym pidwch â gofitio cyma'nt. Fe ddaw Mawden a'r un fach yn iawn. Do's dim ishe i chi bryderu.'

Aeth allan i'r buarth. Gwelodd fod ffon bugail wedi'i gadael wrth ddrws y bcudy a chydiodd ynddi gan fod yn dda ganddi gymorth ffon y dyddiau hyn yn enwedig wrth gerdded dros lwybr garw neu dir anwastad, ac roedd wedi penderfynu mynd i lawr y llwybr tuag at Fodwigiad i gwrdd â'i gŵr. Chwythai gwynt mis Hydref yn ysbeidiol gryf a chododd Sienet y siôl fach oddi ar ei hysgwyddau a'i thynnu dros ei phen. Gan bwyll, cerddodd drwy'r goedwig fechan nes cyrraedd y man lle disgynnai'r llwybr yn sydyn a serth tuag at y bompren dros Nant Cadlan. Arhosodd yno a chysgodi'i llygaid â'i llaw a chyn bo hir gwelodd ddyn byr yn cerdded yn araf ar hyd llwybr Bodwigiad yr ochr draw. Gwyliodd Sienet ei gŵr yn croesi'r bont a chyda chryn drafferth yn dringo dros y gamfa i dir Ysgubor Fawr.

'Ma'r gwanecon yn 'i boeni fe heddi 'to,' meddyliodd, 'fe fydd yn rhaid i fi rwto'r eli gwyrdd yn 'i benlinia fe pan ddaw e i'r tŷ.'

Arhosodd i Philip adennill ei anadl ar ôl dringo'r rhiw cyn gofyn:

'Welast ti Mistar Prichard?'

'Do. O'r diwedd fe ges i gyfle i ga'l gair yn dawel 'da fe. Ar y cynta, fe wetws y bydde'n well aros 'sbo'r wythnos nesa pan ddaw'r pregethwr teithiol o Gelli-gaer 'ma ar 'i dro. Ond wetyn, pan ddeallws e ma' naci dod i achwyn am y diffyg gwas'naetha yn yr eclws ro'n i'r tro hyn ond yn moyn rhywun i ddod i fedyddio babi Mawden, fe wetws na wnaiff hwnnw'r tro achos nag yw e'n cretu mewn bedyddio babanod — bod babanod a phlant bach yn siŵr o fynd i'r Nefo'dd. 'Sdim ishe bedyddio nes 'i bod nhw'n ddicon hen i benderfynu drostyn nhw'u hunen. Dyna beth ma'r Bedyddwyr 'na'n 'i gretu, medda Mistar Prichard. Ro'dd e'n gweud ma' dyna ma' Cyrnol Prichard yn 'i gretu a'i fod e wedi ca'l 'i fedyddio!'

'Yty e?' Roedd llais Sienet wedi codi mewn syndod.

'O, ma' fe i'r carn gyta'r Bedyddwyr, yn ôl 'i ewyrth. Wedi ca'l 'i fedyddio ym Mis Bach eleni pan ro'dd iâ ar y dŵr. Fe fu'n rhaid iddyn nhw dorri'r iâ cyn allsa fe fynd i mewn.'

'O'r annw'l! Yn ddicon at 'i farwola'th!' meddai Sienet mewn arswyd.

'Na, dim peryg o 'ny, meddan nhw. Ma' Duw yn gwarchod y cadwedig!'

'Falle'n wir!' meddai'i wraig yn feddylgar. Trodd y ddau a chychwyn yn araf tua chartref. 'Ond beth am ein Sara fach ni, Philip? Cretan nhw beth fynnan nhw, ma'n well gen i ddal at yr hen drefan a cha'l y rhai bach wedi'u cysegru cyn gynted ag sydd modd. Philip bach, ry'n ni'n gw'pod yn rhy dda gyma'nt o blant bach sy ddim yn ca'l byw 'sbo'n nhw o o'd i benderfynu dim drostyn nhw 'u huna'n.'

'Dyna beth wetas inna wrth Mistar Prichard ac ro'dd e'n gweud fod tipyn o anghytuno ymhlith y Piwritaniaid 'u huna'n ynglŷn â bedyddio. Dwy ddim wedi cl'wad sôn i fod e wedi mentro i'r dŵr. Ac fe wetws e wrtha i am fynd i weld Rhys Morgan y melinydd yn y Faenor. Ma' fe'n cynnal pob math o was'naetha yn yr eclws — yn bedyddio a phrioti a chladdu, mwy neu lai fel o'r bla'n ond yn lle darllen o'r Llyfr Gweddi ma' fe'n gweddïo o'r frest ac ma'n rhaid ca'l precath bob tro. A rhyngto ti a fi, Sienet, dyna sy'n 'y mlino i fwya am y ffeiraton newydd 'ma — ddim 'u bod nhw heb eu hordeinio gan esgob — dim ots gen i am 'ny — dim ond iddyn nhw allu darllen o'r Beibl a'u bod nhw'n cretu'n wirioneddol yn beth ma' nhw'n 'i bregethu — ond o's raid i'r brecath fod mor hir?'

'Pregethiff e 'i wala,' oedd sylw'i wraig, 'os aiff y babi i lefen chlywiff neb lawer ohono fe. Dyna beth wnawn i 'te, efe Philip?'

'Ie, fe gaiff Gwilym fynd cyn gynted ag y mynn e gan 'i fod e mor awyddus i gael yr un fach wedi'i bedyddio.'

'Fe fydda i dipyn yn ysgawnach 'y meddwl, hefyd,' cyfaddefodd Sienet. Ar ôl mynd ymlaen am ychydig cofiodd am fater llosg arall a gofynnodd:

'Glywest ti r'wpath am helynt y felin?'

'O naddo, ddim ym Modiciad, ond fe gwrddas â Rhys Gellidafolws bore 'ma ac ro'dd e'n gweud nad yw petha'n dda yn Nhrebanog y dyddia 'ma. Ro'dd e wedi mynd i foyn whech o fustych sy'n mynd i bori ar Fynydd y Gatar — ac ro'dd e'n dweud fod Siencyn yn dal i gwnnu'r adeilad ond ma' pall wedi bod ar y gwtera oddi ar i Siams ata'l. A 'ddar i'r si ddod fod Meistres Games yn mynd â'r mater i'r llys, ma'r hen Forgan wedi colli'i hwyl. Fel mae'n dicwdd, dyw'r ffra ddim yn effeithio arnom ni gan nad yw Sgupor Fawr yn glwm wrth Felin Pwllcoch nac unrhyw felin arall.'

'Fasat ti'n mynd i falu ym melin Trebanog, sa'n nhw'n ca'l hawl i'w chwpla hi? Fe fyddai dipyn yn nes na Melin Pwllcoch.'

'Basa, ma' 'na'n ddicon gwir — dipyn yn fwy cyfleus,' atebodd Philip yn araf a meddylgar, 'a falla 'sa rhywun arall yn berchen arni fe faswn yn ca'l 'y nhemtio — ond na — a' i ddim yn acos at felin yr hen ddiawl trachwantus. Fe all Morgan Trebanog gatw'i felin!'

Symudodd y ddau ymlaen yn hamddenol, gan aros am seibiant bob hyn a hyn. Trodd Philip ei olwg 'nôl at Fodwigiad a dweud:

'Petha'n dawel iawn ym Modiciad, heddi. Dyna fel llwydda's i ga'l gyma'nt o amser gyda Mistar Prichard. Sgweiar bach ddim 'na heddi; fe a Mistras Mary wedi mynd i Lanelli 'to, meddan nhw.'

'Beth?' cododd llais Sienet yn uchel, mewn cymysgedd o syndod ac arswyd. 'Mistres Mary wedi mentro mynd yr holl ffordd 'na! Ar ôl 'i gweld hi wythnos dwetha, faswn i ddim wedi cretu bod dicon o nerth ynddi i fynd ganllath!'

'Ro'dd 'i thad yn dweud 'i bod hi'n teimlo tipyn yn well ac ro'dd hi'n benderfynol o fynd. Ro'dd darpar-wraig y sgweiar bach a'i pherthnasa yn dod i Lanelli i gwrdd â nhw. Ma'n nhw'n lwcus bod y Fistras Lisabeth yn ddicon cyfrifol i ofalu am Fodiciad.'

'Ytyn, wir. Rwy'n gob'itho serch 'ny, nag o's dim gormod o faich yn ca'l 'i roi ar 'i sgwydda hi. Rwy'n 'i gweld hi braidd yn rhy barod i ymgymryd â'r dyletswydd o ofalu am y teulu. Fe ddyla fod yn paratoi ar gyfer 'i phriotas i hun, ond dwy ddim yn cl'wad dim sôn am 'ny. Richard yw popeth 'da'i fam. Dyw hi ddim yn deg â'r ferch!'

'Falle'n wir,' cytunodd ei gŵr, 'ond rwyt ti'n gw'pod gystal â finna, Sienet fach, bod llawer o betha yn yr hen fyd 'ma sy ddim yn deg.'

Roedden nhw wedi cyrraedd clwyd y buarth erbyn hyn a thynnwyd sylw Philip gan ŵr ifanc byr, cryf, tywyll ei wedd, yn dod o'r stabl, ac meddai'n ddiamynedd, 'A sôn am brioti — pryd ma hwnna'n mynd i benderfynu cymryd gwraig? Sa fe'n gwneud hast fe fydde melinydd y Faenor yn gallu'i brioti e 'run pryd a bedyddio Sara fach a bydde'r un bregeth yn gwneud y tro i'r ddou wasana'th.'

Chwarddodd Sienet ac eto cydymdeimlai â'i gŵr. Roedd hi'n hen bryd i'w etifedd fod wedi priodi ag yntau bellach dros ei ddeg ar hugain oed. Doedd e ddim yn brin o chwant ond hyd yn hyn ddim wedi cael ei ddenu gan un o'r merched roedd ei rieni wedi eu dewis ar ei gyfer. Roedden nhw wedi colli eu mab arall pan oedd yn blentyn ac ni chawsant ragor o blant, felly roedd hi'n bwysig fod Watcyn yn priodi. Aeth Sienet i feddwl unwaith eto am rai o ferched Ystradfellte. Beth am un o ferched Hywel Pŵal y Tyle? Roedd yn rhaid bod o leiaf un o'r rheiny o oed priodi erbyn hyn. Hen deulu bonheddig oedd y Pweliaid, yn honni eu bod yn ddisgynyddion i Frychan Brycheiniog — ac yn gefnog tu hwnt. Ie, pan fyddai Mawden yn mynd 'nôl i Hepste Fawr, falle byddai'n syniad da iddi hi, Sienet, fynd gyda hi ac wedyn mynd dros y twyn at Gwenllian Garreg Fawr, ei chnithder. Byddai honno'n gwybod hanes y teuluoedd i gyd.

Pan ddaeth Watcyn atynt, roedd ei fam yn wên i gyd. Edrychodd ei mab arni'n ddrwgdybus — meddyliodd ei fod yn adnabod yr olwg gynllwyngar yna, a throdd ar unwaith at ei dad.

'Dy'ch chi ddim wedi bod yn sgwto trwy dwll yn y berth heddi, 'te, Nhad?' gofynnodd yn gellweirus.

'Taw sôn, da ti!' gorchmynnodd hwnnw gan wgu arno.

'Beth? Am beth ry'ch chi'ch dou'n sôn?'

'Nhad wedi cisho sgwto fel dafad trwy fôn y berth — a cha'l 'i ddal, ondofe Nhad?' daliodd Watcyn i'w boeni.

'Wetas i wrthot ti am bido gweud wrth neb,' achwynodd Philip, ond wrth i Sienet fynnu ei holi, meddai yn anfodlon, 'Wel, fi a'th lawr i'r ca' isha ddo — ac rwyt ti'n gw'pod fel ma'r hen wanecon wedi bod yn 'y mhoeni, y diwrnota llaith 'ma — do'dd dim awydd cerad yr holl ffordd 'nôl at y glwyd arna i ac fe welas dwll ym môn y berth, a finna'n meddwl 'mod i'n ddicon bach i sgwto drwyddo fe. Fe es i lawr yn ddicon rhwydd, ond o'r Mawredd! Fe ffaelas i'n deg â chwnnu a dyna lle ro'n i ar 'y mhenlinia, a'r rheini fel tae nhw mewn clwm. A dyma fi'n dechra gweiddi ar y gwishon i ddod i'm helpu i gwnnu ond roedd pawb yn drwm 'u clyw yn

Sgupor Fawr, ddo'. Yr unig un dda'th ata i o'dd Mot, yr hen gi, a dyna lle'r oedd e'n llyfu a llyfu ngwynab i nes bod 'y mocha i'n diferu, a mwya i gyd ro'n i'n gweiddi mwya i gyd o'dd e'n llyfu. Ro'n i 'na am oria — o'n! Wir i ddyn i ti! Ac o'r diwedd fe dda'th y crwt 'ma a'r hen Llew i'n helpu i gwnnu a'r ddou yn chwerthin fel ffyliad. A dyma ti, nawr Sienet yn chwerthin am 'y mhen i gyma'nt â nhw. Wfft i chi — dim tama'd o gydymdeimlad t'ag at yr hen ŵr druan!' ac fe drodd Philip ei gefn atynt gan esgus ffromi.

Cydiodd Sienet yn ei fraich ag un llaw wrth sychu'r dagrau o'i llygaid â'r llall.

'Dere, Philip bach, fe ddota i di yn dy gatar nawr, a rhwto eli yn yr hen benlinia 'na. A dyna fe, rwyt ti'n gw'pod nawr nad ar dy benlinia ma' dy le di. Dyna lwc, yntefe, bod y ffeirad diwetha wedi gorfod cwnnu'i bac? Fasa ti byth fod wedi gallu ymdopi â'i drefan e.'

Ond wrth fynd yn araf dros y beili garw at ddrws y tŷ, sobrodd Sienet a chan feddwl am ei geiriau olaf, ychwanegodd yn ddifrifol:

'Ac eto, tr'eni i ni golli'n ffeirad. Ofynnest ti i Mistar Prichard os o'dd argo'l am ga'l ffeirad sefydlog 'ma?'

'Do, a fe wetws y bydde pob plwyf yn ca'l ffeirad yn y pen draw ond ar hyn o bryd do's dim dicon ar ga'l sydd wrth fodd y comisiynwyr. Nes bo'n nhw'n hyfforddi dicon fe fydd yn rhaid i bawb ymdopi â'r pregethwyr teithiol.'

'Ac yn y cyfamser ma'r plant heb neb i'w dysgu a'r bobol heb fugail, heb sôn am y drafferth o gael rhywun i brioti a bedyddio a rhoi angladd Gristnogol i'r meirw. Ac fe aiff yr eclws a'r persondy'n adfeilion.'

'Itha gwir, Sienet fach. Itha gwir,' ac ochneidiodd Philip wrth suddo i'w gadair.

Roedd gweld eglwys y plwyf yn wag bron bob dydd Sul yn ei ofidio yntau.

'Fe fydd yn rhaid i ni'r hen wardeniaid wneud y gora gallwn ni, 'na gyd.'

Pan ddaeth eu mab-yng-nghyfraith o'r siamber, cafodd ei annog i fynd i'r Faenor at y melinydd drannoeth.

Pennod 13

Ym mhlas y Tŷ Mawr ym mhlwyf Llanelli, roedd disgwyl mawr am yr ymwelwyr. Roedd y paratoadau ar gyfer y pryd bwyd canol dydd arbennig hwn wedi eu cwblhau ers oriau. Roedd y morynion wedi gofalu bod pob celficyn yn y tŷ wedi'i gwyro nes ei fod yn disgleirio fel drych a'r gweision wedi bod wrthi am ddiwrnodau yn glanhau beudai a thylcau ac wedi rhoi sylw arbennig i'r stablau. Doedd dim gronyn o dom i'w weld ar y buarth ac roedd Twm Bach yn dal yno gyda'i ysgubell a'i raw yn barod i godi'r mymryn lleiaf o faw a ollyngid gan y ceffylau gorau wrth iddynt gael eu harwain o gwmpas o flaen y meistr ifanc.

Roedd Meistres Games wedi bod yn goruchwylio'r cyfan oddi mewn ac allan. Er bod y trefniadau blaenorol ar gyfer priodas ei mab hynaf ag Elisabeth Deere bellach wedi eu cwblhau, nid oedd hi ei hun eto wedi cyfarfod â'i darpar ferch-yng-nghyfraith. Roedd hi wedi bod yn falch o dderbyn barn foddhaol ei merch amdani, ac yn naturiol yn awyddus iawn i gwrdd â'r ferch ei hunan. Er bod y daith o Benderin wedi bod yn dipyn o dreth ar ei nerth, roedd wedi cael diwrnod cyfan i orffwys ac wedi llwyddo i gadw ar ei thraed trwy'r bore heb orfod ymollwng unwaith i'r pyliau o wendid a ddeuai drosti mor aml. Ac erbyn hyn roedd popeth wrth ei bodd. Roedd yn rhaid gwneud argraff dda ar y ferch a'i thad heddiw gan mai yma i'r Tŷ Mawr y byddai Richard yn dod â'i briodferch.

Safodd wrth droed y grisiau derw a arweiniai o'r cyntedd

hardd i'r llofftydd gorau ac edrychodd o'i chwmpas yn feirniadol unwaith eto. Yna'n araf dringodd y grisiau ac aeth i mewn i'w siamber. Dyheai am gael gorffwys a phan edrychodd ar y gwely mawr cyffyrddus, roedd e fel petai'n ei chymell hi i mewn iddo. Ond troi ei chefn arno a wnaeth a gadawodd i'w morwyn dynnu ei gŵn a rhoi'r un orau amdani ac yna gollyngodd ei hun i gadair a daeth ochenaid hir o'i genau. Gorffwysodd 'nôl ar y clustogau esmwyth a roddwyd yno'n ofalus gan y forwyn a theimlodd honno'n trefnu'i sgert ac yna'n gosod y cap gweddw newydd ar ei chorun. Caeodd ei llygaid a gweddïo'n dawel ac o'i chalon am nerth i'w chynnal yn ystod yr oriau nesaf.

Wedi gweld bod ei meistres yn gyffyrddus ac fel pe bai'n ymollwng i orffwys aeth y forwyn, Ffranses Philpot, i sefyll wrth y ffenest fawr. Oni bai mai salwch ei meistres oedd y rheswm iddi gael y cyfle i ddod yma, byddai Ffranses wedi ymfalchïo yn y newid byd, a buasai'n dda ganddi aros yma dros y gaeaf. Roedd y lle hwn yn fwy moethus a'r tywydd yn gynhesach nag ym Mhenderin. Eto, gwyddai Ffranses yn iawn nad hyhi ond Nest fuasai ei meistres wedi'i dewis i gyd-deithio â hi; Nest, y forwyn blaen, ffyddlon, ddi-flewyn-ar-dafod ond a wyddai gymaint am feddyginiaethau ac a fuasai mor ochelgar o'i meistres ar hyd y blynyddoedd. Nest ei hun oedd wedi gwneud dod â hi i Lanelli yn amhosibl. Roedd wedi mynd yn anodd dros ben i'w thrafod ac ni ellid dibynnu arni; wedi mynd yn frwnt ac anniben ei gwisg; yn ffraellyd â phawb ond ei meistres a Meistr Prichard ac yn crwydro ar hyd a lled y plwyf ar bob awr o'r dydd a'r nos. Roedd ei hymddygiad wedi achosi llawer o gleber ac roedd rhai yn sibrwd mai marwolaeth y Sgweiar oedd wedi gwneud iddi golli ei phwyll. Felly roedd y Feistres wedi mynnu i Ffranses ddod gyda hi. Roedden nhw wedi dod yn nes at ei gilydd wedi i Ffranses ildio i ddysgu Cymraeg o'r diwedd ac roedd y ffaith y byddai Ffranses yn gallu siarad Saesneg drosti pe byddai angen yn rhyddhad i'w meistres. Nid oedd hi erioed wedi meistroli'r iaith ac yn awr yn ei gwendid roedd gorfod gwneud yr ymdrech yn faich. Ac yma mor agos at y ffin â Lloegr roedd yr angen yn codi'n amlach. Hefyd roedd Ffranses bob amser yn daclus ei gwisg ac yn foneddigaidd ei hymddygiad.

Tynnwyd sylw Ffranses at y perllannau islaw'r tŷ. Roedd morynion yno'n casglu gweddillion y cnwd ffrwythau — afalau a phêr ac eirin mawr cochion. Y tu hwnt iddynt roedd caeau gleision yn ymestyn i lawr at yr afon a gwyddai fod cwch pysgota yn cael ei glymu yno, yn union gyferbyn â'r fferm a alwyd yn Pysgodlyn. Lle ardderchog oedd hwn yn wir ac i goroni'r olygfa, fe ddaeth yr haul o'r tu ôl i gwmwl a gwenai'r wlad yn y golau melyn cynnes. Tywydd hyfryd i deithio; fe ddylai Meistr Piers Deere a'i ferch gyrraedd mewn fawr o dro.

Clywodd ei meistres yn ochneidio a throdd ar unwaith tuag ati. Roedd y llygaid tywyll ar agor led y pen ond roedd golwg bell ynddyn nhw, heb ei gweld hi na dim byd arall. Dyna fel y byddai'n aml y dyddiau hyn. Symudodd Ffranses at ei hochr.

'Yn well wedi gorffwys, Meistres? O's ishe llymaid i'w yfed arnoch chi?'

'Dim ond llymaid o ddŵr, Ffranses. Do's neb wedi dod, o's e?'

'Nac o's ond ddylen nhw ddim fod yn hir. Mae'n ddiwrnod ardderchog i deithio.'

Yfodd ei meistres y dŵr ac yna'n sydyn cododd ar ei thraed. Gwthiodd ddwylo parod y forwyn o'r ffordd a safodd wrth ei chadair am ychydig eiliadau a chymhwyso'i gwisg.

'Fe awn ni lawr i'r parlwr gora nawr, fel 'mod i'n barod i'w derbyn nhw,' meddai mewn llais clir ac aeth yn benderfynol at y drws ac yn hynod o ystwyth i lawr y grisiau.

Dilynodd Ffranses hi'n dynn. Câi ei synnu'n feunyddiol fel

y gallai ei meistres ddarganfod egni sydyn a lwyddai i'w chynnal nes bod yr angen drosodd. Byddai'n iawn nawr am ychydig oriau nes bod yr ymweliad drosodd ond yna byddai'r gwendid yn ailgydio ynddi ac yn y gwely y byddai am ddiwrnodau. Roedd Richard ac Edward yn eistedd yn y parlwr pan aethant i mewn. Cododd y ddau a symudodd Edward ar unwaith a chydio ym mraich ei fam i'w harwain i'w chadair; ond ysgydwodd hithau ei phen a chan wenu, mynnodd i'r ddau ddyn ifanc sefyll o'i blaen. Ufuddhaodd y ddau frawd ac estynnodd Richard ei ben ymlaen fel y gwnâi pan oedd yn grwt, i'w fam gael archwilio'i war a'i glustiau, a pharodd hynny iddi chwerthin.

'Paid â bod mor ffôl,' meddai, 'ac rwy'n siŵr nad o's ishe i fi weud wrthoch chi sut i ymddwyn. Fe gei di gyfle, Richard, i ga'l sgwrs ag Elisabeth ar dy ben dy hunan, dim ond bod Ffranses a'i modryb ar bwys.'

'Ond ddim yn rhy acos, Mam,' apeliodd ei mab.

'Gawn ni weld,' atebodd hithau, gyda gwên. Gadawodd i Edward fynd â hi at ei chadair ac meddai wrtho:

'Rwy'n dibynnu arnat ti, Edward, i ofalu am Meistr Deere a'i arwain o gwmpas y lle, tra fydda i'n aros yn y tŷ.'

Eisteddodd a gwenodd gyda phleser a balchder ar ei dau fab. Roeddent yn edrych yn foneddigion ifainc hardd yn eu siwtiau o'r brethyn main gorau a choleri llydan wedi eu hymylu â les — dim gormod o rwysg, ond yn hollol addas. Dau fachgen glân, barnai eu mam, ac eto mor annhebyg — Richard yn sgwaryn byr tywyll ac Edward yn dal a main a golau.

'Dim ond mewn pryd, Meistres,' meddai Ffranses. 'Ma' nhw 'ma.'

Roeddent i gyd wedi clywed sŵn y ceffylau.

'Ngore Richard, cer di ac Edward mas i'w croesawu nhw a dewch â nhw i mewn.'

Moesymgrymodd Piers Deere yn foneddigaidd o flaen Meistres Games. Estynnodd hithau'i llaw a chododd yntau hi i'w wefusau a'i chusanu. Gwelodd hi ddyn byr, main, gyda gwallt golau lliw gwellt, ond aeth ei sylw at y ferch yr oedd ef nawr yn ei thywys ati a'i chyflwyno. Gostyngodd hithau mewn cyrtsi gosgeiddig ac yna'n swil cododd y ferch ei hwyneb. Pan edrychodd Meistres Games ar yr wyneb bach prydferth a'r llygaid glas mawr doedd hi'n synnu dim bod ei mab wedi ffoli arni. Gwenodd arni a phlygodd ymlaen i gusanu'i boch.

Ar ôl ychydig o fân siarad, aethant i gyd i mewn i'r parlwr mawr i gael cinio ac wedyn, fel y trefnwyd, aeth Edward a Meistr Deere i weld y tai allan a'r anifeiliaid a chael cip ar y tir o gwmpas y plas, tra aeth Ffranses i arwain Meistres Joan, Elisabeth a Richard o amgylch y tŷ.

Arhosodd Meistres Games yn y parlwr gyda'i chyfreithiwr Henry Powel ac Agnes ei wraig, oedd wedi dod o Grucywel i gyfarfod â'r ymwelwyr arbennig.

'Ydych chi wrth eich bodd, Mary?' gofynnodd Agnes.

'Ydw, yn eitha bo'lon. Ma'r ferch fach yn taro i'r dim i Richard ac ma' fynte wedi ffoli arni ers iddo'i gweld hi gynta. Do's dim dicon cynnar iddo fe ga'l y briotas.'

'Rwy'n gallu deall hynny'n iawn,' meddai Henry yn ei ffordd araf, ofalus, 'ond faswn i'n mynnu cadw at y trefniant iddo beidio â phriodi nes y daw i oed.'

'Rwy'n cytuno, ond pam ry'ch chi mor bendant? O's gennych chi rywbeth yn 'i herbyn hi?'

'O, nac oes, ddim yn erbyn y ferch ei hunan — hynny yw — falle fase'n well gen i gael gwraig iddo fe a thipyn mwy o gymeriad ganddi — rhywun fase'n ddylanwad da arno fe. Rwy'n ofni y bydd hon yn rhy barod i ildio iddo fe ym mhob peth.'

'Rhowch amser iddi — mae'n ifanc iawn,' oedd sylw Mary.

'Pryd ry'ch chi'n bwriadu mynd 'nôl, Mary?' gofynnodd

Agnes, oedd yn meddwl nad oedd ei chyfeilles wedi hoffi sylw ei gŵr. 'Nawr, gymerwch chi gyngor gen i? Pam nad arhoswch chi yma dros y gaea? Fe fydd yn well i'ch iechyd chi. Dyw'r tywydd ddim mor galed yma ag ym Mhenderin ac mae Elisabeth yn gallu gofalu am y cyfan acw.'

Ysgydwodd Mary ei phen ond gwenodd a dweud: 'Cawn weld.'

Roedd Richard uwchben ei ddigon. Roedd e wedi bod yn brynhawn bythgofiadwy! Roedd wedi llwyddo i arwain Elisabeth i'r berllan ac wedyn roeddent wedi rhedeg law yn llaw drwy'r coed at lan yr afon. Roedd hi wedi bod mor annwyl! Mor barod i ildio i'w gusanau ac eto'n wylaidd wrth wrthod gormod o gofleidio, ac wedi mynnu ateb galwadau'i modryb oedd wedi ceisio'i dilyn. Yn wir, roedd hi'n ferch eithriadol ym mhob ffordd! Byddai ef yn mynnu bod y briodas yn cael ei chyflawni yn union wedi iddo fe ddod i oed. Ond roedd hynny'n golygu bron i ddwy flynedd o aros! Roedd hi'n ofnadw meddwl am y peth ond roedd ei fam ac Ewythr Edward mor benderfynol ynglŷn â hynny. Doedd e ddim yn deall y peth o gwbl. Roedd digon o fechgyn o'i oed e'n briod ac yn dadau! Ond yn anffodus, roedd tad Elisabeth yn cytuno â'i fam. A nawr, roedd hi wedi mynd. Daliodd Richard i sefyll wrth y glwyd fach ac edrych yn freuddwydiol ar ei hôl. Yna trodd yn sydyn ac aeth ar frys i'r stabl. Teimlai wedi cyffroi cymaint fel na allai feddwl am fynd i'r tŷ. Marchogaeth ar garlam ar hyd llethrau Mynydd Llangatog fyddai orau iddo nawr. Roedd yn arwain ei farch o'r stabl pan glywodd sŵn pedolau ceffyl arall yn nesáu. Gwgodd. Doedd arno ddim awydd cyfarfod â neb arall ar hyn o bryd. Trodd olwg ddigroeso tuag at yr ymwelydd ond agorodd ei lygaid mewn syndod wrth weld gwychder y ceffyl a'i farchog.

Edrychodd y bonheddwr i'w gyfeiriad a gofynnodd yn dra chwrtais:

134

'A ydyw'r Feistres Mary Games yma, os gwelwch yn dda? Roeddwn wedi cael ar ddeall ei bod hi'n aros yma ar hyn o bryd. Ei phlas hi yw hwn, yntê?'

'Ie, ar hyn o bryd. Y fi fydd pia fe ymhen dwy flynedd,' atebodd Richard mewn llais awdurdodol.

'O, ie? Meistr Richard Games, efe? Ydy eich mam yma, os gwelwch yn dda? Carwn gael gair â hi.'

Er ei gwrteisi, doedd Richard ddim yn hoffi ffordd drahaus y dyn a phenderfynodd ddangos i'r gŵr mai ganddo ef yr oedd yr awdurdod yma ac atebodd mewn llais uchel:

'Rwy'n ofni nad yw fy mam mewn iechyd da ar hyn o bryd,' ac roedd ar ofyn beth oedd ei neges pan ddaeth ei frawd i'r golwg a dangosodd y ddau eu bod yn adnabod ei gilydd.

'A, Meistr Edward Games, yntefe? Rwy'n meddwl ein bod ni'n dau wedi cwrdd o'r bla'n.'

'Diwetydd da i chi, syr,' atebodd Edward yn gwrtais. 'Ytych chi am weld Mam?'

'Wel, ydw, os nad yw hi'n rhy wael i'm gweld i.'

'O, na, mae'n dda iawn heddi. Mae hi braidd yn wan ond mae hi wedi cael diwrnod prysur. Ond dewch i mewn. Fe fydde'n anfodlon cl'wed eich bod wedi galw a heb gael y cyfle i siarad â chi.'

'Dim ond cael gair byr â hi. Arhosa i ddim yn hir.'

Disgynnodd William Herbert ac ar y funud fe ymddangosodd Rheinallt Dafydd, y prif was, o rywle, ac aeth ar frys i gydio yn awenau'r ceffyl. Edrychodd William Herbert oddi wrth un brawd at y llall. Daliai Richard i sefyll yn ei unfan â golwg sarrug ar ei wyneb, ac at Edward y trodd y bonheddwr gydag awgrym y dymunai gael ei arwain i'r tŷ. Edrychodd Richard yn gas ar eu holau ac yn union wedyn, neidiodd ar gefn ei geffyl a charlamu allan o'r buarth.

Pan ddychwelodd, oriau'n ddiweddarach, roedd ei fam yn y

gwely, wedi'i llorio gan ddigwyddiadau'r dydd, yn ôl Ffranses.

'Beth oedd hwnna'n moyn?' gofynnodd yn swrth i'w frawd.

'Beth o'dd yn dy gorddi di, was? Pam o't ti mor ddiserch ag e?'

'Ddim yn dda 'da fi 'i ffordd e tuag ata i. Ro'n i newydd ddweud wrtho fe nag o'dd Mam ddim yn ddicon da iddi weld e pan ddest ti i'r golwg. Ro'dd ffordd ddirmycus iawn 'da fe. Pwy ddiawl ma' fe'n cretu yw e?'

'William Herbert, Coldbrook, dyna pwy — Major William Herbert, brawd Major Henry Herbert, y dyn mwya pwysig yng Ngwent y dyddia hyn!'

'Herbert Coldbrook!' Roedd arswyd yn llais Richard.

'Ie, 'ngwas i. Ddylet ti ddim neud dim i ddicio'r teulu 'na,' meddai Edward.

'Wel, wyddwn i ddim, wetws e ddim pwy o'dd e. Ble gwrddest ti ag e 'te?'

'Ym Mhenllwynsarth, adeg priodas Mary. Ond welas i e wetyn pan es i gyda Mam i'r Fenni, y diwrnod mynnest ti fynd i Ffair Aberhonddu, ac roedd Mam wedi trefnu cwrdd ag Ewyrth Edward. Fe fu'n siarad â Mam bryd hynny, hefyd.'

Roedd y syniad newydd dreiddio i ymennydd Richard ei fod wedi colli cyfle, ac aeth yn fwy anniddig wrth ddechrau dyfalu am beth yr oedd Herbert eisiau siarad â'i fam. Doedd hi erioed wedi sôn amdano wrtho fe. Ai cynnig tiroedd roedd e? Tiroedd bras Dyffryn Wysg a fu unwaith yn eiddo i Iarll Caerwrangon? Gwyddai Richard fod y rheiny yn eiddo i Oliver Cromwell ond eu bod yn cael eu gosod ar brydles trwy ddwylo Herbert Coldbrook. A fynte wedi bod mor ddiserch! Gollyngodd ei hun i gadair wrth y ffenestr a bu'n byseddu a thynnu'r chwip a gadwai yn ei law o hyd.

Daeth gwên foddhaus i wyneb Edward wrth weld yr olwg ofidus ar wyneb ei frawd. Roedd ganddo ef syniad da beth oedd testun y drafodaeth rhwng Herbert a'i fam, ond ni theimlai awydd i ysgafnhau ei ysbryd. Roedd ef ei hun wedi cael digon heddi o fod yn was bach i Richard. Ef oedd wedi gorfod derbyn y dyletswyddau i gyd ond dim o'r pleser a'r sylw. A dyna'i frawd wedyn yn cilio o'r lle ac wedi gadael iddo fe ddelio â William Herbert tra buont yn aros i'w fam ddod lawr o'r llofft. Er, o feddwl, roedd Herbert wedi bod yn garedig iawn ei ffordd tuag ato, a gallai hyn droi'n fantais iddo ef, yn y pen draw. Ond eto, lle Richard oedd derbyn ymwelwyr yma. Ef oedd yr etifedd ac amdano ef y gofynnodd eu mam pan ddaeth i mewn i'r parlwr ac roedd wedi ymddangos yn anfodlon o glywed ei fod wedi gadael y plas.

'O's 'da ti syniad beth oedd e'n moyn?' gofynnodd Richard yn y diwedd.

'O's.'

'Beth 'te? Gwed.'

'Elisabeth,' atebodd Edward yn gwta.

'Elisabeth! Beth sy 'da fe i neud â'm Helisabeth *i*?' ac fe neidiodd Richard ar ei draed a thrafod y chwip fel petai am ei defnyddio ar unrhyw ddyn a feiddiai feddwl amdani.

'Nid dy Elisabeth di, yr hurtyn!' atebodd Edward yn wawdlyd. 'Mae gennyt ti chwaer o'r enw Elisabeth, on'd o's e? Wyt ti'n 'i chofio hi? Elisabeth Games, Bodwigiad?' Roedd wedi colli'i amynedd yn llwyr â'i frawd hunanol ac aeth ymlaen i siarad yn araf a chlir fel petai'n egluro i blentyn:

'Mae William Herbert am briodi ein Helisabeth *ni*. Fe welws e hi ym mriotas Mary Penllwynsarth ac mae'n rhaid 'i fod e wedi cwympo mewn cariad â hi achos fe holws Ewyrth Edward amdani ac wetyn fe a'th i Landaf i'w gweld hi.'

'I Landaf? Wetws hi ddim byd wrtha i.' Tro Richard oedd hi i deimlo ei fod wedi'i anwybyddu ond wrth weld nad oedd ei frawd yn barod i roi rhagor o wybodaeth iddo, ychwanegodd:

'Yty hi am 'i brioti fe?'

'Wn i ddim. Ma' Lisa'n catw'n dawel iawn am y peth.'

'Yty e wedi gofyn i Mam amdani?'

''Dwy ddim yn gw'pod am 'ny, chwaith. Fe adewais i nhw'n llonydd ac wedi iddo fe fynd fe a'th Mam 'nôl i'r gwely.'

Roedd Edward wedi bod yn eistedd wrth y ford trwy gydol y sgwrs ond fe ddaeth ei eiriau olaf ag atgof am yr olwg ar wyneb ei fam wrth i'r morynion ei helpu i ddringo'r grisiau. Cododd ar ei draed ac aeth draw i sefyll wrth y silffoedd llyfrau ar wal gefn y parlwr. Syllodd yn hir ond yn ddi-weld ar y rhesi o lyfrau roedd ei fam mor falch ohonynt. O'r diwedd, trodd ac aeth i sefyll wrth ochr cadair ei frawd ac roedd crygni yn ei lais wrth iddo ddweud yn dawel:

'Rich, ma' Mam yn dost ofnadw. Ma' ofan arna i nad yw hi ddim yn mynd i wella — ddim byth. Ma' ofan arna i — 'i bod hi'n marw.'

Roedd y gwirionedd oedd wedi bod yn ei fygwth ers misoedd wedi ei roi mewn geiriau am y tro cyntaf. Edrychodd y ddau frawd ar ei gilydd ac roedd y gofid a'r tristwch yr un yn llygaid y ddau.

1652

Pennod 14

Bodwigiad

3ydd o Fawrth, 1652.

Fy annwyl Fodryb,

Pan ddaw Tomos Defi â hwn i chi, fe fyddwch yn gwybod beth i'w ddisgwyl.

Bu ein Mam annwyl farw neithiwr. Yr Arglwydd Trugarog â'i bendithia ac a drugarha wrthym ninnau.

Ni ddaeth allan o'r trwmgwsg y gwelsoch chi hi ynddo, wythnos yn ôl. Bu Richard, Edward a fi yn ei gwylad yn ein tro ddydd a nos, ond nid agorodd ei llygaid wedyn.

Mae'r bechgyn a minnau'n weddol gan fod trefnu'r angladd yn ein cadw ni'n brysur. Mae Anna, druan fach, yn dorcalonnus a hefyd Tad-cu. Yn wir, Modryb Margaret, y fe sy'n fy ngofidio fwyaf. Fe welsoch chi fel yr oedd yn mynnu aros wrth erchwyn ei gwely. Mynnodd aros yno bron trwy gydol yr wythnos ddiwetha ac oddi ar yr amser y cymerodd yr Arglwydd ei henaid ato, nid yw Tad-cu wedi gwneud dim ond eistedd yn ei gadair yn y parlwr a syllu o'i flaen. Hyd yn hyn, does neb ohonom wedi gallu ei gael i siarad â ni — ddim hyd yn oed Henry! Dyw e ddim yn fodlon cymryd bwyd chwaith. Rwy'n erfyn Modryb Mari Aberaman a Miles lan heddi ac yn gweddïo y byddan nhw'n gallu ei gysuro.

Dewch draw yma, cyn gynted ag y galloch, achos ry'n ni'n prysuro gyda threfniadau'r angladd. Fel y gwyddoch, dymuniad pennaf Mam, ar y diwedd, oedd cael ei chladdu yn ymyl Nhad yn Aberhonddu ac roedd hi'n pryderu'n ofnadw y byddai eira'n dod ac y byddai'n rhaid iddi gael ei chladdu yma ym Mhenderin. Ond diolch i Dduw, mae'r tywydd yn dal yn dda ac wedyn does dim oedi i fod.

Fe fydda i'n falch dros ben o'ch gweld chi, Modryb Margaret. Mae'ch eisiau chi'n fidir arna i.

Eich nith mewn galar,
Elisabeth

Roedd yr angladd drosodd. Roedd y cyfeillion a'r cydnabod a ddaeth o bell i hebrwng corff Mary Games i Eglwys y Priordy yn Aberhonddu wedi dychwelyd i'w cartrefi heb drafferthu i alw'n ôl ym Modwigiad; y cymdogion wedi aros ychydig cyn ymadael; rhai o'r tylwyth hefyd wedi troi'n ôl tua thre. Ymhen deuddydd, dim ond Edmwnd a Margaret Morgan Penllwynsarth a Henry ac Agnes Powel oedd ar ôl i fod yn gefn i blant Bodwigiad.

Fe dreuliodd Edmwnd Morgan, oedd wedi'i ddewis yn oruchwyliwr dros ewyllys Richard Games, a Henry Powel y cyfreithiwr oedd wedi helpu llunio'r ewyllys honno yn ogystal ag un Mary, oriau'n cwnsela a daethant i'r penderfyniad y byddai'n ddoeth galw'r teulu ynghyd er mwyn egluro eu sefyllfa iddynt.

'Beth am Thomas Prichard?' gofynnodd Henry Powel.

'Rwy wedi gofyn iddo fe ond mae e wedi gwrthod. Mae e'n gwybod beth sydd yn ewyllys Mary. Ond rwy'n meddwl y bydd yn well cael Margaret ac Agnes yn bresennol gan fod y merched wedi eu rhoi o dan eu gofal nhw. Ie'n wir,' ychwanegodd Edmwnd. 'Mae'n drueni gen i dros y plant 'ma'n cael eu gadael fel hyn. Trueni nad o's un ohonyn nhw wedi dod i oed.'

'Y trueni mwya yw mai Elisabeth yw'r hynaf ac mai merch yw hi,' meddai'r cyfreithiwr yn bendant. 'Mae hi bron yn un-ar-hugain oed a phe bai hi'n etifedd, fe faswn i'n teimlo'n llawer hapusach. Fe allsen ni ddibynnu arni hi i wneud y pethe yn ddeche.'

'Mae hynny'n ddigon gwir,' meddai Edmwnd braidd yn ddiamynedd ar ôl clywed hyn droeon o'r blaen, 'ond fedrwn ni wneud dim ynglŷn â hynna. Y cyfan fedrwn ni wneud yw cynghori a cheisio dal ein gafael yn yr awenau cyd ag y gallwn.'

Tawodd y ddau'n sydyn wrth i'r drws gael ei agor ac i Richard a'i frawd William ddod yn ddiseremoni i mewn i'r parlwr. Ar yr ieuengaf o'r ddau, yn un-ar-bymtheg oed, y daliodd Edmwnd sylw, gan synnu gweld cymaint yr oedd y crwt wedi tyfu ac mor debyg oedd i Richard, yr un gwallt tywyll syth a'r un llygaid tywyll — yn debyg i'w mam ond heb y bywiogrwydd a'r disgleirdeb oedd mor nodweddiadol ohoni hi. Ac yn ôl a glywsai gan Margaret roedd y bachgen dipyn o dan ddylanwad ei frawd hynaf hefyd — trueni!

Dilynwyd hwy gan eu modryb Margaret ac Agnes Powel ac yn eu sgil daeth Edward a'r bachgen ieuengaf, Henry, ac aethant i gyd i ddewis eu seddau o gwmpas y parlwr. Tynnodd Henry Powel gadair at ymyl y ford a gosod pentwr o bapurau swyddogol o'i flaen. Cymerodd Edmwnd ei le yn y gadair freichiau gefn-uchel wrth ben y ford, mewn safle lle y gallai weld pob un. Roedd y bachgen Henry wedi rhuthro i hawlio'i hoff sedd yng nghornel y setl wrth y tân ac aeth Edward i eistedd ar ei bwys. Yn unarddeg oed erbyn hyn, roedd yn fachgen cryf, iach, gyda gwallt brown cochlyd yr un peth â'i dad ac Elisabeth a'i wyneb yn fawr a chrwn; plentyn hawddgar, hoffus, yn barod bob amser i weld y difyr ac i ddifyrru. Roedd yr wythnosau blaenorol wedi bod yn anodd iddo gan fod ei fam wedi ffoli arno ac roedd wedi cael llawer iawn o'i sylw. Ac eto, oherwydd ei habsenoldeb o dro i dro yn Llanelli ac wedyn ei gwaeledd hir, roedd eisoes wedi cyfarwyddo â bod hebddi. Dim ond bod rhywun o'i deulu'n agos, roedd Henry'n barod i ymdopi ac roedd e'n ffefryn gyda'r teulu cyfan. Roedd Richard wedi mynd yn syth at y gadair freichiau wrth ben isaf y ford a thra oedd William yn tynnu stôl uchel i'w ymyl, gosododd ei ddwylo ar freichiau'r gadair. Sylwodd ei ewythr ar ei osgo hunanbwysig ac ni wyddai a ddylai wenu ynteu gwgu arno. Edrychodd ei nai o gwmpas a gofyn yn ddiamynedd:

'Pam ry'n ni'n aros 'te? Ry'n ni i gyd yma.'

'Ry'n ni'n aros am Elisabeth,' atebodd ei ewythr yn bwyllog.

'Mae hi wedi gorfod mynd at Anna am funud,' eglurodd Margaret. 'Fydd hi fawr o dro. Allwn ni ddim dechra hebddi.'

'Pam lai? Do's 'da merch ddim hawl mewn materion cyfreithiol.'

'O nag o's e, wir!' Daeth llais llym ei fodryb Margaret o'r tu ôl iddo. 'Mae gen ti lawer i'w ddysgu, 'machgen bach i.'

Gwenodd Edmwnd ar ei wraig ac yna gan edrych yn ddifrifol ar Richard dywedodd yn dawel:

'Merch oedd dy fam, Richard, a fuaset ti ddim am sôn yn amharchus amdani hi, rwy'n siŵr, a'i hewyllys hi y mae Henry Powel yn mynd i egluro. Mae'n rhaid cael dy chwaer yn bresennol gan fod y trefniadau mae dy dad a dy fam wedi eu gwneud ar ei chyfer o bwys iddi hi! A! Rwy'n meddwl 'mod i'n ei chlywed yn dod,' a chododd Edmwnd ac aeth yn foesgar i'w chwrdd. Cynigiodd symud cadair at y ford iddi ond ysgydwodd Elisabeth ei phen ac aeth i eistedd ar y setl rhwng Edward a Henry.

'Nawr 'te,' dechreuodd y cyfreithiwr ar unwaith, ac edrychodd o gwmpas i wneud yn siŵr ei fod yn cael sylw pob un. 'Ry'ch chi i gyd yn gwybod bod eich tad wedi enwi Mr Morgan yma a chefnder eich mam, y Cyrnol Prichard, Llancaeach, yn oruchwylwyr dros ei ewyllys ac yn ofalwyr drosoch chi, ei feibion, tra byddwch chi o dan oed. Fe fu'n rhaid i'r Cyrnol fynd 'nôl i Gaerdydd yn union ar ôl yr angladd ac felly mae e wedi trosglwyddo'i awdurdod drosoch chi i fi. Mae eich ewyrth Edmwnd a minnau wedi ymgynghori oherwydd bod eich sefyllfa dipyn yn gymhleth — chwech o blant amddifad a dim un ohonoch eto wedi dod i oed.'

Edrychodd Richard fel pe bai am ymyrryd a daeth ochenaid swnllyd o gyfeiriad y setl. Teimlodd Henry law Elisabeth yn gwasgu ei ben-glin i'w ddistewi ond diystyrwyd ef gan y siaradwr. Gan wgu ar y brawd hynaf, aeth yn ei flaen:

'Y ti, Richard, a enwyd gan dy dad yn ysgutor i'w ewyllys ond nes dy fod yn un-ar-hugain oed, dy fam oedd yn gweithredu'r ewyllys. Ond nawr mae'r awdurdod yn ein dwylo ni ac ry'n ni'n mynd i wneud ein gorau i gyflawni dymuniadau eich rhieni. Nawr 'te, am ewyllys eich mam,' a thynnodd rolyn o bapurau swmpus yr olwg tuag ato. Roedd yna lawer o dudalennau, sylwodd Henry, a llawer iawn o ysgrifen fân arnyn nhw a byddai'r darllen yn parhau am amser maith. Gwthiodd ei ddwylo i boced ei frytish a thynnu cortyn ohono a dechrau ei weu trwy ei fysedd.

Pesychodd y cyfreithiwr ac wedi clirio'r crygni o'i lais, darllenodd y rhan arweiniol, oedd yn penodi'r arian i'w roi i dlodion plwyf Penderin a phlwyf Eglwys Sant Ioan yr Efengylydd yn Aberhonddu.

'And I desire to be buried, if it be convenient, near to my beloved and honoured husband, Mister Richard Games!'

'O, Mam annw'll!' llefodd Elisabeth a throi i guddio ei hwyneb ar ysgwydd Edward.

''Sdim ishe i chi ddarllen y cyfan,' meddai Edmwnd yn gwta. 'Rhowch y wybodaeth angenrheidiol a dyna i gyd.'

Edrychodd Henry Powel braidd yn ddig arno ond dododd y dudalen gyntaf i'r naill ochr ac aeth yn ei flaen:

'Mae'n egluro fel y mae hi wedi prynu tiroedd i Elisabeth ac Anna er mwyn sicrhau eu bod yn cael y gyfran roedd eich tad wedi'i benodi iddynt. Mae gweithredoedd y tiroedd hynny yn ddiogel yn fy meddiant i.' Trodd ei olwg o gyfeiriad y setl at ben isa'r ford.

'Richard, mae dy fam wedi gadael y cyfan o'r celfi sydd yn y Tŷ Mawr yn Llanelli i ti a hefyd y gwely gorau — yr un â llenni porffor; ei Beibl a'i llyfrau i gyd a'i watsh a'i modrwy briodas.' Nodiodd Richard. 'Rwy'n gweld bod dy fam wedi dweud hyn wrthot ti.'

'Mae'n rhannu'r llestri arian yn deg rhyngoch chi i gyd. Mae'n gadael llawer o bethau tŷ — gwelyau ac ati — i'r ddwy ferch. Mae'ch modryb Margaret yn gwybod y manylion. Mae'n gadael ei dillad gorau a'i gemau i Elisabeth ac Anna ond ei dillad gwlân i Ffranses Philpot ac arian i dalu'i chyflog tra bydd hi'n gweinyddu arnoch chi'ch dwy nes y byddwch yn dod i oed.'

Bu oediad tra bu'r cyfreithiwr yn chwilio am y manylion perthnasol nesaf. Syllai Elisabeth i'r tân. Doedd dim o'r hyn a glywsai yn newydd iddi ond ni allai ond synnu bod ei mam wedi dewis rhoi ei Beibl a'i llyfrau i gyd i Richard a hwnnw mor annhebyg o'u hagor. Addurn fyddent yn y cwpwrdd gwydr yn y parlwr gorau! Roedd William a Richard yn dechrau siarad â'i gilydd a manteisiodd Henry ar y cyfle i sibrwd wrth Edward am ganiatâd i fynd allan ond ysgwyd ei ben ac edrych yn fygythiol arno wnaeth hwnnw.

Roedd y cyfreithiwr yn barod i ailddechrau.

'Mae rhestr o roddion i wahanol weision a morynion a hefyd ddeg swllt i bob morwyn a gwas oedd yn ei gwasanaeth ar ddydd ei marwolaeth a phwys o wlân i bob un. Mae rhoddion ychwanegol i Rheinallt a Gruffydd . . . O ie, mae'n rhoi dau fustach i'ch hanner brawd, Thomas Games, Aberhonddu.'

Chwarddodd Richard, 'O!' meddai, 'fe gawn weld Twm Marged lawr 'ma'r funud glywiff e.'

'Welws rhywun e yn yr angladd?' gofynnodd Elisabeth.

'Do. Fe dda'th ata i,' atebodd Edward yn dawel. 'Ro'dd yn wir ddrwg 'da fe. Ro'dd yn wirioneddol hoff o Mam.'

Aeth Henry Powel yn ei flaen. 'Mae'n gadael ceffylau a

chesyg yn ogystal â da ifainc i chi'r bechgyn ieuengaf. Ond mae'n rhaid i fi egluro na fyddwch chi ddim yn gallu hawlio'r rhain nes bod Henry 'ma'n dod i oed, gan mai fe sydd wedi'i enwi'n ysgutor. Ond mae rhai materion sydd yn rhaid eu cyflawni ar unwaith. Er mwyn cwblhau'r pryniadau tir i'r merched, bu'n rhaid i'ch mam fenthyca dau gant a hanner o bunnoedd oddi wrth eich tad-cu ac mae'n dweud yn ei hewyllys mai dyna'r peth cyntaf sydd i'w dalu'n ôl — bod yn rhaid i'ch ewyrth a minnau drefnu i werthu stoc yn y ffair gyntaf er mwyn codi'r arian. Mae hi hefyd yn gadael arian i brynu modrwyon er cof amdani — i'ch dau ewyrth a Charles Walbieffe ac i'ch tad-cu a'r ddwy fodryb.'

'Beth am yr hen sêl-fodrwy — yr un oedd yn perthyn i'n hen fam-gu Bodwigiad?' gofynnodd Elisabeth.

'Mae hi wedi gadael honno i Agnes acw,' atebodd yntau, gan edrych braidd yn ofidus ar y ferch a chafodd ryddhad o weld nad oedd Elisabeth yn anfodlon.

'Wel, nawr 'te, dyna hi'n fras. Fe gewch chi ddarllen yr ewyllys eich hunain, os mynnwch chi. Ond cofiwch, ar hyn o bryd, fe fydd popeth yn mynd yn 'i fla'n fel cynt. Mae Rheinallt i ofalu am yr amaethu. Os bydd rhyw benderfyniadau i'w gwneud fe fydd e'n gofyn i fi ac os bydd yn fater o bwys fe fydda i'n ymgynghori â'ch ewyrth Edmwnd. Elisabeth fydd â gofal y tŷ yma ym Modwigiad a'r brif forwyn yn Llanelli.'

Ar hyn, cododd Richard yn sydyn ar ei draed.

'Dwy ddim yn cydsynio. Tawn i'n cael priodi nawr — fy ngwraig i fyddai'r Feistres yn y Tŷ Mawr ac yma.'

Edrychodd y cyfreithiwr ar Edmwnd Morgan ac ef a atebodd:

'Flwyddyn nesa, Richard, ar ôl i ti gyrraedd dy un-ar-hugain.'

'Nage. Roedd hynny'n rhesymol pan oedd Mam yn fyw ond mae pethau'n wahanol nawr.'

'Dyna'r cytundeb priodas, Richard,' meddai Henry Powel yn bendant, 'dyna beth yw dymuniad Piers Deere hefyd.'

'Cawn weld. Fe a' i i lawr i Landaf i'w weld e. Rwy'n siŵr y bydd e'n gweld 'i bod hi'n synhwyrol i ni briodi ar unwaith o dan yr amgylchiada.' Roedd llais Richard wedi codi erbyn hyn.

'Richard!' galwodd Edmwnd a chododd yntau ar ei draed ac edrych yn ddig ar y dyn ifanc tanllyd. Ceisiodd hwnnw ei herio trwy lygadrythu ar ei ewythr ond ac Edmwnd Morgan Penllwynsarth y fath gawr o ddyn roedd ei nai byr o dan anfantais. Gwnâi i Richard deimlo fel corrach a suddodd yn anfodlon 'nôl i'w gadair.

'Ga i dy atgoffa di, Richard, na elli di ddim â phriodi tra fyddi di o dan oed heb ganiatâd dy ewyrth Edward a minnau a dy dad-cu.'

'Tad-cu!'

'Ie. Mae dy fam wedi ein henwi ni'n tri yn ofalwyr dros ei meibion i gyd nes y byddwch yn dod i oed.'

Roedd Richard wedi plygu ei ben.

'Un peth arall, Richard. Y peth cyntaf y bydd yn rhaid i ti ei wneud ar ôl i ti gael dy ben blwydd flwyddyn nesaf, fydd mynd bob cam i Gaer-gaint i brofi ewyllys dy dad.'

'Nage,' meddai Richard yn swrth ond gyda phenderfyniad. 'Priodi fydd y peth cyntaf.'

Gwenodd ei ewythr. 'O'r gore 'machgen i, gan dy fod ar gymaint o frys — priodi'n gyntaf ac wedyn mynd i brofi'r ewyllys.' Ac eisteddodd 'nôl yn ei gadair a dweud wrth y cyfreithiwr: 'Mynegwch fanylion y rhoddion pwysicaf, Henry, ac wedyn os byddwch chi bobol ifanc am eglurhad ar ryw fater, nawr yw eich cyfle chi.'

Ond wedi i Henry Powel orffen siarad, bu distawrwydd. Roedd William yn edrych yn ddisgwylgar ar Richard ond roedd hwnnw'n dal â'i ben i lawr ac yn swrth; Edward yn edrych ar Elisabeth ond doedd ganddi ddim i'w ofyn nawr —

ddim o flaen y teulu a chadwai ei golwg i lawr ar ei dwylo yn ei harffed. Roedd ei brawd, Henry, erbyn hyn wedi llwyddo i weu cawell rhwng ei fysedd ddegau o weithiau a'i fryd bellach ar gyflawni'r gamp yn gyflymach fyth. Pan sylweddolodd fod y siarad wedi tewi, edrychodd ar y drws yn eiddgar, pwysodd ar draws Elisabeth a sibrydodd yn uchel wrth Edward:

'Ytyn nhw wedi cwpla? Ga i fynd mas i'r stapla nawr?' A phan chwarddodd yr oedolion am ei ben, gwenodd o glust i glust a chan gymryd bod y chwerthin yn cyfleu caniatâd, rhuthrodd mas trwy'r drws.

'Wel, dyna ni, 'te,' meddai Edmwnd Morgan, gan godi o'i gadair. 'Dyna'r cyfan — gyda chi'r bechgyn, 'ta beth, ac fe awn ni'r dynion mas am awyr iach, achos rwy'n meddwl fod gan y menywod faterion i'w trafod.'

Symudodd Margaret ac Agnes yn nes at y tân ond aeth Elisabeth ati i gymoni'r ford a gosod y cadeiriau a'r stoliau yn ôl yn eu lle.

'Gad bethe fel 'ne'n llonydd nawr, Elisabeth a dere 'me aton ni i —' Tawodd Agnes Powel yn sydyn o glywed cnoc drom ar y drws. Ymddangosodd morwyn, yn amlwg mewn helynt.

'Miss Lisbeth! Miss Lisbeth!' llefodd Mari, a'i hanadl yn ei dwrn. 'Miss Lisbeth! Ytych chi wedi gweld Nest heddi? 'Sneb yn cofio'i gweld hi 'ddar ddo'!'

'Wyt ti wedi gofyn i Meistr Prichard?'

'Ma' Ffranses weti gofyn iddo fe ac rwy i weti bod lan yn Nhyddyn y Glog i ofyn i Ann Rheinallt ac ma' Rheinallt wedi gofyn i'r gwishon i gyd ond 'sneb weti gweld cip arni.'

'Wel, ma'n rhaid i bawb fynd i whilo 'te.' Roedd Elisabeth, yn anelu am y drws pan gydiodd Agnes yn ei braich.

'Na, aros di yma, Elisabeth,' meddai mewn llais awdurdodol. 'Fe a' i mas i weld beth sy'n digwydd. Does dim eisie i ti ymdrafferthu. Aros di 'ma gyda dy fodryb,' ac i ffwrdd â hi gan yrru Mari o'i blaen.

Edrychai Elisabeth yn anfodlon, ond dywedodd ei Modryb Margaret yr un mor bendant:

'Gad rhwng Agnes ag unrhyw drefniade sydd ishe eu gwneud ynglŷn â Nest. A pham yr helynt, p'run bynnag? O't ti ddim yn sôn y dydd o'r bla'n mor rhyfedd o'dd hi wedi mynd? Fe ddaw hi'n ôl yn y man.'

'Ond oddi ar ddo' . . .'

'Elisabeth, mae angen dy sylw di ar rywrai mwy pwysig na Nest. Dere 'ma. Mae'n rhaid i ni'n dwy gwnsela ynglŷn â dy dad-cu ac Anna.'

'Anna?'

'Ie. Rwy'n meddwl mai'r peth gorau fydd iddi fynd o Fodwigiad am dipyn. Mae'n mynd i weld gormod o ishe dy fam os arhosiff hi yma, ac wedyn rwy i'n meddwl, ac mae Agnes Powel yn cydsynio â fi — menyw gall yw honna — y bydd yn well i'r ferch fach ddod i Benllwynsarth gyda ni. Bydd newid lle ac awyrgylch a chwmni'n gwneud y byd o les iddi ac fe fydda i a dy ewyrth yn falch o'i chwmni — bydd yn dda cael merch fach yn y tŷ 'co unwaith eto. Ac fe fydd yn lleihau'r baich arnat ti, yma. Mae digon ar dy blât di ishws. Nawr am dy dad-cu —'

'Ddaw e ddim gyda chi — symudiff neb e odd'ma!' ebe Elisabeth a mynnodd gwên fach ofidus ddod i'w gwefusau.

'Rwy'n gwybod 'na, 'merch i. Do'n i ddim yn meddwl y bydde fe'n dod aton ni ond rwy'n gwybod mai bwriad Mari Aberaman yw 'i gael i ddod 'nôl i Aberdâr. Mae'r ddou 'na'n glòs iawn — wedi bod erio'd odd'ar o'n nhw'n blant yn Llancaeach — ac fe fydde'n dda 'da hi 'i ga'l e'n ôl lawr 'cw. Faswn i ddim yn synnu 'sa hi'n mynd i fyw ato fe.'

'Beth? Gadael plas Aberaman a mynd i fyw mewn tŷ cyffredin?'

'Wel, wyt ti'n gweld, mae dy fodryb Mari'n mynd yn hen

a rhwng y teulu dibriod sydd ar ôl acw, a William a'i deulu a nawr rwy'n deall bod y ferch sy wedi priodi ag un o deulu Bassett yn mynd i ymgartrefu yno, mae'r lle'n orlawn ac mae'n achwyn fod y lle'n swnllyd dros ben ac fe fydde dy fodryb yn falch o gael lle a thipyn mwy o heddwch.'

'Ydy hi wedi whilia gyda Tad-cu?'

'Wedi crybwyll, ond fel wetaist ti, aiff e ddim odd'ma ar hyn o bryd. Mae e'n credu mai ei ddyletswydd e yw aros yma i ofalu amdanoch chi. Wedyn, rwy'n ofni y bydd yn rhaid i ti ddygymod ag e, 'merch i.'

'O, dyw Tad-cu ddim yn 'y mhoeni i o gwbl. I'r gwrthwyneb — fe fydd 'i ishe fe arna i yma. Dwy ddim yn gwybod beth 'nelwn i hebddo fe.'

Nodiodd Margaret Morgan. 'Ond beth amdanat ti, Elisabeth? Beth am dy ddyfodol di?'

Trodd Elisabeth ei golwg oddi wrth ei modryb a syllu i'r tân a dywedodd yn ddistaw:

'Aros yma a chadw cartre i'r bechgyn ac Anna. Beth arall?'

'Ond beth am briodi? Beth am William Herbert?'

Cochodd ei nith a chan na ddaeth ateb aeth ei modryb ymlaen:

'Rwyt ti'n gwybod ei fod wedi gofyn i dy fam am ganiatâd i ddod atat ti gyda'r bwriad o gynnig am dy law mewn priodas?'

Nodiodd Elisabeth.

'A bod dy fam wedi bodloni?'

Torrodd Elisabeth ar ei thraws. 'Do's dim diben mewn sôn am hynna nawr. Alla i ddim â'i brioti e na neb arall. Fe a'th Mam druan mor dost — ac — ac fe addewais iddi na faswn i ddim yn gadael y teulu — y baswn yn gofalu am y plant lleia.'

'Gofynnws dy fam ddim i ti wneud hynny, do fe?'

Ysgydwodd Elisabeth ei phen. 'Naddo, fi fy hunan wetws wrthi mai dyna faswn i'n neud. Ro'dd hi mor wan, druan, ac

149

ro'dd hi mewn cymaint o ofid. Ro'dd Henry ac Anna wedi bod wrth 'i gwely am dipyn ac ro'n i'n gweld fel ro'dd hi'n poeni amdanyn nhw ac allswn i ddim â phido addo.'

'Beth wetws hi wedyn?'

'Dim byd ond rhoi gwên fach. Rwy'n gw'pod i fi ysgafnhau'i gofid hi — ac o, rwy'n falch i fi neud,' ond gollyngodd ei hun ar ei phenliniau wrth ochr ei modryb a chuddio'i phen yn ei harffed ac fe ddaeth y dagrau'n llif.

Â dagrau'n llifo dros ei gruddiau hithau, tynnodd Margaret Morgan ei llaw yn dyner dros wallt tonnog ei nith a bu distawrwydd am ysbaid. O'r diwedd dywedodd:

'Wel, mae'n rhaid gadael pethau yn y man 'na nawr, ta beth. Fe gawn weld beth ddaw. Ond cofia, fydda'r ffaith fod gennyt ti chwaer fach ddim yn dy rwystro di rhag priodi. Bydd unrhyw ddyn gwerth ei halen yn bodloni i ti ddod â hi i fyw atoch chi, fel y gwnaeth Edward â Jane Mansel, chwaer Mary. A phetai dy dad-cu'n bodloni mynd i Aberdâr, falle y bydde Henry'n mynd gyda fe.'

'Modryb fach,' meddai Elisabeth oedd wedi codi ar ei thraed ac yn sychu'i dagrau. 'Erbyn i hynny ddicw'dd fe fydda i'n hen ferch a fydd William Herbert nac unrhyw ddyn arall am 'y mhrioti i. A dwy ddim yn mynd i boeni'n hunan trwy feddwl am brioti. Fe gawn ni ddigon o sôn am brioti wrth Richard y flwyddyn nesa 'ma. I ddweud y gwir, fase'n dda 'da fi sa fe'n cael prioti ar unwaith a mynd i fyw i Lanelli gyda'i annwyl Elisabeth Deere. Faswn i ddim yn debyg o weld llawer ohono fe wetyn.'

'Ry'ch chi'n dal i anghytuno, 'te?'

'Anghytuno! Ffraeo tân gwyllt ry'ch chi'n feddwl! Dy'n ni ddim yn gallu cyd-weld o gwbl. Beth bynnag ddyweda i, ma' fe'n croesdynnu. W'ithe, fe fydda i'n addo i'n hunan, cyn cwnnu yn y bore na fydda i ddim yn croesddweud na dadla ag e o gwbl ond erbyn i fi gyrraedd y llawr fe fydd rhywbeth wedi dicwdd i neud i ni fod wrthi eto. Ac ma' William nawr yn mynd 'run peth ag e. Diolch am Edward! Ma' fe'n 'i cha'l hi'n galed yn cisho catw heddwch! Wrth gwrs, ma' petha wedi bod yn well yma yn ystod yr wythnose diwetha. Falle y gallwn ddod yn nes at ein gilydd. Dyna beth fydde Mam yn 'i ddymuno, yntefe?'

'Ie'n wir, 'merch i — ac rwyt ti'n fodlon i Anna ddod gyda fi?'

'O, ydw, Modryb Margaret. Bydd yn well iddi fod odd'ma am dipyn a diolch i chi am gynnig ei chymryd hi. Ma' hi mor deimladwy, druan fach, ac ma'n gas 'da hi glywed anghytuno. Falle fyddwn ni wedi dod i well trefen erbyn y daw hi'n ôl.'

Daethant yn ymwybodol o sŵn llawer o leisiau o'r tu allan.

'O, 'sgwn i os y'n nhw wedi cael gafael yn Nest!' a rhedodd Elisabeth at y drws. Ond trefnu'r gweision i fynd i chwilio'r mynydd a'r coedwigoedd yr oedd Rheinallt. Galwodd Elisabeth arno:

'Rheinallt, gwetwch wrthyn nhw am gofio whilo yn Ogof Fawr ac Ogof Fach. Ma' Nest yn dwli mynd 'no.'

'Ngore, Meistres fach, pidwch chi â gofitio. Fe fyddwn ni'n siŵr o ddod o hyd iddi — os na fydd hi wedi cyrradd 'nôl o'n blaen ni.'

Pennod 15

Yn raddol wrth iddi nosi, fe ddaeth y chwilwyr 'nôl a doedd gan neb newyddion da. Er chwilio i bob cyfeiriad a holi ym mhob tyddyn a bwthyn anghysbell, pob cwt bugail ac ogof, doedd dim sôn am Nest. Roedd Thomas Prichard wedi gadael ei gadair a'i synfyfyrio hiraethus ac wedi aros wrth y drws cefn nes i bob un o'r chwilwyr ddychwelyd a hyd yn oed wedyn, ar ôl i'r nos gau amdanynt, daliai i sefyll yno a syllu trwy'r gwyll. O'r diwedd, ar ôl iddi hi ac eraill o'r teulu fethu ei berswadio i fynd 'nôl i'r tŷ, danfonodd Elisabeth Henry ato i'w ddenu i mewn.

'Dewch Tad-cu, w,' meddai hwnnw gan afael yn ei fraich. 'Falle y daw Nest nawr cyn i ni fynd i'r gwely. Ma' hi fel cath, yn gallu gweld yn y twllwch.'

Bodlonodd Thomas Prichard ar adael i'w ŵyr ei dynnu i mewn i'r tŷ ond wedi mynd 'nôl i'r parlwr at y teulu, meddai'n brudd:

'Fe fydd hi'n nos dywyll ofnadw heno. Mae'r niwl wedi troi'n grwybr oer. Noswaith ddrwg i fod mas ynddi.'

'Wedi colli'r ffordd mae hi, chi'n meddwl?' gofynnodd Agnes Powel.

Ysgydwodd Thomas Prichard ei ben.

'Faswn i ddim wedi meddwl y gallsai Nest golli'i ffordd ar y mynydd — mae'n nabod pob twll a chragen. Ond mae niwl yn gallu twyllo'r gora — niwl ac eira — ma'r ddou'n trawsnewid y byd.'

Aeth i eistedd yn ei gadair wrth y tân ac edrychai'n

bryderus a digalon. Roedd pob un o'i wyrion yn rhannu'i ofid. Roedd Nest wedi bod mor agos atynt, wedi eu hanwylo a'u diddori yn ogystal â'u dwrdio a'u ceryddu pan oedd angen. Mae'n wir bod y rhai hynaf wedi dieithrio oddi wrthi'n ddiweddar ac wedi bod yn flin wrthi wedi iddi fynd mor aflêr a di-hid o'i hunan a drwg ei thymer. Syrthiodd tawelwch drostyn nhw i gyd, hyd yn oed Henry, ac ni fu fawr o lewyrch ar yr ymddiddan y ceisiodd Agnes Powel a'i gŵr ei gynnal.

Pan ddaeth y bore a dim argoel ohoni, ailgychwynnodd y chwilio. Roedd y crwybr oer wedi cilio, gan adael copâu'r mynyddoedd yn wyn gan lwydrew a roedd gwynt y dwyrain yn ysgubo'n fain trwy Gwm Cadlan a thros Fynydd y Glog.

Dychwelodd y chwilwyr aflwyddiannus at eu pryd canol dydd. Wedi gwrando ar hanes eu hymdrechion, anfonodd Rheinallt hwy i'r neuadd i gael bwyd. Daliai yntau i sefyll ar y buarth gan droi'n araf o gwmpas fel pe bai'n parhau i ddisgwyl gweld ffurf gyfarwydd y forwyn ryfedd yn llithro trwy'r glwyd neu glywed ei sgrech wrth iddi roi ateb ffraeth, aflednais i gellwair gwas. Rhoddodd ei bwysau ar y pen corn maharen oedd ar ei ffon fugail a chrymodd ei gorff main drosti. Er bod Rheinallt bron mor hen â Thomas Prichard, roedd yn hynod o iach a heini o hyd, ac ers blynyddoedd bellach arno ef y bu'r cyfrifoldeb am drefn amaethu fferm Bodwigiad. Roedd yn ymfalchïo yn ei swydd ac erbyn hyn roedd ei ddau fab yn ddigon hen i'w helpu.

Aeth i'r tŷ ac wedi sychu ei draed yn ofalus a thynnu ei het, rhoddodd gnoc ar ddrws y parlwr. Cafodd fod y teulu i gyd yno yn cael eu cinio a throdd pob un yn eiddgar tuag ato.

Ysgydwodd ei ben mewn atebiad mud i'r gofyniad yn eu llygaid.

'Dwy ddim yn deall!' meddai, gan daro'i ffon yn flin ar y llawr. 'Ry'n ni wedi sgwrio'r Fo'l a'r Gatar a'r Glog ac ma' Llewelyn Beili Glas a'i wishon wedi bod ar hyd ac ar led Comin Hirwaun — wedi meddwl falle'i bod hi wedi mynd 'nôl at y bwthyn lle cas hi 'i chwnnu gyda'i mam-gu slawer dydd ond do's dim sôn amdani — ddim yn fyw nac yn farw — ma' fel 'tai hi wedi diflannu 'ddar y ddaear! Yty wir. A dyw'r cŵn ddim wedi ca'l gafa'l ar 'i thrywydd hi! Dy'n ni ddim yn gw'pod ble i ddishgwl nawr. Os yw hi wedi cwmpo dros ddibyn yn y twllwch ne yng nghanol coedwig, falle na ddown ni ddim ar 'i thraws hi am flynydde — ddim byth, falle. Ma'n wir ddrwg 'da fi, syr, ac mae pawb yn teimlo 'run peth. Ma' dicon o'r gwishon 'ma wedi bod yn gwneud pob sbort am 'i phen hi, ond ma'n with 'da nhw 'i bod hi ar goll ac ma' nhw'n gwneud 'u gora i gisho meddwl ble allse hi fod wedi mynd ond dwy ddim wedi cwrdd â neb sy wedi'i gweld hi 'ddar bore'r angladd.'

Pan ballodd anadl Rheinallt ar ôl traethu ar garlam, meddai Thomas Prichard yn dawel:

'Ry'n ni i gyd wedi bod am y gorau yn meddwl pryd welson ni hi ddiwetha ond does neb yn credu i ni 'i gweld hi oddi ar y noson cyn yr angladd.'

'Beth wnawn ni nawr 'te, Mistar Prichard? Dal i whilo?'

'Nage, Rheinallt. Rwy'n ofni nad oes pwrpas yn hynny, bellach. Pawb wrth fynd ar 'i dro i barhau i gadw golwg am rywbeth anarferol — ond . . . 'nôl at eich gwaith, nawr. A diolch i ti ac i bawb arall sydd wedi bod yn chwilio. Mae pawb wedi gwneud eu gore.'

'Ie, diolch, Rheinallt,' ategodd Elisabeth.

Fe ymadawodd y Morganiaid a'r Poweliaid drannoeth ond ymhen deuddydd, fel yr oedd Richard wedi rhag-weld, fe ddaeth ymwelydd arall.

Roedd Thomas Games, Aberhonddu, fel yr adwaenid ef yn swyddogol gan deulu Bodwigiad (neu Twm Marged fel y gelwid ef gan ei hanner-brodyr a'r gweision a morynion a'r mwyafrif o'i gydnabod yn Aberhonddu), mab gordderch yr hen Sgweiar, wedi mynd i'r ffair leol yn Aberhonddu. Roedd dros ei ddeugain oed, yn ddyn tal, sgwâr ei ysgwyddau, ei wallt browngoch yn teneuo ar y copa uwch wyneb mawr bochgoch. Roedd ei ddillad o ddefnydd da ond yn ddi-raen. Arferai fynd i'r ffair yn gyson a byddai'n edrych ar yr anifeiliaid oedd ar werth ac yn eu barnu i gyd gyda'r un hyder â phetai'n berchennog ar gymaint o wartheg a defaid a cheffylau ag oedd gan yr un o sgweiariaid yr ardal oedd yn swagro o gwmpas. Byddai'n teimlo awydd yn aml i gyfarch y rheiny oedd o'r teulu Games, ond yn y gorffennol roedd wedi cael atebiad sarhaus oddi wrth un neu ddau ac wedi cael ei ddiystyru gan eraill ohonynt, ac roedd wedi peidio ag ymdrafferthu. Yr unig un o'r tylwyth oedd yn ei gydnabod oedd John Games, mab Thomas Aberbrân. Roedd hwnnw'n ddigon serchus bob amser, chware teg iddo. Ond dim ond cyfarchion cyfeillgar y gallai ddisgwyl oddi wrth y bonheddwr ifanc hwnnw, gwaetha'r modd. Ie wir, meddyliai Thomas, trueni am hynny — pe bai teulu Aberbrân heb wastraffu eu cyfoeth ar yr hen ryfel ddiffrwyth yna, falle y byddai'r Meistr Aberbrân ifanc wedi bod yn barod i estyn cymwynas i aelodau mwy anffodus o'r tylwyth. Pwysodd Thomas ar yr hyrdlen wrth ymyl y cylch gwerthu a syllodd ar y ceffyl ifanc hardd o'i flaen a gwrando ar y cynigion brwd amdano. Fe fyddai wedi bod ar ben ei ddigon pe bai ganddo'r modd i brynu hwnna ond roedd yr un man meddwl am brynu'r lleuad!

Torrwyd ar ei synfyfyrio hunandosturiol gan leisiau menywod o'r tu ôl iddo a'r funud nesaf teimlodd rywun yn ei bwtian yng ngwaelod ei gefn. Yna roedd rhywun yn gwthio ei llaw o dan ei gesail a llais menyw yn dweud yn ei glust:

'W! Thomas Games, wel dyna lwc i fi dy gwrdd di yma heddi, yntefe? Nid yn amal ma' cyfle'n dod i ga'l gaf'el mewn dyn sy wedi dod i mewn i arian. Nage fe, Martha?'

Chwarddodd ei chydymaith a dweud yn uchel: 'Nage wir, wedyn dal di dy af'el ynddo fe, Siani!'

Ysgydwodd Thomas y llaw i ffwrdd a throdd yn chwyrn i

wynebu'r ddwy. Roedd e wedi adnabod y lleisiau eisoes a rhegodd wrth ddeall fod dwy forwyn Llwyncelyn wedi'i ddal unwaith eto. Dwy boenus fu rhain iddo ers blynyddoedd — yn ei boeni bob tro y byddent yn y dref. Roedd y Siani 'na yn enwedig wedi bod ar ei ôl — ei golwg ar y tyddyn bach cyffyrddus yr oedd ef a'i fam yn berchen arno ar y pryd — ac roedd e wedi gorfod dweud wrthi'n blaen nad oedd e ddim am briodi neb — yn enwedig hen sgeren o forwyn fel hyhi.

'W — paid â dishgwl mor gas, Thomas. Fe fydd yn rhaid i ti ymddwyn fel gŵr bonheddig nawr a thithe wedi cael arian ar ôl dy lysfam. Wyt ti ddim wedi cl'wed?'

'Beth ddiawl wyt ti'n siarad obythdu, fenyw?'

'Dyna beth glywson ni, yntefe Martha? Bod dy lysfam wedi gad'el tipyn iti yn 'i hewyllys. Dyna beth hyfryd yw bod yn perthyn i bobl gyfoethog. Dyna ti nawr, Thomas, bydd dim ishe i ti witho diwrnod arall ar hyd dy fywyd! Dyna lwc yntefe, gan fod tithe a gwaith ddim yn cytuno!' A chwarddodd y ddwy yn uchel eto a throi eu cefnau arno ac i ffwrdd â nhw at y stondinau gwlân.

Edrychodd Thomas yn gas ar eu holau.

'Y ddwy gath gythrel! Cerwch i uffern!' gwaeddodd ar eu holau a throi ar ei sawdl ac i lawr ag ef i'r heol at Bont y Dŵr a throsti at Lan-faes lle'r oedd ganddo fwthyn. Roedd wedi gorfod gwerthu'r tyddyn ers llawer dydd — gormod o waith o lawer i un — ac roedd wedi bod yn siom fawr iddo mor fuan roedd yr arian a gawsai amdano wedi difa. Diolchai na adawsai i'r un ferch ei hudo i'w phriodi a dyna pam roedd y Siani yna mor falch o gael rhywbeth i'w boeni. Wedi iddo gyrraedd drws ei dŷ, arhosodd cyn mynd i mewn a throi i edrych tuag at y Bannau. Efallai bod y ddwy fenyw gythrel wedi clywed rhywbeth am ewyllys Mary. Efallai iddo fod yn annoeth i beidio â mynd 'nôl gyda'r teulu ar ôl yr angladd. Ond na, doedd neb o'r teulu wedi cymryd fawr o sylw ohono fe — heblaw am ychydig eiriau gydag Edward. Aeth i mewn i'r bwthyn ond roedd y lle bach di-gysur yn ei wneud yn fwy digalon ac aeth 'nôl i sefyll ar garreg y drws.

Roedd Llan-faes yn lle prysur ar ddiwrnod ffair gyda chymaint o bobl Cwm Wysg a Dyffryn Tarrell yn mynd heibio ar gefn eu ceffylau neu yn eu troliau. Tynnodd gweiddi a chwibanu ei sylw at yrr o fustych oedd yn dod ar frys dros y bont a bu Thomas yn mwynhau gwylio trafferthion y porthmyn i gael y creaduriaid i droi o'r heol fawr i'r hen ffordd a arweiniai i'r de. Er yr holl alwadau am gymorth ni symudodd Thomas o'i le yn pwyso yn erbyn postyn y drws. Cadwodd ei olwg arnynt nes iddynt fynd o'r golwg ac yna cododd ei olygon at y mynyddoedd eto ac aeth ei feddwl 'nôl at y teulu yr ochr draw iddynt. Doedd ef a'i dad erioed wedi bod ar delerau da ond oddi ar ei farwolaeth, roedd wedi bod yno droeon ac wedi derbyn yr hanner canpunt a'r bustych a adawodd ei dad iddo fe — er, cofiodd Thomas yn sydyn, roedd y cyfreithiwr Pŵal 'na wedi dweud wrtho fe na fase fe ddim yn gallu eu hawlio nhw nes bod Richard bach yn dod i oed. Ond un garedig fu Mary iddo fe erioed, chware teg iddi, ac roedd hi wedi mynnu ei fod yn eu cael nhw gan ei bod yn gwybod bod eu heisiau yn druenus arno fe a fynte'n cael y fath anlwc a'r fath golledion gyda'i greaduriaid. Roedd e wedi teimlo'n wirioneddol drist o glywed am ei salwch a'i marwolaeth. Oedd hi wedi gadael rhywbeth iddo fe? Falle y bydde'n werth mynd draw i weld. Syllodd draw at y mynyddoedd eto a phenderfynu bod yr argoelion yn darogan bod y tywydd sych oer yn mynd i barhau. Felly yfory amdani. Byddai'n siŵr o gael swper a gwely ym Modwigiad. Roedd Elisabeth, chware teg iddi, lawn mor garedig â'i mam.

Doedd Thomas ddim yn godwr cynnar ac felly roedd hi'n ganol y bore arno'n cychwyn ar ei gobyn gwinau tywyll i fyny i Ddyffryn Tarrell. Ar waethaf popeth roedd wedi mynnu cadw ceffyl dechau a phan fyddai'n marchogaeth hwnnw teimlai ei fod cystal ag un o'r Gamesiaid ac wrth deithio dros y milltiroedd gwastad at waelod y cwm, cafodd y ceffyl garlamu. Bu'n rhaid arafu wedyn, ymhell cyn cyrraedd pen y dyffryn ac roedd ef a'i geffyl yn barod i gael hoe pan welodd y bugail a'i gi yn dod ar frys i lawr dros ysgwydd y bryn. Eisteddodd ar garreg ar fin ffrwd fechan i aros amdano tra torrai'r ceffyl ei syched. Clywodd y bugail yn galw arno a gwelodd ei fod yn chwifio'i freichiau'n wyllt. Cododd Thomas yn bwyllog.

'Be sy'n bod?' gwaeddodd 'nôl.

'Dere 'ma! Dere! Dere!' gwaeddodd y dyn bach, ac wedi gweld bod Thomas yn gwneud osgo i'w ddilyn, trodd ar ei sawdl.

Cydiodd Thomas yn awenau'r ceffyl a'i ddilyn ar hyd y llwybr defaid yn y grug, dros dwyn, ac yna i lawr i lethr wedi ei orchuddio â rhedyn crin, coch. Gallai glywed rhuthr dŵr cornant fechan wrth iddi hyrddio i lawr dros y creigiau tuag at Afon Tarrell ac yna oddi tano gallai weld llecyn cul ond gwastad o laswellt. Roedd y gilfach hon o dan gysgod y llethrau serth ac ni ddeuai'r un pelydryn o haul yn agos iddi. Roedd popeth yma mor wyn gan lwydrew nes ymddangos fel eira. Roedd y bugail wedi sefyll ac eisteddodd ei gi ac udo. Yn sydyn dechreuodd y ceffyl daflu'i ben a thynnu'n ôl a bu'n rhaid i Thomas ddal yn dynn ynddo.

'Dewch ddyn! 'Shgwlwch 'ma! Clymwch y creadur 'na wrth y gollen 'cw.'

Ufuddhaodd Thomas ac aeth 'nôl at y bugail oedd wedi ailgychwyn ac yn symud gyda gofal i lawr i'r gilfach. Yna safodd a phwyntiodd i lawr at y llecyn wrth ymyl y gornant lle'r oedd bwndel o frethyn du.

'Corff, corff menyw — neb wy i'n nabod. 'Shgwlwch chi!'

Ni theimlai Thomas yn awyddus o gwbl i nesáu ond wrth weld y bugail yn syllu arno fel pe bai'n ei herio, symudodd ymlaen yn araf. Pwysodd y bugail ymlaen a thynnu'r clogyn du roedd ef ei hun wedi ei daflu dros y corff 'nôl i ddangos yr wyneb.

'Wel, wyt ti'n 'i nabod hi?'

'Ydw. Nest — morwyn Bodwigiad, Penderin.'

'Penderin! Beth ma' hi'n wneud yma mor bell o dre?'

'Wn i ddim — os na . . .' Cododd Thomas a wynebu'r bugail. 'Fe ddaeth angladd 'i Meistres — Meistres Games, fy llysfam, Bodwigiad, heibio'r ffordd hyn, dridie'n ôl, ar 'i ffordd i Eglw's y Priordy. Ro'dd hon wedi bod yn forwyn iddi oddi ar o'dd hi'n blentyn. Mae'n rhaid 'i bod hi wedi 'i dilyn hi, a cholli'r ffordd a chwympo lawr yma.'

Ysgydwodd y bugail ei ben.

'Chwmpws hi ddim. 'Sdim nam arni. Gorwedd wnaeth hi a'r oerfel lladdws hi. Mae wedi rhewi'n galed lan 'ma ers nosweithie. Wel, fydd yn well i fi fynd i weud wrth Mistar 'cw ac fe gaiff e fynd i weud wrthyn nhw yn Aberhonddu. Fe fydd yn rhaid cael cwest ar ôl hyn.'

'Ac fe a' i â'r newydd i Fodwigiad. Fe fyddan nhw wedi bod yn chwilio amdani.'

Fe gafodd Thomas sylw teilwng pan gyrhaeddodd Bodwigiad a chafodd wrandawiad astud y teulu a'r gweinyddion wrth iddo roi hanes darganfod y corff, a holwyd ef yn fanwl gan Meistr Thomas Prichard. Wedyn fe gafodd arwain y gweision i'r man a'i chludo'n ôl i Fodwigiad. Ond yna cymerodd Mister Prichard y gofal am drefnu'r angladd ac yn y prysurdeb hwnnw fe anghofiwyd am y negesydd. Ar ei ffordd 'nôl i Aberhonddu pendrymai Thomas Games. Un siom ar ôl y llall! Dyna oedd hanes ei fywyd, meddai wrtho'i hun. Roedd wedi methu cael gair ag un o'r teulu ynglŷn â'r ewyllys a phan fentrodd ofyn i Rheinallt, roedd hwnnw wedi edrych yn gas arno ac wedi dweud nad oedd e'n gwybod dim — celwydd noeth — a beth bynnag mai Henry bach oedd wedi'i enwi'n ysgutor, ac felly na fyddai neb lawer callach nes ei fod yn dod i oed! Ag yntau ond yn unarddeg! Pa synnwyr oedd yn hynny? Fe allai ef, Thomas, fod yn 'i fedd cyn hynny! A chyda'r holl sôn am y pla yn Shir Gâr yn lledu i'r canoldir, roedd hynny'n fwy na thebyg.

Roedd ysbryd Elisabeth wedi codi wrth weld ei thad-cu'n ymgymryd â threfniadau angladd Nest. Roedd wedi ofni y byddai'r helynt wedi ei yrru'n ddyfnach i'r pwll o ddigalondid roedd e wedi suddo iddo ers marwolaeth ei mam. Wrth ddod 'nôl gyda'i gilydd o'r fynwent, meddai Thomas Prichard,

'Dyna Nest fach yn ddiogel ym mreichiau'r Arglwydd ac mae fy nghalon yn llawn diolch Iddo am ei chymryd yn y fath fodd ac am Iddo arwain y bugail ati. Roedd hi'n ofid calon i fi y gallsai orwedd mewn lle anghysbell a chigfrain a chŵn a chadno yn rhwygo'i chorff hi. A diolch iddo Fe am ei chymryd mewn da bryd cyn iddi fynd yn wrthrych creulondeb dynol-ryw.'

'Beth ry'ch chi'n 'i feddwl, Tad-cu?'

'Rwyt ti'n gwybod amdani'n crwydro a siarad wrthi'i hunan a'r olwg ofnadw oedd arni. Roeddwn i wedi cael clywed bod rhywrai drwg yn dechrau ei herlid a'i phoeni a'i bod hi'n troi arnyn nhw ac yn eu melltithio. Yn wir roedd ofn arna i na fyddai'n hir cyn y bydda rhyw ynfytyn yn ei chyhuddo o fod yn wrach.'

'Yn wrach! O na, Tad-cu! Bydda pobl Penderin byth yn gwneud 'ny. Ro'dd pawb yn 'i napod hi ac yn gw'pod 'i bod hi'n ddiniwed!'

'Ma' pobol yn anghofio'n rhwydd, 'merch i, ac ma' 'na ddigon o ofergoeledd yn yr ardal. Do's dim ishe ond i un ynfytyn godi'i lais a gweiddi "Gwrach!" ac fe fydd digon yn barod i'w ddilyn. Pan fo'r diafol yn cael gafael mewn dyn, do's dim pall ar ei greulondeb ac mae erlid y gwan a'r diniwed, boed anifail neu ddynon, yn gyfrwng pleser anghyffredin. Na, rwy'n dawel fy meddwl nawr. Heddwch i'w llwch.'

Bu'n rhaid i Elisabeth aros nes bod y cynhaeaf drosodd cyn cael cyfle i fynd i Benllwynsarth i nôl ei chwaer. O dro i dro roedd gweision wedi dod i Fodwigiad ar neges oddi wrth ei hewythr a gofalodd Modryb Margaret fod Anna'n danfon llythyrau at ei thad-cu a'i chwaer. Roedd Elisabeth wedi'i chysuro wrth ddeall fod Anna yn amlwg yn mwynhau bod mewn cartref a chwmni newydd a hyd at y llythyr diweddaraf, ni fu un awgrym ei bod yn hiraethu. Ond yn hwnnw roedd y ferch fach wedi dweud yn blaen y carai ddychwelyd adref.

Taflodd Anna ei hun i freichiau'i chwaer a chydio'n dynn amdani ond ar ôl y cofleidio cyntaf mynnodd Elisabeth ei dal led braich oddi wrthi a syllu arni'n feirniadol.

'Wel, ferch! Rwyt ti wedi tyfu ac wedi gwella dy olwg! O ble daeth y rhosys cochion 'ma?'

Chwarddodd y ferch wyth oed a gwridodd yn bert ac ar unwaith dechreuodd adrodd holl hanes ei harhosiad gan fanylu am yr ymweliadau mynych a fu yno a'r sylw caredig a gawsai oddi wrth y boneddigesau lleol. Doedd dim amheuaeth nad oedd yr wythnosau a gawsai ym Mhenllwynsarth wedi gwneud byd o les iddi a gwrandawodd Elisabeth gyda phleser ar ei chleber.

'A falle bydd Mary'n dod 'nôl i fyw 'ma nawr achos bod James wedi marw. Dwyt ti ddim wedi'i gweld hi yn ei dillad gweddw, wyt ti? O rwy'n meddwl 'i bod hi'n dishgwl yn hyfryd! Mor urddasol! Ac mae pawb yn dweud y bydd hi'n siŵr o gael gŵr newydd cyn bo hir achos mae'n werth arian mawr nawr — yn werth ffortiwn, meddan nhw! Ac ro'dd Meistres Bedwellte'n dweud bod rhai dynon yn cynnig 'u hunain ishws! 'Sgwn i pryd fydd hi'n priodi? Ac rwy i am fod yn forwyn briotas tro 'ma!'

'Gan bwyll! Gan bwyll! Anna fach!' meddai Elisabeth dan chwerthin, 'dim ond deufis sy 'ddar i James druan farw! Fydd Mary ddim ishe meddwl am ailbrioti — ddim am flynydde, falle. Fe fydd hi mewn gormod o hiraeth arni ar ôl James!'

'O na fydd ddim,' meddai Anna gyda sniff, 'dyw hi ddim yn hiraethu o gwbl! 'Sdim ots 'da hi!'

'Anna! Ma' hwnna'n beth ofnadw i weud. Wrth gwrs 'i bod hi'n hiraethu ond efalle nad yw hi'n dangos 'ny. Nid pawb sy'n arwynebol, cofia!'

'Hy! Fe gei di weld! Ond pryd ry'n ni'n mynd 'nôl i Fodiciad?'

'Rwy'n synnu bod ishe mynd 'nôl o gwbl arnat ti a thithe wedi cael gymaint o hwyl yma.'

'Ie, ond rwy ishe gweld Tad-cu a Ffranses a Henry ac rwy am ga'l brachga 'ngheffyl broc i. Rwy wedi bod yn brachga'n amal oddi ar wy 'ma ac rwy'n moyn dangos i Henry 'mod i'n gallu mynd ar garlam nawr.'

Dim sôn am ei mam na Nest, sylwodd Elisabeth. Roedd Tad-cu'n iawn, 'te! Roedd e wedi dweud ei bod hi'n rhyfedd fel roedd plant o oed Anna a Henry yn gallu anghofio, dim ond bod rhywrai annwyl ar gael i ofalu amdanynt. Ochneidiodd Elisabeth. Wel, braf yw eu byd nhw! Doedd hi ddim wedi ei chael hi mor hawdd, er mor brysur y bu. Dyna gladdu a fu eleni! Er nad oedd y pla wedi ymddangos yng ngyffiniau'r plwyf eto, roedd llawer iawn o salwch wedi ymledu. Dywedwyd gannoedd o weithia 'Gaea glas, mynwent fras'. Roedden nhw fel teulu wedi cael colled arall ganol yr haf pan fu Charles Walbieffe farw ac yna James Gunter, gŵr Mary. Blwyddyn dywyll ofnadw fu hon!

Cyn swper y noson honno tynnodd Margaret Morgan ei nith i'r naill ochr a gofyn:

'Shwd mae dy dad-cu erbyn hyn? Yn dod ato'i hunan?'

'Yty. Mae e bron cystal ag yr o'dd e. Yn trefnu'r amaethu gyda Rheinallt ac yn cisho helpu ca'l gwas'naetha cyson yn yr eglwys. Ma' fe'n catw'n brysur.'

'A shwd ma' fe a Richard yn cytuno erbyn hyn a thithe a Richard? Pethe'n dawelach?'

'Wel — ytyn i radda, ond oherwydd nad y'n ni ddim yn gweld fawr o Richard. Ma' fe draw yn Llanelli'n amal ac ma' fe'n mynd â William gyta fe. A ma' fe wedi bod lawr yn Llandaf i weld 'i gariad. Ma' fe â'i feddwl gymaint ar 'i briotas fel dyw e ddim yn trafferthu gyda materion Bodiciad. Wetyn, hyd yn hyn mae pethau'n dawel iawn. Dy'n ni ddim wedi gweld fawr o neb ers misoedd.'

'Pethau'n undonog, ydyn nhw? Wel mae'n ddigon helyntus yn y rhan yma o'r wlad. Mae'n fyd anghysurus ac anniddig iawn yma yng Ngwent er bod y Llywodraeth yn llym ei rheolaeth a phethau'n dawel ar yr wyneb. Ond mae gwrthwynebiad ffyrnig ymysg y teuluoedd mwya bonheddig i bopeth mae'r Senedd yn 'i neud. Ma' nhw wedi talu dirwyon enfawr er mwyn cadw eu tiroedd ond heddwch ansicr iawn sydd gynnon ni, yn ôl dy ewyrth. Ma' fe'n dal i wrthwynebu deddfe'r Piwritaniaid mor gryf ag erio'd ac fel canlyniad mae'r Pwyllgor wedi'i ddisodli fel Ynad Heddwch. Serch 'ny, ato fe mae'n bobl ni'n troi ac mae e'n 'i gwarchod nhw gymaint ag y gall e.'

'Ytych chi'n cl'wad wrth Ewyrth Edward?'

'Ddim wrtho fe ond digon amdano fe. Mae e'n dal yn ddyn pwysig iawn yn ardal Caerdydd o hyd ond Bussy Mansel sy'n dod fwy a mwy i'r amlwg. Un clyfar dros ben yw e, Elisabeth. Ma' 'da fe ffordd o wneud cyfeillion ym mhob man — yn Llundain yn ogystal â Chymru, yn ôl Edmwnd. Cadno yw e, medde fe, yn gallu plesio pawb ac eto dyw e ddim yn cysylltu ei hunan yn rhy glòs ag unrhyw garfan. Dyw dy ewyrth ddim yn gwybod pa mor bell y dylid ymddiried ynddo fe. Dwyt ti ddim wedi'i weld e'n ddiweddar, wyt ti?'

'O ble, Modryb fach? Ro'n i'n dweud wrthoch chi, dy'n ni ddim wedi gweld fawr o neb ond ein cymdocion.'

Cododd Margaret Morgan a dweud:

'Cer i neud dy hunan yn brydferth. Fe fydd digon o gwmni yma ar fyr o dro.'

'Pwy?'

'Pwy a ŵyr? Ma' gwahanol rai yn galw yma'n amal — ond weli di ddim pregethwyr fel y gwelaist ti lawr yn Llandaf,' a chyda gwên fawr ar ei hwyneb aeth Meistres Penllwynsarth o'r siamber.

Aeth Elisabeth i'r llofft a thynnu gŵn ddu arall o'r cwd lledr a ddaethai gyda hi. Ochneidiodd wrth ei hysgwyd a'i gosod dros gefn cadair wrth y tân. Doedd du ddim yn gweddu iddi, gwnâi iddi edrych mor ofnadwy o lwydaidd a henaidd. Yna gwelodd fod Ffranses wedi rhoi i mewn y goler wen lydan o les roedd hi newydd ei wnïo a chododd ei chalon. Teimlai y byddai'r goler brydferth yn ysgafnhau tipyn ar y wisg a oedd ynddi'i hun yn lluniaidd a hardd. Aeth ati i aildrefnu ei gwallt ac edifarhau na ddaethai â dim o'i thlysau gyda hi. Wedi gwneud y cyfan a allsai aeth at ddrws y siamber a'i agor. Safodd yno'n betrusgar am rai munudau. Roedd wedi clywed sŵn pedolau ceffylau eisoes a nawr fe ddeuai sŵn llawer o leisiau o'r neuadd. Teimlai'n rhyfedd o ofnus. Doedd hi ddim wedi bod yng nghwmni boneddigion ers amser maith ac ni feiddiai fynd i lawr i'r siamber fawr nes iddi glywed llais ei modryb yn ei galw.

Dim ond rhyw hanner dwsin o wragedd oedd yn y siamber pan ddilynodd Elisabeth hi i mewn ond roedd nifer o bobl i'w clywed yn dringo'r grisiau. Roedd hi yn grac â'i hun am deimlo mor swil a lletwhith — fel petai'n groten fach, ac nid menyw wedi dod i oed! Er hynny, yn union wedi cyfarch y gwragedd y cyflwynwyd hi iddyn nhw, chwiliodd am lecyn lle y gallai wylio'r cwmni heb dynnu sylw ati hi ei hunan nes ei bod yn cyfarwyddo.

Roedd y siamber yn prysur lenwi a chafodd Elisabeth syndod o weld gwychder gwisgoedd y boneddigion hyn. Roedd y gwŷr mewn siwtiau lliwgar yn llwythog o les hynod o gain; y gwragedd yn eu gynau o sidan a thaffeta gyda sgyrtiau llawn llaes fel petai hynny'n gwneud iawn am brinder y wisg ar ran uchaf y corff. Roedd yn amlwg i Elisabeth nad oedd pregethu brwd Piwritaniaid Gwent gyda'u pwyslais ar symlrwydd a gwyleidd-dra wedi cyrraedd clustiau'r cwmni oedd yn bresennol yma. Ofnai y byddai ei gwisg hi yn debyg o dynnu sylw a hithau wedi bod mor awyddus i'w osgoi.

Roedd ei hewythr Edmwnd yn sefyll yng nghanol y siamber ac o'i gwmpas roedd nifer o foneddigion. Yna daeth twr o bobl ieuainc i mewn ac am y tro cyntaf ers amser maith, gwelodd Elisabeth ei chyfnither, Mary Gunter. Ac roedd Anna wedi barnu'n gywir. Roedd hi *yn* edrych yn hardd! Roedd du yn gweddu iddi, ei chorff yn dal, yn lluniaidd a gosgeiddig ac roedd y cap gweddw wedi'i drefnu fel bod ei gwallt melyngoch pert yn dangos ychydig oddi tano. Ac roedd hi'n tynnu sylw'r cwmni i gyd.

Wrth i ddau o'r gwŷr bonheddig foesymgrymu o flaen ei chyfnither, sylwodd Elisabeth fod un ohonynt yn ddyn ifanc hardd iawn a'i fod yn syllu ar y weddw ifanc gydag edmygedd amlwg ac yna gwelodd fod ei gydymaith wedi troi ac yn dod tuag ati hi. Roedd yn moesymgrymu o'i blaen ac wrth iddi hithau ymostwng mewn cyrtsi, teimlai Elisabeth y gwaed yn codi i'w bochau.

'Meistres Elisabeth, rwy'n falch iawn o gael y cyfle i'ch cyfarfod unwaith eto,' ebe William Herbert, y wên ar ei wefusau yn cyfateb i'r olwg yn ei lygaid.

Ni wyddai Elisabeth beth i'w ddweud wrtho. Yn ei hunigrwydd wedi marwolaeth ei mam, roedd wedi cael ei hun yn ymollwng i freuddwydio am y dyn hwn. Pa ferch na fuasai'n falch o'i gael yn cynnig amdani? Er i rai o ganghennau teulu Herbert golli eu tiroedd, yn enwedig cangen Iarll Caerwrangon wedi i Gastell Raglan orfod ildio i'r Senedd yn y diwedd, eto, roedd llawer iawn o rym a dylanwad yn aros yn nwylo Herbertiaid Plas Nantoer. Ni allai Elisabeth lai na theimlo'n falch iawn o'r sylw a dalwyd iddi gan William. Ond pa ddiben oedd yn hyn? Roedd hi wedi rhoi ei haddewid i'w mam. Adre gyda'r teulu yr oedd ei dyletswydd hi. Doedd hi ddim yn deg iddi adael iddo fe feddwl y byddai'n barod i'w briodi yn y dyfodol agos.

Llwyddodd i fwmian rhywbeth moesgar ac er rhyddhad iddi daeth Mary Gunter a'r gŵr ifanc hardd tuag atynt. Cyflwynodd William hwnnw i Elisabeth gan ddweud:

'Fy mrawd iengaf, Thomas Herbert, yw'r sbrigyn ifanc yma.'

Wedi iddo glywed ei henw, gwelodd hithau fod y brawd ifanc yn edrych arni gyda diddordeb arbennig iawn a sylweddolodd ei fod yn cymryd yn ganiataol fod yna gytundeb pendant rhyngddi hi a William. Edrychodd yn ofidus ar hwnnw. Roedd yn rhaid iddi adael iddo fe wybod rywsut, heno, na fedrai mo'i dderbyn.

A hithau ynghlwm yn ei meddyliau'i hunan, nid oedd wedi talu sylw i'r sgwrsio rhwng Mary a'r ddau Herbert nes i lais Mary godi mewn syndod wrth ddweud:

'Ydych chi'ch dou'n mynd i Lunden?' ac roedd yn edrych ar Thomas â siom ar ei hwyneb.

'Nac ydw. Henry a William sy'n mynd. Y nhw sy'n bwysig! Mynd i helpu Cromwell i roi trefn ar y Senedd ma' nhw, yntefe William?'

Gwenu ar gellwair ei frawd a wnaeth William ond roedd Mary wedi'i gymryd o ddifrif.

'O, fyddwch chi? Yn wir? Ydech chi'n gyfeillgar â — fe —

â Cromwell?' Roedd llais Mary wedi disgyn i sibrwd yn ei harswyd.

'Mae Henry'n eitha cyfarwydd ag e ond fedra i ddim hawlio hynny. Ond peidiwch â chredu'r holl straeon erchyll amdano fe, Meistres Gunter. Dyw e ddim cynddrwg ag mae pobl yr ardal yma'n dweud ''i fod e. Yn wir mae e'n ddyn digon cymhedrol a synhwyrol mewn llawer ffordd.'

Edrychodd y ddwy wraig ifanc arno'n syn — Mary am ei bod wedi clywed cymaint o straeon erchyll am Oliver Cromwell gan gyfeillion ei gŵr a'i thad, ac Elisabeth am ei bod yn gwybod bod William a'i dad wedi bod yn cefnogi'r Brenin. Doedd hi ddim wedi meddwl ei glywed yn canmol ei arch-elyn!

Chwarddodd Thomas, 'Chei di ddim llawer o aelodau'r Senedd bresennol yn cydsynio â thi, William, ddim ar ôl y ffraeo mawr sy wedi bod rhyngddyn nhw a'r Gŵr Mawr yn ddiweddar.'

Ni fu'n rhaid i William ateb. Roedd Mary wedi troi i gyfarch gwesteion eraill ac roedd Thomas yn ei dilyn. Eisteddodd William wrth ochr Elisabeth.

'Pam?' gofynnodd hi.

'Pam beth?'

'Pam ma' Cromwell yn ffraeo â'i Senedd?'

Cododd aeliau William.

'Oes gennych chi ddiddordeb mewn materion o'r fath?'

'O's, wrth gwrs fod e,' atebodd hithau wedi codi ei gwrychyn. 'Ro'dd Mam bob amser yn mynnu gwybod beth o'dd yn dicwdd yn y byd mawr tu fas i Gymru ac rwy wedi hen arfer gwrando ar faterion gwleidyddol a thrafod busnes.'

'Maddeuwch i fi, rwy'n falch o glywed fod gennych chi ddiddordeb mewn pethau difrifol ond nid llawer o wragedd sy. Beth y'ch chi am wybod?'

'Beth yw eich barn chi am Cromwell — yn wir, nawr?'

Tynnodd William ei law dros ei farf fain yn feddyliol ac

edrychodd yn wyliadwrus o'i gwmpas ond doedd neb yn agos iawn atynt. Trodd tuag at Elisabeth ac meddai yn dawel:

'Pan oeddwn i'n gwasanaethu'r Brenin, roeddwn i'n dyheu yn aml am gadfridog fel fe i ddod i roi trefn ar ein lluoedd ni. Rwy'n credu'n ffyddiog pe byddai Cromwell wedi bod o blaid y Brenin na fydden ni ddim wedi colli'r dydd. Does dim amheuaeth gen i mai fe yw'r cadfridog mwya galluog mae'r wlad 'ma wedi'i weld.'

'Yn well na'r Tywysog Rupert?'

'Lawer yn well. Yn fwy meddylgar ac ystrywgar ac yn bennaf yn gallu ysbrydoli'i filwyr yn ogystal â chadw trefn arnyn nhw. Ro'n ni bron ag ennill brwydr, fwy nag unwaith, nes i Cromwell ymddangos. Fe fu'n achos troi buddugoliaeth yn fethiant, dro ar ôl tro.'

Sylwodd Elisabeth, er edmygedd amlwg William o Cromwell, mai y Brenhinwyr oedd 'ni' iddo fe o hyd. Edrychodd arno a gwelodd ei fod wedi ymgolli yn ei atgofion am ennyd. Gofynnodd yn betrusgar a swil:

'Ydy e ddim yn — yn — wrthun 'da chi i gwrdd ag e?'

'Ydy a nac ydy,' meddai. 'Pan fydda i'n gallu anghofio ein bod ni wedi bod yn elynion, rwy'n gallu edmygu'r dyn. Ond dyw pethau ddim yn hawdd iddo ynte, ar hyn o bryd. Mae e'n cael cymaint o drafferthion gyda'i senedd bresennol ag yr oedd y Brenin. Mae'n debyg iddo ddweud yn ddiweddar mai'r achos yw bod yno ormod o gyfreithwyr — yn dadle byth a hefyd uwchben manylion, er eu budd eu hunain.'

'Beth ddigwyddiff os bydd e'n ffaelu cymodi â nhw?'

'Duw a ŵyr. Mae e mewn sefyllfa ddiogel am fod y fyddin tu cefn iddo fe.'

'Am faint fyddwch chi yn Llunden?'

'Does gen i ddim syniad i ddweud y gwir — misoedd, efallai. Henry sy'n trefnu. Gwas bach wy i iddo fe,' meddai gyda gwên. 'Ond Elisabeth,' a chydiodd yn ei llaw, 'pan ddawa i'n ôl, rwy'n bwriadu dod draw i Fodwigiad ar fy union.'

Tynnodd Elisabeth ei llaw yn rhydd ar unwaith ac edrychodd fel pe bai hi wedi dychryn. Roedd hi wedi llwyddo i gadw'r sgwrs ar faterion amhersonol ac roedd y newid sydyn yma wedi'i dal yn amharod. Teimlodd y gwres yn codi i'w bochau a throdd ei phen oddi wrtho.

'Elisabeth!' Clywodd ei lais isel yn ei galw ac ofnodd fod yr amser iddi ddweud wrtho am ei phenderfyniad wedi cyrraedd. Ond fe ddaeth gwaredigaeth iddi o fan annisgwyl iawn. Roedd un o foneddigion Gwent wedi yfed yn ddwfn o haelioni Sgweiar Penllwynsarth a chyda thancer llawn yn ei law, wedi ceisio troi yn sydyn i gyfarch cyfaill. Fe aeth y llestr a'r gwin i un cyfeiriad tra baglodd yntau i gyfeiriad arall — yn ôl, ac yn ôl, at eisteddfan Elisabeth a William. Ar y funud olaf, gwelodd Elisabeth y meddwyn yn anelu atynt a neidiodd ar ei thraed a symud o'r ffordd. Yr eiliad nesaf roedd y gŵr o Went yn eistedd yn ei sedd a'i ben yn lolian tuag at ysgwydd William. Gwthiodd hwnnw ef yn drwsgl nes ei fod yn gorwedd ar lawr a'r cwmni'n chwerthin am ei ben.

Roedd Elisabeth wedi symud yn gyflym at y cylch o wragedd oedd o gwmpas ei modryb ac yna rhedodd o'r siamber i'w llofft.

Methodd â chysgu am oriau. Roedd arni gywilydd o'i hymddygiad, o'i llyfrdra. Beth fyddai William yn ei feddwl ohoni? A fyddai ei modryb neu Mary wedi sylwi? Penderfynodd y byddai'n dihuno Anna yn fore drannoeth a chychwyn am Benderin cyn bod teulu Penllwynsarth yn cael cyfle i ddeffro digon i holi am ddigwyddiadau'r noson.

1653

Pennod 17

Pan welent fis Medi yn agosáu, bwriad pennaf plwyfolion Penderin oedd cael y cynhaeaf gwair ac ŷd i ben, er mwyn cael digon o amser i grynhoi'r anifeiliaid ar gyfer ffeiriau'r Hydref. Ond haf gwlyb dros ben a gafwyd eleni ac erbyn i'r tywydd wella ar ddiwedd Awst roedd y ddau gnwd yn cystadlu am lafur pob un a fedrai ysgwyddo pladur neu ddal rhaca neu big. Ar frys felly y gwneid y trefniadau ar gyfer y crynhoi a bu'r porthmyn o gwmpas y ffermydd yn argymell a dwrdio, a bygwth na fydden nhw ddim yn aros am neb. Er mawr ofid iddynt, fe gollwyd y dyddiad arferol ar ddechrau Medi; roedd yn rhaid dal at gychwyn ar y Llun olaf yn y mis.

Yn nhyddyn Blaencadlan, roedd Pŵal y porthmon yn aros i'r wawr dorri. Pwysai'r dyn tal esgyrnog yn erbyn postyn y drws, gan syllu at ben y twyn a rannai Gwm Cadlan a Chwm Taf a chyn gynted ag y gwelodd yr wybren yn goleuo, aeth yn gyflym at y corlannau lle'r oedd yr anifeiliaid a gyrchwyd yno y noson cynt. Rhegodd wrth weld cymaint o le gwag oedd yno ac yntau'n arfer cael y lle'n llawn ac yn barod i gychwyn i'r ffair ben bore. Wrth glywed sŵn ei droed dechreuodd y bustych frefu a deffro'r gwŷr a'r bechgyn oedd wedi cysgu dros nos yn nhowlodydd y beudai.

'Dere, Ifan Pompren!' gwaeddodd ar fachgen deg oed oedd i gyd-deithio ag ef cyn belled â'r plas ar gyrion Y Fenni. 'Fydd ishe iti 'i symud hi yn y bore os wyt ti'n mynd i fod yn was yn y Tŷ Mawr.'

Gwnaeth Ifan shepse wrth geisio agor ei lygaid yn iawn.

'Ngore, Mistar Pŵal. Beth ga i neud nawr?'

'Dringa i ben wal y gorlan 'na a rhifa'r bustych. Rwyt ti'n gallu rhifo yn dwyt ti?'

'Ytw! Ytw!'

Rhedodd y crwt at y wal a cheisio dringo'n gyflym ond roedd y cerrig yn anghyson eu maint ac ni allai ei goesau byr ddod o hyd i fan addas i'w draed. Llwyddodd i roi ei ddwylo ar ben y wal ond roedd y cerrig yno'n llithrig ar ôl noson o lwydrew. Collodd ei afael a syrthiodd yn swp i'r llawr. Tasgodd y dagrau i'w lygaid wrth deimlo'r poen yn ei benliniau a chlywed y dynion yn chwerthin yn uchel am ei ben. Yna teimlodd ddwylo cryfion yn cydio ym mhen-ôl ei frytish a chodwyd ef yn ddidrafferth i ben y wal.

'Mwy o fwyd sydd 'i ishe arnat ti, Ifan bach, i dy goesau gael mestyn tipyn,' meddai Pŵal yn garedig ond yna mewn llais roedd ei weision yn llawer mwy cyfarwydd â'i glywed, gwaeddodd: 'Pa sefyllan yn segur y'ch chi man 'na'r diawliaid? Cerwch i ddodi'r creaduriaid sy gyta ni at 'i gilydd i gael y corlannau er'ill yn rhydd i'r lleill pan ddown nhw. Gofalwch gatw'r un wrth yr hewl i'r merlod.' Ac wrth droi i lawr at yr heol, cyhoeddodd yn groch, 'Dwy ddim yn mynd i aros yn hir i neb. Pan fydda i'n barod, fe fyddwn ni'n mynd.'

'Hy!' meddai un o'r gyrwyr wrth ei gydymaith, 'ta beth wetiff e, aiff e ddim nes i dda Bodiciad gyrra'dd.'

Ym Modwigiad roedd hi 'run mor brysur y tu mewn a'r tu allan. Ers dyddiau roedd Elisabeth a'i morynion wedi bod yn paratoi ar gyfer ymweliad cyntaf Richard a'i briodferch. Roedd y tŷ'n edrych ar ei orau: y celfi'n dangos ôl llawer o gŵyr a saim penelin; y lloriau cerrig wedi eu sgwrio'n wyn; y llieiniau gorau wedi cael dod allan o'r cistiau a'r llenni prydferthaf wedi eu rhoi o gwmpas y gwely yn y siamber fawr. Roedd y morynion wedi cael paratoi bwydydd blasus ac wrth eu goruchwylio, teimlai Elisabeth yn ddiolchgar mai yn yr hydref yr oedd ei brawd hynaf yn dod â'i wraig i Fodwigiad am y tro cyntaf. Dyma'r unig dymor o'r flwyddyn pan fyddai digonedd o lysiau a ffrwythau ffres i'w cael ym Mhenderin; ac yn hongian yn y gell yn barod i'w rostio roedd llwdwn ifanc, a fuasai'n pori'r mynydd wythnos ynghynt.

Heddiw eto, roedd hi ac Anna wedi gwisgo'u gynau ail-orau, ac roedd y teulu'n disgwyl y ddeuddyn priodasol yn eiddgar, ond â pheth pryder.

Pan ddaeth y cwmni o farchogion dros gopa'r twyn, gwelsant olygfa ryfeddol oddi tanynt. Am cyn belled ag y gallent weld, roedd heol gul Cwm Cadlan yn llawn o greaduriaid, gyda gyrwyr swnllyd, rhai ar droed, eraill ar gefnau merlod, yn eu herlid yn eu blaenau tuag atynt. Ar y blaen roedd Pŵal ar gefn ei geffyl, yn troi'n ôl bob hyn a hyn i gadw golwg ar y cyfoeth o dda oedd yn ei ddilyn.

'Beth — beth sy'n digwydd, Richard?' gofynnodd y foneddiges yn ofnus. Doedd hi erioed wedi gweld y fath olygfa.

'Bydd yn well i ni fynd i'r naill ochr, syr, a chroesi draw i Fynydd y Glog,' crybwyllodd Gruffydd Sion, y prif was. 'Ma' Pŵal ar 'i hôl hi, heddi. Do'n i ddim yn meddwl y buasen ni'n cwrdd â nhw.'

Pwysodd Richard Games ymlaen a chydio yn awenau ceffyl ei wraig a'i arwain i'r tir sych grugog gerllaw ac yna aros i wylio. ''Sdim ishe i chi ofni, Elisabeth annwyl,' meddai'n dyner wrthi. 'Y porthmyn sy'n cychwyn ag anifeiliaid y plwyf i Loegr i'w gwerthu. Fe ddylai'n hanifeiliaid ni fod yn 'u plith nhw.'

'Ma' nhw'n dod i'r golwg nawr, syr. Rwy'n napod y ceffyla ac rwy'n gallu cl'wad sgrech Tomos Defi odd'ma.'

Pan ddaeth Pŵal y Porthmon at fan gyferbyn â'r boneddigion, cyffyrddodd ei het â'i chwip a chyfarchodd y sgweiar ifanc yn barchus,

'Cyfle i ddymuno priotas dda i chi, syr, a chroeso i chi i ardal Penderin, Meistres.'

Cydnabu'r ddau'r cyfarchiad trwy wyro'u pennau. Arhosodd Pŵal am atebiad ond ni ddywedwyd dim wrtho a chan gyffwrdd â'i het unwaith eto, aeth y porthmon yn ei flaen.

Y cena bach ffroenuchel, sych! meddai wrtho'i hun. Nid fel 'na fydda'r hen Sgweiar yn ein trafod ni. Na'r Feistres chwaith. Ond ma' honna'n dishgwl yn rhy ofnus i acor 'i cheg. Ma'n meddwl 'i bod hi wedi dod i blith anwariaid, ma'n siŵr.

Yn hwyr y noson honno, wrth iddi ollwng ei hun i'r gwely ar bwys Anna, teimlai Elisabeth Bodwigiad na fedrai diwrnod cyntaf ymweliad ei chwaer-yng-nghyfraith fyth fod wedi bod yn well. Doedd dim wedi mynd o'i le! Roedd y briodferch wedi bod yn annwyl tuag atynt i gyd ac roedd pob un o'r teulu wrth ei fodd â hi. A braidd roedd hi wedi adnabod ei brawd! Fel yr oedd hi wedi disgwyl, roedd Richard yn gariadus tuag at ei wraig brydferth ac roedd yn falch iawn wrth ei chyflwyno i'w deulu a'i weinyddion. Ond roedd hi wedi cael ei synnu gan ei ymddygiad boneddigaidd tuag ati hi a'r teulu cyfan. Roedd y ddau wedi canmol y bwyd a baratowyd ar eu cyfer ac wedi diolch iddi am gadw cystal trefn ar y lle. Roedd Richard hefyd wedi dangos ei fod wedi'i fodloni'n fawr wrth weld ei dad-cu'n croesawu ei wraig mor gynnes a doedd dim un gair o'i le wedi bod rhyngddynt. Wel, diolch i Dduw am hynny, meddyliai Elisabeth o'i chalon. Roedden nhw wedi cael ar ddeall heddiw mai dim ond am ychydig ddyddiau roedden nhw'n bwriadu aros gan fod y Feistres newydd yn disgwyl ymwelwyr o Landaf i'r plas yn Llanelli, ac felly os byddai pawb yn ymddwyn fel y gwnaethant heddiw, yna ni fyddai'n llawer o orchest i gadw'r heddwch hyfryd hwn. Gwnaeth adduned na fyddai hi'n sôn dim am y pynciau llosg yr oedd hi a'i thad-cu am eu trafod â Richard. Caent aros nes iddo ddod yma ar ei ben ei hunan.

Meddyliodd eto am ei chwaer-yng-nghyfraith. Yn wir, roedd hi'n brydferthach nag erioed, ac wedi datblygu'n fenyw luniaidd erbyn hyn. Doedd dim rhyfedd bod Richard yn dwli arni ac i bob golwg roedd hithau'n ffoli'n deg arno yntau. Priodas ramantus yn wir oedd hon! Roedd arni awydd dod i adnabod ei chwaer-yng-nghyfraith yn well. Pe bai nhw eu dwy yn dod yn gyfeillion, yna falle y byddai ei brawd a hithe'n gallu cyd-dynnu'n well.

Teimlodd Anna'n symud yn aflonydd yn ei chwsg a thynnodd Elisabeth y garthen dros ysgwyddau'i chwaer cyn ymollwng i gysgu.

Yr heulwen yn llifo drwy'r ffenestr a'i dihunodd fore trannoeth a neidiodd Elisabeth o'i gwely, yn flin iawn wrthi ei hun am gysgu'n hwyr. Doedd ganddi gynnig wneud hynny am iddi brofi yn y gorffennol fod yna duedd i'r dydd cyfan fynd o drefn wedyn. Ond pan gyrhaeddodd y llawr, cafodd fod y morynion wedi bod wrthi ers oriau a bod popeth yn barod ar gyfer pryd cyntaf y dydd. Roedd ei brodyr, Edward a William, wrth y bwrdd eisoes ac wedi gwisgo'n barod i farchogaeth.

'I ble ry'ch chi'n mynd, 'te?' gofynnodd Elisabeth.

'I Ystradfellte gynta ac wedyn falle'r awn ni i Ddefynnog. Ma' William 'ma am ga'l golwg ar y ffermydd sy'n perthyn iddo fe gan mai fe sydd i ga'l y rhenti'r tymor nesa,' atebodd Edward ac ategodd ei frawd, oedd â'i geg yn llawn, y gosodiad trwy nodio'i ben yn frwdfrydig.

Roedd Elisabeth ar fin dweud y byddai'n rhaid i Richard brofi ewyllys eu tad yn gyntaf ond ymataliodd pan glywodd Richard a'i wraig yn nesáu at y drws. Cyn gynted ag y sylwodd Richard fod ei frodyr a'u bwriad ar farchogaeth, dywedodd a'i lygaid yn disgleirio:

'Hei, rwy'n credu y dawa i gyda chi. Fe rasa i chi drwy Hepste!' Ond yna gwelodd yr olwg siomedig ar wyneb ei wraig. Roedd ei chwaer wedi sylwi hefyd a gwelodd ei chyfle:

''Sdim ishe i ti boeni ynglŷn ag Elisabeth,' meddai wrtho ac yna trodd at ei chwaer-yng-nghyfraith a dweud gyda gwên: 'Fe faswn i wrth fy modd yn mynd â chi o gwmpas y lle, Lisabeth. Fe fydd yn gyfle i ni'n dwy gael siarad â'n gilydd o glyw y bechgyn ffôl yma.'

Edrychodd Richard yn ddiolchgar arni ac wrth ei weld mor awyddus i fynd gyda'i frodyr, cuddiodd ei wraig ei hanfodlonrwydd a gwenodd hithau arno gan ddweud:

'O, diolch i chi, Lisa. Ewch chi, Richard, ond peidiwch â bod yn hwyr neu fe fydda i'n gofidio.'

'Fe fyddwn ni'n ôl cyn nos,' addawodd hwnnw ac ar fyr o dro roedd y tri bonheddwr ifanc yn carlamu dros y caeau tuag at heol Cadlan.

'Ytych chi am frachga, Elisabeth? Fe gaiff Rhys y gwas gyfrwyo cobyn bach tawel i chi os mynnwch chi — fe fydd yn well ar gyfer y brynia 'ma na'r ceffyl ddaethoch chi o Lanelli.'

'Na, fe fydda'n well gen i gerdded, diolch. Dwy ddim yn meddwl 'mod i mor gyfarwydd â chi â marchogaeth. Mae Richard yn chwerthin am fy mhen i pan fyddwn ni'n carlamu. Roedd e'n dweud eich bod chi'n gallu brachga'n gampus.'

Synnodd ei chwaer glywed bod Richard yn ei chanmol o gwbl a theimlodd yn fwy awyddus fyth i gael ei wraig yn ffrind iddi. Ond yn fuan iawn wedi iddynt adael yr ardd a'r lawnt a mentro ychydig dros y coedcae, sylweddolodd Elisabeth Bodwigiad nad oedd y ferch o Landaf yn fawr o gerddwraig, chwaith. Doedd ei hesgidiau o ledr esmwyth a'u gwadnau tenau ddim yn addas ar gyfer y llwybrau caregog, anwastad a groesai'r coedcae. Ceisiai Elisabeth ei harwain at yr ymylon sych lle'r oedd y borfa wedi'i bori'n llwm gan ddefaid, ond arweiniai rheiny nhw'n aml i fannau crugog a pharai hynny i'w chwaer-yng-nghyfraith ofidio am ymylon ei gwn.

Newidiodd eu cyfeiriad unwaith eto gan droi heibio'r bwriad o fynd â hi i lawr i'r pentref ac i dalu ymweliad ag Ysgubor Fawr. Anelodd at lwybr esmwythach oedd yn arwain at fryncyn lle'r oedd y borfa'n fyr a lle gallent eistedd os byddai angen. Ar y ffordd, dangosai iddi'r ffermydd oedd yn perthyn i Ystad Bodwigiad ac a oedd yn y golwg — Ynyswendraeth, Gellidafolws a Thir y Rhiw.

'Beth yw enw'r fferm sydd yn ein cyfer ni? Ni biau honna hefyd?' gofynnodd y feistres ifanc.

'Nage. Dyna Ysgubor Fawr. Philip Watcyn sy bia honna.'

'Boneddigion y'n nhw, 'te?'

'Wel, ma' nhw o dras uchelwyr ac mae gan Philip dipyn o ddylanwad yn y plwyf. Roedd e a Nhad yn gyfeillion ac roedd Mam yn hoff iawn o Sienet. Hi fu gyda Mam ar ein genedigaeth ni i gyd.'

'Y fytwraig!' Roedd y dôn ddirmygus yn ddigon i ddangos barn y foneddiges ifanc o'r fath gyfathrach.

Edrychodd Elisabeth Bodwigiad yn ddig arni a bu'n rhaid iddi oedi am eiliad er mwyn rheoli'i llais, ac yna meddai yn dawel a phendant: 'Fel dwedais i, mae Philip Watcyn yn berchen ar dair fferm yn y plwyf, ac yn ôl safonau'r plwyf yn ffermwr cefnog. Mae e hefyd yn ddyn da ac yn gymydog caredig ac mae Sienet wedi bod yn gefen i fi yn ystod gwaeledd Mam a chwedyn.'

'Oes yna ddim boneddigion gwirioneddol ym Mhenderin, 'te?'

'O's. Dyna deulu Trebanog, lawr acw, yn is lawr y cwm. Mae Morgan Prys William yn perthyn o bell i deulu Gamesiaid Aberbrân ac i ninnau ac mae ei wraig yn un o deulu Mathewsiaid Aberaman, ac mae e'n berchen ar lawer o diroedd yma a'r Faenor a Defynnog, ond er bod ychydig o gyfathrach busnes rhwng Nhad a Morgan Prys, do'dd fawr o olwg gyda Mam arno fe, yn enwedig ar ôl y ffrae am y felin.

'Ffrae am felin?'

176

'Ie, fe ddechreuson nhw godi melin newydd ar dir Trebanog, ond yn ôl hen gyfraith do's dim hawl 'da neb i godi melin flawd arall yn y plwyf gan mai Mam — wel, Richard nawr — sy biau'r hawl ar Felin Pwllcoch. Ond mae'r llys wedi dweud bod yn rhaid i'r felin ddod lawr. Do'n nhw ddim wedi'i chwpla hi, ta beth, ond dy'n nhw ddim wedi'i chwalu hi, chwaith. Ro'dd Rheinallt yn dweud . . .' ond tawodd Elisabeth pan welodd bod ei chwaer-yng-nghyfraith wedi hen golli diddordeb yn y pwnc. Erbyn hyn roedden nhw wedi cyrraedd pen y twyn a dangosodd i'w chydymaith lecyn glân lle y gallent eistedd. Wedi gollwng eu hunain i lawr ar y borfa las lefn, bu'r ddwy'n syllu draw ar Dwyn y Foel gyferbyn â nhw mewn distawrwydd. Roedd Elisabeth Bodwigiad yn teimlo ei bod wedi diflasu â'i chwmni. Doedd ganddi ddim awydd chwilio am bwnc arall a gadawodd iddi hi wneud yr ymdrech. Cafodd ei syfrdanu pan glywodd y llais melfedaidd diniwed yn dweud:

'Lisa, pryd ry'ch chi'n mynd i briodi Major Herbert?'

Edrychodd Elisabeth arni'n hurt:

'Beth wetsoch chi? Priodi Major Herbert? Pwy sy'n dweud 'mod i'n mynd i'w briodi e?'

'Fe ddywedodd Richard 'i fod e wedi cynnig amdanoch chi ac mae e mor falch eich bod chi'n mynd i briodi i mewn i deulu mor bwysig . . .' ond wrth sylwi ar wyneb syn ei chwaer-yng-nghyfraith, meddai'n frysiog: 'Mae e'n wir on'd yw e? Mae e wedi cynnig amdanoch chi? Does dim posib eich bod chi wedi'i wrthod e?' Roedd Elisabeth wedi cochi.

'Nagw. Dwy ddim wedi'i wrthod e nac wedi'i dderbyn e, chwaith.'

'Pam lai? O, Lisa, ag yntau'r fath ŵr bonheddig!'

'Am nad yw e ddim wedi gofyn i fi. Gofyn i Mam am ei chaniatâd i ddod ata i wnaeth e ac fe fodlonodd Mam, bryd hynny. Ond wedyn fe aeth yn wael iawn . . . Dwy ddim yn 'i napod e, ta beth . . . Dim ond tair gwaith rwy wedi cwrdd ag e . . .'

'Ond roeddech chi yn 'i hoffi e, on'd oeddech chi? Wnes i ddim cyfarfod â Richard yn aml, chwaith, nes bod y cytundeb priodas wedi'i wneud.'

'Naddo fe wn i hynny, ond . . . Alla i ddim meddwl am brioti, ta beth. Ma'n rhaid i fi sefyll 'ma a gwneud cartref i'r plant er'ill.'

'O, nag oes ddim. Dim eisiau o gwbl. Roedd Richard yn dweud y bydde Ffranses yn gallu gofalu am Fodicied yn iawn — a'r bechgyn.'

'O ie. Beth arall oedd e'n 'i weud?'

Roedd Elisabeth wedi troi i edrych yn wyneb ei chwaer-yng-nghyfraith ac am y tro cyntaf, gwelodd fod yr olwg blentynnaidd o ddiniwed wedi diflannu o'r llygaid mawr glas a bod yna graffter yn ymddangos.

Oho! Ddim mor wag 'i phen wedi'r cyfan, meddyliodd.

'Wel, dim llawer rhagor ond dweud y bydde'n dda 'da fe eich gweld chi yn eich cartref eich hunan. A'r fath gartref, Lisa! Mae e mor gyfoethog! Fe fydd gyda chi gerbyd a gemau a morynion di-ri a . . .'

Torrodd Elisabeth ar ei thraws gan ddweud yn llym:

'Do's dim dipen mewn siarad fel 'na. Fe addewa's i i Mam y baswn i'n aros yma i ofalu am y teulu.'

'Am ba cyd, 'te?' gofynnodd y llall, ei llais yn llawn siom.

'Nes bod Edward a William yn prioti a Henry ac Anna'n dod i oed.'

'Ond fe fyddwch chi'n hen erbyn hynny!'

'Bydda, yn hen ferch a neb am fy mhriodi i,' oedd yr ateb pendant. Ma' nhw am gael fy ngwared i odd'ma, meddyliodd, ond dwy ddim yn mynd i briodi dim ond iddi plesio nhw!

Bu ysbaid hir o ddistawrwydd ar ôl hyn ac yn y diwedd, gwraig Richard a geisiodd wneud heddwch.

'Peidiwch â digio wrtha i, Lisa. Mae'n ddrwg 'da fi os wnes i gamddeall y sefyllfa,' a rhoddodd ei llaw ar fraich ei chydymaith.

Yn araf trodd honno tuag ati a chydag ymdrech, gwenodd ac wedi codi ar ei thraed, estynnodd ei llaw iddi ac ailgychwyn ar hyd y llwybr.

Pennod 18

Wrth edrych yn ôl ar yr ymweliad yn ddiweddarach, meddyliai Elisabeth ei bod hi'n hynod meddwl mai'r delyn, o bopeth, a fu achos y rhwyg amlwg cyntaf yn yr heddwch teuluol. Roedd yn wir nad oedd hi ei hun wedi gallu adennill yn hollol ei hewyllys da tuag at briod ei brawd, ac iddi sylwi nad oedd William wedi bod mewn hwyl dda ar ôl dychwelyd o Ddefynnog a'i fod yn gwgu'n barhaus ar Richard. Eto roedd yr awyrgylch yn y parlwr ar ôl swper wedi bod yn eithaf dedwydd nes i Richard dynnu sylw ei wraig at y delyn fawr a safai yn ei chornel arferol wrth y ffenestr.

'O, pryd gawn ni fynd â hon 'nôl i Lanelli, Richard?' llefodd hithau a'i llygaid yn disgleirio.

Edrychodd Thomas Prichard a'i wyres yn syn ar ei gilydd ond gofynnodd yntau'n garedig:

'Ydych chi'n gallu canu'r delyn, Elisabeth?'

'O, nag ydw. Ond fe fydde hi'n edrych mor hardd . . .'

'Fel addurn, y'ch chi'n feddwl?'

'Ie. Faswn i yn hoffi'i chael hi ar unwaith fel 'i bod hi yn ei lle cyn daw'n hymwelwyr lan o Landaf. Allwch chi drefnu iddi gael ei chludo'n ôl gyda ni, Richard?'

'Wel, mae'n siŵr y galla i, 'nghariad i . . .' dechreuodd yntau.

'Gan bwyll, Richard,' meddai'i dad-cu'n dawel. 'Nid y ti sy biau'r delyn.'

'Beth! Mam oedd biau'r delyn ac wedyn fi sydd 'i phiau hi nawr,' atebodd yntau yn ei ffordd fwyaf awdurdodol.

'Nage, 'machgen i,' mynnodd ei dad-cu, ond mewn dull amyneddgar. 'Fi sy biau'r delyn a dwy ddim wedi penderfynu'n iawn eto pwy sydd i'w chael hi ar fy ôl i. I Henry roeddwn i wedi bwriadu'i rhoi hi unwaith ond rwy wedi gorfod cydnabod nad o's dim defnyn mwy o gerddoriaeth ynddo fe nag oedd yn eich tad, ac wedyn mae'n ddigon tebyg mai dy chwaer hynaf fydd yn ei chael hi.'

Edrychodd Richard a'i wraig ar ei gilydd a gallai pob un weld dagrau yn cronni yn ei llygaid a dechreuodd ei gwefus isaf grynu.

Trodd ei gŵr yn chwyrn ar ei dad-cu:

'Telyn Mam oedd hi. Rwy'n siŵr iddi addo mai fi oedd i'w chael hi!'

'Nage, Richard,' atebodd ei dad-cu'n bwyllog. 'Mae'n rhaid dy fod wedi camddeall. Mae'n wir mai dy fam oedd yn ei chanu amlaf ond y fi brynodd hon cyn prioti dy fam-gu a dod â hi yma o Lancaeach. Ond os yw dy wraig mor awyddus i gael un, pam na phryni di un iddi ac wedyn,' ychwanegodd mewn tôn garedig wrth droi at y wraig ifanc, 'pan ddewch chi yma nesa fe ddysga i chi i' chanu hi, fel y dysgais i Mary ac Elisabeth ac Anna.'

Edrychodd hithau'n fodlon ar hyn a chafodd addewid parod gan ei gŵr y câi delyn i'w gosod gyda'r dodrefn newydd yn y parlwr gorau cyn gynted ag oedd modd.

Er i'r storom yna dawelu, ni fu'r awyrgylch gystal wedyn, a phan gyhoeddodd Richard fore trannoeth ei fod yn mynd i ddangos ei stad i'w wraig, rhoddodd y teulu cyfan ochenaid o ryddhad. Gwyliwyd y ddau'n mynd ar gefnau eu ceffylau ac aeth pawb at eu gorchwylion arferol.

Aeth Elisabeth i'r llofft i helpu Ffranses i ddidoli'r dillad a defnyddiau oedd i'w rhoi i'r gweision a'r morynion. Hwy oedd i gael y gorau o hen ddillad Anna a'r bechgyn a byddai'r pentrefwyr yn cael y gweddill. Crybwyllodd Ffranses bod eisiau prynu defnyddiau ar gyfer gynau newydd lliwiog i Anna ac Elisabeth ei hun. Tybed a fyddai'r Feistres newydd yn eu gwahodd i'r Tŷ Mawr fel y gallent farchnata yn Y Fenni?

Y cyfan a ddywedodd Elisabeth oedd 'Falle'n wir,' ond roedd y syniad yn ei boddhau. Byddai'n hyfryd o beth i gael siopa yn Y Fenni. Doedd dim tynfa at Aberhonddu bellach. Pan aeth Ffranses â'r pentwr dillad i'r llofft bellaf, aeth hithau at y ffenest ac edrychodd yn freuddwydiol ar draws y lawnt. Y Fenni! Dim ond sôn am y lle oedd eisiau, i beri iddi feddwl am William Herbert! Ac roedd cwestiynau ei chwaer-yng-nghyfraith am eu perthynas wedi'i chynhyrfu. Nid oedd wedi clywed siw na miw amdano ef na'i deulu ers iddi adael Penllwynsarth, fisoedd yn ôl. Oedd e yn Llundain o hyd? A fyddai'n debyg o glywed oddi wrtho pan ddeuai'n ôl neu oedd e wedi digio wrthi am gilio y noson honno? Ymysgydwodd. Doedd dim diben o gwbl mewn breuddwydio amdano fe ac eto, a bywyd mor undonog, roedd y breuddwydion yn felys hyd yn oed os nad oedd gobaith eu gwireddu. Roedd hi wedi hoffi syniad Ffranses am gael aros yn y Tŷ Mawr er mwyn cael siopa yn 'Bergafenni. Roedd gan wraig Richard ddigon o syniadau am wisgoedd, os nad am fawr arall. Gwell iddi felly gadw ei chap hi a Richard yn gwmws.

A'r funud honno, gwelodd y ddau'n dychwelyd ac ar garlam! Yr eiliad nesaf clywodd lais Richard yn gweiddi'n groch ar Rheinallt Dafydd. Gan feddwl yn siŵr fod trychineb wedi digwydd, rhedodd Elisabeth i lawr y grisiau ac fe ddaeth ei thad-cu o'r parlwr a'i brodyr o'r neuadd.

'Beth sy'n bod nawr?' gofynnodd Thomas Prichard. Edrychodd y lleill mewn dryswch ar ei gilydd ac ni chafodd neb gyfle i fynd i holi cyn i Richard ei hun ruthro i mewn a'i wraig yn rhedeg y tu ôl iddo.

'Y chi'n busnesan eto!' taranodd wrth ei dad-cu, 'Pryd ddysgwch chi mai fi yw'r Meistr yma bellach?'

Arwyddodd ei dad-cu iddo ddod i mewn i'r parlwr a

dilynwyd nhw gan y ddwy Elisabeth, Edward a William.

'Taw, da ti, Richard. Dwed be sy'n bod.'

'Un o fenywod Pontbren wedi dod ata i i ddiolch am gymeryd ei mab yn was bach yn y Tŷ Mawr — a finne'n gw'pod dim am y peth! Wetes i wrthi nad o'n i ddim yn mynd i ata'l i neb ddewis 'y ngweision droso i ac nad o'n i ddim yn mynd i gymryd gofal o wehilion y plwyf.'

Ymddangosodd Richard yn falch iawn o'i safiad ond fe ddaeth ebychiad o arswyd oddi wrth ei deulu.

'Beth wetest ti? Rhag dy gywilydd di! Gwehilion yn wir!' Bu'n rhaid i Thomas Prichard oedi am eiliad cyn mynd yn ei flaen i geisio egluro'n synhwyrol. 'Gweddw Ifan Hywel oedd honna, gweddw'r aradwr gora a'r gwas ffyddlona a fu ym Modwigiad erio'd a'r plwyf cyfan, am wn i. Fe gafodd anap wrth arwain yr ychen ddeufis yn ôl ac fe drodd y clwyf yn wenwynllyd. Druan ohono fe! Fe addewais i'r weddw y buaswn yn cymryd y bachgen ienga, Ifan, yn was bach. Ro'dd Rheinallt o'r farn bod mwy o'i ishe fe yn y Tŷ Mawr nag yma ac fe gafodd fynd gyda'r porthmyn bore ddo'.'

Doedd clywed yr eglurhad ddim wedi tawelu dim ar Richard.

'Rwy'n dweud wrthoch chi 'to, nad o's gennych chi na Rheinallt na neb arall hawl i gyflogi na morwyn na gwas, ddim yma nac yn Llanelli, heb ofyn i fi yn gynta. Fi yw'r meistr yma nawr a pho gynta fydd pawb yn deall 'ny, gora oll.'

'Doeddet ti ddim yma, Richard, i neb ofyn i ti,' ymyrrodd ei chwaer. 'Roeddet ti yn Llandaf.'

'A beth wyt ti'n mynd i neud obythdu Ifan bach 'te?' gofynnodd Edward, oedd yn edrych yn bryderus ar ei frawd.

'Fe gaiff ddod 'nôl at 'i fam!' atebodd yntau'n awdurdodol.

Cododd Thomas Prichard ei ddwylo mewn anghrediniaeth tra syllodd ei wyrion eraill ar ei gilydd yn ddiymadferth. Pe bai Richard wedi sylwi arnynt fe fyddai wedi gweld bod

William yn ogystal â'r ddau arall yn ei wrthwynebu. Ond doedd e ddim yn edrych arnynt, nac yn hidio am eu barn. Roedd ei wraig yn rhoi ei llaw ar ei foch a cheisio taenu'r wg oddi ar ei wyneb ac yn sibrwd yn ei glust, 'Richard'. Gwnaeth Thomas Prichard ymgais arall.

'Rwy'n gobeithio y byddi di'n deall dy sefyllfa yn y plwyf. Os byddi di yn gwrthod cymorth i weddw a phlentyn hen was da, fe fyddi di'n tynnu sôn am dy ben dy hun a drwgdeimlad tuag at dy deulu.'

'Do's 'da fi ddim tamaid o ots beth wetiff pobol Penderin amdana i. Fe wna i beth fynna i â'm heiddo.'

'Wel, tra bod ni'n siarad am hynny, mae 'run man i fi godi pwnc arall — sef dy gyfraniad tuag at dlodion y plwyf. Rwyt ti'n gwybod i dy dad adael punt y flwyddyn nes i ti ddod i oed ac fe dalodd dy fam a finne y rheiny ar dy ran. Ond nawr, dy ddyletswydd di yw cyfrannu. Roedd Philip Watcyn yn gofyn i fi y dydd o'r bla'n at bwy y dyle fe ddod adeg Gŵyl y Geni eleni ac fe wetes inne mai atat ti.'

'Wel, cawn weld. Dwy'n addo dim. Ym mhlwyf Llanelli rwy i'n byw ac mae 'na dlodion 'no hefyd.'

'Mae gennyt ti gartre yma hefyd ac yn Aberhonddu. Roedd dy rieni yn cyfrannu tuag at dlodion y tri phlwyf.'

'O da chi, tewch sôn am y tlodion!' Roedd Richard yn barod i danio eto. 'Wfft iddyn nhw, ym mhob plwyf, yn cipio byth a beunydd â'u straeon truenus . . . cardotwyr pwdwr yw 'u hanner nhw! A dyna ddicon o'ch cnymu chi!' a throdd at ei briod a rhoi ei fraich am ei chanol. 'Dewch, 'nghariad i. Dewch i ni ga'l mynd mas odd'ma.'

'Richard! Un peth arall. Pryd wyt ti'n mynd i Gaer-gaint i brofi ewyllys dy dad?'

'Pryd mynna i!' oedd yr ateb sarrug a chaeodd ddrws y parlwr gyda chlec.

'Dyna'r ateb a ges inne. Do's dim synnwyr yn perthyn iddo fe,' oedd sylw trist ei frawd, William.

Cododd y tarw coch ei ben wrth i arogl hyfryd gyrraedd ei ffroenau. Roedd ef a'i gwmni o fuchod amryliw wedi pori'n gyson ar hyd y rhostir ar waelodion comin y Gadair; wedi dal eu pennau i lawr a dilyn eu trwynau nes iddynt gyrraedd y wal uchel a'u cadwai draw o gaeau fferm Cae Hywel. Deallodd y creadur fod yna well porthiant yr ochr arall i'r wal a barnodd ei bod hi'n hen bryd iddo gael rhywbeth yn ei gylla heblaw'r ffwgan sych melyn y buasai'n ei grafu trwy'r dydd. Troediodd ymlaen yn benderfynol, yn ffyddiog fod agoriad yn rhywle ym mhob wal. Roedd rhai o'r gwartheg hefyd wedi ffroeni'r ceirch aeddfed ac yn brysio ar hyd y mynydd-dir anghyfarwydd, gan gornio'i gilydd yn eu hawydd i ddilyn eu tywysydd. Doedden nhw ddim byth yn cael yr hawl i ddod mor agos â hyn at dir ton; pen y mynydd oedd eu cynefin hwy. Roedd yn dda cael rhyddid i chwilio am borthiant iddyn nhw eu hunain.

Arhosodd y tarw pan ddaeth at fan lle'r oedd cerrig wedi cwympo o ben y wal, digon i'w alluogi i roi ei ên ar y garreg uchaf ac iddo weld y cnwd melyn yn ysgwyd yn yr awel, ac i'w gynddeiriogi. Ailgychwynnodd ar ei daith ar hyd y wal, a chyflymu'i gamau, heibio'r tro — a dyna lle'r oedd clwyd. Clwyd uchel wedi'i gwneud yn grefftus o goed cryf ac wedi'i chau'n ofalus. Dododd y tarw ei drwyn rhwng y barrau a gwthio, ond fe ddaliodd y glwyd. Aeth gam neu ddau yn ôl, rhuthrodd, a bygylodd yn ddig pan deimlodd ddolur ar ei drwyn wrth i'r glwyd siglo ond gwrthod ildio. Yna aeth ati i dwrio'r ddaear, gollyngodd ei ben, a'r tro yma gwthiodd ei gyrn trwy'r barrau a chodi'r glwyd yn glwt oddi ar y bachau a'i thaflu fel tegan i'r llawr. Rhuodd wrth ruthro drosti ac fe ymunodd y buchod yn ei orfoledd.

Doedd dim amheuaeth mai ar Moc, y llanc o fugail, yr oedd y bai. Fe ddylasai fod wedi sylwi ers amser fod y da wedi crwydro o'i olwg ond doedd Moc ddim mewn hwyl dda wedi iddo orfod dychwelyd i'r mynydd i fugeilio am dymor arall.

Roedd ef a'i frawd Iestyn wedi bod â'u bryd ar gael mynd gyda'r porthmyn eleni ac wedi meddwl eu bod wedi cael addewid gan Rheinallt. Ond er iddyn nhw fod ar eu gorau gyda'r crynhoi, Tomos Defi a'i fab a ddewiswyd. Ffafrio gweision fferm Bodwigiad eto, grwgnachodd y ddau. A'r bore hwnnw wedi crynhoi'r da oedd wedi eu troi'n ôl i'r mynydd am ychydig wythnosau cyn y gaeaf, aeth Moc i orwedd ar dwyn grug a threulio'i amser yn denu alawon peraidd o'i bib tra aeth Iestyn i leddfu unigrwydd gwraig ifanc un o'r porthmyn.

Pan dreiddiodd sŵn rhuo'r tarw i'w glustiau, deallodd Moc ar unwaith bod hwnnw a'i gwmni ymhell o'r pant lle y dylent fod ond yn hytrach mewn lle bras ac yntau a'i frawd mewn trybini. Ar ôl iddo redeg nerth ei draed i gyfeiriad y sŵn, a chyrraedd pen y twyn, gwelodd ei bod hi'n rhy hwyr arnyn nhw eisoes. Serch hynny, rhedodd at fwthyn Mallt, pwniodd ar y drws, a gweiddi ar ei frawd:

'Dere'r hurtyn! Fe gei di gyfle gyda'r hwran 'na 'to! Ma'r da yng ngheirch Ca' 'Wal.'

Wrth redeg tuag at y fferm, gwastraffodd y ddau lawer o'u hanadl yn taflu bai ar ei gilydd ond pan welsant ffermwr Cae Hywel a'i feibion a'i weision yn gyrru'r da o'u blaenau, aeth y ddau'n fud. Pan gafodd Iestyn ei wynt ato, meddai'n floesg:

''Dyw'r cythreuliaid ddim yn eu gyrru nhw'n ôl i'r mynydd — ond at hewl yr Eclws! At ffald y plwyf! Os llwyddan nhw i'w ca'l nhw mewn manna, fydd hi ar ben arnon ni. Fe fydd yn rhaid i'r Sgweiar w'pod achos fydd rhaid iddo fe dalu iddi ca'l nhw mas! Dera! Dim ond un cyfle sy 'da ni. Ma'n rhaid i ni rwystro nhw fynd lan i hewl y cyrff!'

Ni ddeallodd Siôn Cae Hywel ar unwaith fod yna rywrai yn gyrru'r da'n ôl yn ei erbyn, a bu'n gweiddi'n wyllt ar ei wŷr i ddefnyddio'u ffyn i gadw'r creaduriaid gyda'i gilydd.

'Moc a Iestyn sydd o'u bla'n nhw, Mishtir!'

'Wel bwrwch y diawliaid pwdwr o'r ffordd, 'te! Ma'n rhy ddiweddar i'r ddou sgelffyn ddechra gofalu am y rhain.'

Cymerodd ei weision y gorchymyn o ddifrif, gan feddwl y byddai'n haws ymosod ar Moc a Iestyn na wynebu tarw a buchod oedd wedi cynddeiriogi wrth gael eu gyrru ymhellach o'r cae ceirch. Ond cawsant fod difrifoldeb eu sefyllfa wedi cynddeiriogi'r ddau was esgeulus hefyd ac fe ddatblygodd yr helynt yn frwydr waedlyd.

Edrychodd ffermwr Cae Hywel yn ddiymadferth ar yr anifeiliaid oedd bellach yn carlamu i bob cyfeiriad gan daflu eu pennau a chodi carnau, a hefyd ar ei weision gwaedlyd oedd yn dangos olion yr ymrafael. Roedd ei fab ei hun â chlwyfau ar ei wyneb oedd yn gwaedu.

'Beth wnawn ni, Nhad?' gofynnodd hwnnw.

'Dera gyda fi i Fodiciad,' atebodd ei dad rhwng ei ddannedd. 'Eu da nhw yw'r rhain, bron i gyd, a'u gweision nhw sy'n gyfrifol.'

Roedd Richard Games a'i wraig wedi esgyn ar gefnau eu ceffylau ac yn barod i ffarwelio â'r teulu. Roeddent i gyd ar y buarth yn ceisio ymddwyn yn naturiol a moesgar o flaen eu gweinyddion. Roedd y ddwy Elisabeth wedi llwyddo i adennill peth o'r hawddgarwch blaenorol ond roedd hi wedi bod yn anodd i gael Richard i ymdawelu ac i gael Thomas Prichard i ddod i ffarwelio â nhw. Daliai Richard i wgu ac ni ddaeth Thomas Prichard ymhellach na'r drws. Roedd pob ymdrech i ddal ymgom â'r ddau ifanc yn methu a dymuniad pennaf Elisabeth erbyn hyn oedd eu gweld yn mynd.

Gwylltiodd march Richard pan garlamodd Siôn Tomos a'i fab i mewn i'r buarth a bu'n rhaid iddo ddal yn dynn yn yr awenau. Trodd mewn tymer at y ddau ymwelydd ond ni chafodd gyfle i'w dwrdio gan fod Siôn wedi dechrau cyhuddo gwŷr Bodwigiad am y difrod a wnaed i'w geirch a'r anafiadau a ddioddefwyd gan ei fab a'i weision. Gwrandawyd arno'n dweud yr hanes mewn syndod a chan mai Thomas Prichard yr oedd y ffermwr yn ei annerch, awgrymodd hwnnw y byddai'n well iddo ddod i mewn i'r neuadd, iddyn nhw gael ymgynghori. Edrychai Richard fel pe bai'n awyddus i anwybyddu'r helynt er mwyn cael cychwyn ar ei daith a gadael y drafodaeth i'w dad-cu, ond cyn arwain Siôn Tomos i mewn i'r neuadd, fe ddywedodd hwnnw'n sychlyd,

'Richard, dy eiddo di yw nifer go dda o'r buchod yma. Rwy'n meddwl mai ti ddylai ymdrafod â'r mater.'

Edrychodd Richard yn syn arno, ond disgynnodd oddi ar ei geffyl a chamodd yn awdurdodol i mewn i'r tŷ gan adael ei wraig yn edrych yn ofnus ar ei ôl. Wedi aros ychydig iddi hi wneud rhyw benderfyniad, awgrymodd ei chwaer-yng-nghyfraith y byddai'n well iddi ddisgyn a dod 'nôl i'r parlwr i aros, a derbyniodd hithau'r cynnig.

Er nad oedden nhw yn gallu clywed beth a ddywedid yn y neuadd, oherwydd y distawrwydd annifyr yn y parlwr, gellid clywed y lleisiau uchel, cecrus. O'r diwedd, clywsant ddrws y neuadd yn agor a daeth Thomas Prichard i mewn atynt, a golwg flin a blinedig ar ei wyneb. Cododd ei wyres o'r setl ac aeth i gydio yn ei fraich a'i osod yn ofalus yn ei gadair freichiau. Â'r drws yn dal ar agor, daeth llais Richard yn glir o'r neuadd:

'Fe ddweda i unwaith eto — dwy ddim yn 'i gweld hi'n deg i ni dalu iawndal am y cyfan o'r difrod. Wedi'r cyfan, Games Newton biau rhai ohonyn nhw.'

'Ac fe ddweda i wrthoch chi, Richard Games, fel y dwedais ishws, y chi a'ch tad-cu biau'r nifer fwyaf, o bell ffordd, a'ch gweision chi sydd ar fai. Do's dim pwrpas sôn am Games Newton. Duw a ŵyr ble mae e erbyn hyn a fynte wedi gorfod cil'o wrth y Llywodra'th! Ond rwy'n gweld 'mod i'n gwastraffu amser wrth wilia â chi,' ac fe gerddodd Siôn Tomos allan i'r buarth heb aros am ateb pellach. Dringodd ar gefn ei gobyn a gwnaeth arwydd i'w fab i'w ragflaenu ond wrth glwyd y buarth trodd yn ei ôl a dweud yn glir a phendant:

'Fe fynna i iawndal am y difrod, Richard Games, ac am yr anafiadau a gafodd fy mab a'm gweision — hyd yn oed os bydd yn rhaid i fi fynd â chŵyn i bob llys barn yn y wlad. Fe fynna i gyfiawnder yn yr achos yma.'

Trodd, ond ar ôl mynd ychydig gamau, cafodd y ceffyl droi eto tuag at ganol y buarth lle'r oedd y sgweiar ifanc yn sefyll,

'Nid fel hyn y byddai'ch tad yn ein trafod ni — ond — hy! Dydd da i chi — syr!' ac i ffwrdd ag ef ar garlam.

Syllodd y sgweiar ifanc ar ei ôl mewn dryswch. Rywsut, teimlai nad oedd wedi bod yn ddoeth. Fe ddylai fod wedi cofio bod ffermwr Cae Hywel yn un o'r rhai hynny oedd yn berchen ar ei fferm — a rhai styfnig annibynnol oedden nhw i gyd! Edrychodd o gwmpas y buarth. Dim ond Rheinallt Dafydd a'r ddau was bach oedd yn dal y ceffylau oedd yno. Daeth Rheinallt yn araf tuag ato.

'Ga i drefnu casglu'r da ynghyd, syr?' crybwyllodd yn wyliadwrus, ac wrth weld ei feistr ifanc yn fodlon, aeth yn ei flaen,

'Rwy'n meddwl y byddai yn well i ni eu dodi nhw ar Fynydd y Glog ar ôl hyn — dim ond crwydro wnewn nhw o Fynydd y Gatar, nawr ma' nhw wedi ca'l blas. A pheth arall, fe ofala i fod y ddou sgelffyn pwdwr 'na yn ca'l mwy o waith trwm na welson nhw erio'd. Dim racor o segura ar ben mynydd iddyn nhw!'

'Dwy ddim yn mynd i'w catw nhw'n weision. Ma'n rhaid iddyn nhw fynd odd'ma ar unwaith!'

'O, rwy'n cytuno'n hollol, syr, ond y'ch chi'n gweld, mae 'na ychydig wythnosa i fynd cyn pen tymor, cyn ffair Aberhonddu. Fe gawn nhw fynd bryd 'ny ond fe wna i'n siŵr y cawn ni werth ein harian ohonyn nhw.'

'Yn iawn, Rheinallt,' atebodd Richard, yn sgwario ei

ysgwyddau. 'Rwy'n dodi'r cyfrifoldeb arnat ti. Gwna di fel y gweli di sydd ora.'

Aeth 'nôl at y drws a galwodd ar ei wraig. Cynorthwyodd hi i ailesgyn i'w chyfrwy a chyda cyn lleied o eiriau ag oedd modd wrth ffarwelio, fe ymadawodd y sgweiar ifanc a'i wraig â Bodwigiad.

Yn hwyrach, wedi i'r teulu swpera, taflodd Elisabeth siôl am ei hysgwyddau ac aeth ar draws y lawnt ac ar hyd y llwybr a arweiniai tua'r coedcae. Doedd dim awydd mynd ymhell arni, dim ond cael bod ar ei phen ei hun, ac wedi cyrraedd y glwyd ar ben draw'r rhodfa, arhosodd a phwyso arni. Daeth dagrau o siom ac anfodlonrwydd i'w llygaid ac mewn pwl o ddigalondid gadawodd iddynt lifo dros ei gruddiau. Ar ôl ychydig funudau, sychodd nhw i ffwrdd ac edrychodd i fyny at y lleuad lawn oedd yn codi o'r tu ôl i Dwyn Du. Heno roedd hen ŵr y lleuad gyda'i lwyth coed ar ei gefn yn gliriach nag erioed.

'O da ti, paid ag aros manna'n dishgwl arna i — dwed rywbeth! Rwyt ti'n gallu gweld y cyfan o fanna! Helpa fi! Helpa ni i gyd!'

Yna chwarddodd yn chwerw am ben ei ffolineb a throi ei hwyneb tua'r twyn coediog yr ochr draw i'r cwm. Credai y gallai weld llygedyn o olau'n symud — rhywun o gwmpas yn Ysgubor Fawr . . . Watcyn, falle . . .? Yn gwylad buwch yn clafychu o lo? Teimlai awydd i fynd yno i ddweud ei helbul wrth Sienet Watcyn, ond gwyddai na allai wneud hynny. Ni allsai sôn am helyntion teuluol wrth neb. Trodd 'nôl i edrych ar Fodwigiad, ei chartref — mor annwyl, mor llawn o gysur unwaith, ond nawr . . . Roedd Richard a'i wraig am ei chael oddi yma, y hi a Tad-cu. Roedden nhw wedi gwneud hynny'n amlwg . . . ac fel yr oedd yn teimlo heno buasai'n dda ganddi adael y lle. Fe allse Tad-cu a hithe fynd i fyw i Aberdâr, dim ond iddo gael mwy o dŷ, fel y gallai Anna a Henry ddod hefyd . . . ond na . . . ni allai weld hynny'n digwydd.

Prioti? Gwyddai pe buasai William Herbert yn ymddangos ar gefn ei geffyl y funud honno, y byddai wedi bod yn barod i fynd gydag e i bellteroedd daear. Ond . . . Ie, meddyliai'n ddigalon, mae yna wastad OND. Yn sydyn, wrth weld golau'r lantern yn wincian trwy'r coed, daeth syniad arall iddi. Falle, fe allswn brioti Watcyn? Rwy'n siŵr y bydde fe'n ddicon parod — dyw e'n dangos dim diddordeb mewn neb arall. Fe allswn aros yn yr ardal 'ma wedyn, a byddai bod yn Feistres yn Ysgubor Fawr yn well na bod yn fath o brif forwyn ym Modiciad! Ond yr eiliad nesaf ysgydwodd ei phen. Ffermwraig fyddai gwraig Watcyn Philip Ysgubor Fawr a doedd y syniad ddim yn ei denu o gwbl ac ni fyddai ei thad wedi bodloni. Ni fuasai ef yn fodlon iddi ddiraddio'i hun.

Tynnodd ei siôl yn dynnach amdani ac wrth droi'n ôl clywodd lais Edward yn galw arni ac atebodd hithau.

'Beth wyt ti'n neud mas 'ma?'

'Meddwl.'

'Am y ffrae?'

'Pa un? O, Edward bach, ro'n i wedi gwneud cymaint o baratoada ac adduneda. Roedd popeth i fod yn fêl i gyd.'

'Wel, *roedd* e, ar y dechra . . .'

'O'dd, ond barws e ddim yn hir, do fe?'

'Nid dy fai di o'dd 'ny — nid y ti adws y da mewn i ga' ceirch Ca' 'Wal.'

Chwarddodd Elisabeth, ac wrth iddi roi ei llaw drwy fraich ei brawd a chychwyn 'nôl i'r tŷ, ymunodd yntau, ac aeth y chwerthin braidd yn afreolus.

1655

Pennod 19

'Blwyddyn Newydd Dda i chi!'

Fe waeddodd plant Pompren linell olaf y rhigwm nerth eu cegau ac yna aros i ddrws Bodwigiad agor.

'Dyma nhw, rhacor o blant yn c'laneca. Ry'ch chi ar ôl!' ychwanegodd Margad Rhys, y forwyn, wrthyn nhw. 'Ma' llawar wedi bod o'ch bla'n chi!' a heb aros am ateb, gyrrodd y plant o'i blaen i'r neuadd. Tynnodd gapiau'r bechgyn a rhedodd ei llaw dros eu pennau i gymoni'u gwalltau anniben.

'Dyma chi, Mistar Prichard, mwy o blant Pompren wedi dod i ddymuno Blwyddyn Newydd Dda i chi ac i Mistres Elisabeth a dou o ddynon bach tywyll yn 'u plith nhw. Argoel dda am eleni, yntefe?'

Gwenodd Elisabeth ar y plant ac aeth i estyn yr afalau a'r cnau a'r teisennau bach crwn iddynt. Daeth diolchiadau swil oddi wrthynt a dechreuwyd bwyta'r deisen ar unwaith ond cadwent eu golwg ar yr hen ŵr bonheddig yn y cornel. Arwyddodd Elisabeth iddynt ddod yn nes ato a dywedodd hithau'n uchel:

'Rhagor o blant yn dymuno Blwyddyn Newydd Dda i ni, Tad-cu!'

Daeth Thomas Prichard ato'i hun yn sydyn a chwiliodd yn ffwdanus yn y clustogau y tu ôl iddo am ei bwrs. Wedi'i gael, fe dynnodd yr hen ŵr, un wrth un, geiniog a'i rhoi yn llaw pob plentyn. Caeodd y dyrnau bach yn dynn am yr arian ac wedi i'r forwyn y tu ôl iddynt eu hatgoffa, ymgrymodd y plant yn isel, llafarganu eu diolch ac yna rhuthro am y drws.

'Blwyddyn newydd? Faint yw hi nawr 'te?' gofynnodd ei thad-cu i Elisabeth.

'Mil, chwe chant pum deg pump o oed Crist, Tad-cu,' atebodd hithau unwaith eto.

'O, ie, rwy'n cofio nawr. Ydyn nhw wedi cwpla dod?'

'Ytyn. Dewch i'ch lle i'r parlwr.'

Wrth fynd trwy'r cyntedd, arhosodd Thomas Prichard i edrych drwy'r drws. 'Diwrnod pŵl tywyll eto, Elisabeth, ond yn fwyn iawn.'

'Cytunodd hithau, ac wrth ei weld yn oedi yno, gofynnodd: 'Ytych chi'n teimlo fel mynd am dro bach, Tad-cu?'

'Nagw, ond ma' whant arna i fynd lawr i'r cwm i weld fy chwaer yn Aberaman. Ddewi di gyda fi?' a gwenodd wrth weld y syndod yn llygaid ei wyres.

'Gwnaf, wrth gwrs, os y'ch chi'n meddwl y gallwch chi frachga —'

Torrodd ei thad-cu ei thraws gan ddweud yn bendant, 'Wrth gwrs 'mod i — dim ond i fi gael help i gyrraedd y cyfrwy.'

Ymhen awr, roedd yna gwmni bach o farchogion yn barod i gychwyn. Unwaith y clywodd y teulu am y cynllun roedden nhw i gyd am fynd i ymweld â'u tylwyth yn y plas islaw Aberdâr. Roedd Edward a William yn gwybod y byddai llawer mwy o hwyl yno nag yn unman arall yn yr ardal. Roedd yna gymaint o bobl ifanc yn byw yn y plas ac os byddai rhai o Fathewsiaid Radyr a Llandaf ar ymweliad, yna fe fyddai nifer go dda o ferched ifainc i'w cyfarfod. Ar ben hynny, doedd eu cefnder, yr Ysgweiar William Mathews a'i frodyr ddim yn gefnogol i syniadau'r Piwritaniaid. Fe fyddai pethau'n fwy tebyg i'r hen ddyddiau.

Yr oedd Elisabeth hefyd wrth ei bodd. Dyma gyfle prin i gael tipyn o ddifyrrwch ac efallai i gael sgwrs â'i chefnder, Miles Mathews. Roedd ef dipyn yn hŷn na hi ac roedd wedi dod i'w barchu fel dyn call, gwybodus iawn. Ato ef yr oedd hi a'i thad-cu yn troi am gyngor y dyddiau hyn ac ef oedd yn trafod busnes ei thad-cu. Miles oedd wedi dod i Fodwigiad, fisoedd yn ôl, i drefnu talu'r iawndal i berchennog Cae Hywel ac roedd wedi llwyddo i gael Richard i gytuno i wneud hynny hefyd. Doedd hynny ddim wedi bod mor anodd ag roedd Elisabeth wedi ei ofni, gan fod Richard wedi ymddangos yn ddigon parod i gymodi, dim ond i rywun arall weithredu drosto. Ac wrth gwrs, erbyn hynny roedd Richard wedi bod ar ben ei ddigon gan fod ei wraig yn disgwyl plentyn. Mae'n wir iddo gael tipyn bach o siom pan anwyd merch — nid y mab roedd e wedi bod mor siŵr ohono — ond ymddangosai'n hoff iawn o'r un fach erbyn hyn. Elisabeth arall! Gresynai ei modryb nad oedd wedi cael enw gwahanol. Pa eisiau tair Elisabeth Games i gymhlethu bywyd!

Doedden nhw ddim wedi gweld fawr o Richard yn ystod y flwyddyn a aeth heibio oherwydd genedigaeth ei blentyn ond roedd hi ac Anna a'r bechgyn wedi bod yn gweld y fam a'r baban, ac i bob golwg roedd hynny wedi ei fodloni'n fawr.

'Dawnsio! Ytyn ni'n mynd i gael dawnsio?' gofynnodd William, â'i lygaid yn disgleirio.

'Sht!' sibrydodd Miles gan wenu. 'Peidiwch â dweud wrth neb.'

'Ond beth am Tad-cu?' gofynnodd Edward.

'Mae e'n rhy hen,' cellweiriodd Miles. 'A beth bynnag ry'n ni wedi dodi fe a Mam yn y parlwr bech y pen draw i'r tŷ. Fydden nhw ddim yn gellu clywed dim o fenne.'

Daeth teimlad o euogrwydd ofnadwy dros Elisabeth wrth iddi ymuno yn y ddawns gyntaf. Doedd hi ddim wedi dawnsio ers priodas Mary Penllwynsarth ac er nad oedd hi erioed wedi deall pam roedd y Piwritaniaid mor gas yn erbyn y peth, roedd wedi clywed digon o bregethu yn ei erbyn i deimlo'n anniddig dros ben. Gwelodd Miles yr olwg anhapus ar ei hwyneb.

'Beth sy'n bod, Lisa? Ofon i'r diafol ddod i mewn? Neu ofon i ni gael ein gweld gen sbïwyr? Do's dim ishe i ti bryderu am 'ny yn yr ardal 'ma. Ma'r werin yn dal i ddawnsio a chwara ac ymladd ceiliogod yn 'u menne cudd. Roedd hi'n Nos Gelen hwylog iawn len yn y cwm nithwr, yn ôl a glywes i.'

'O na, ond . . . dwy ddim yn deall o gwbl pam ma' nhw'n meddwl bod cerddoriaeth a dawnsio'n annuwiol. Wedi'r cyfan, mae'r Beibl yn dweud "Moliannwch ef â thympan ac â dawns".'

'Dwy ddim yn deall chwaith — nac am ddeall. Dere, ferch. Anghofia amdanyn nhw a mwynhe dy hun,' a chydiodd yn ei llaw a'i chwyrlïo i mewn i'r rhes o ddawnswyr.

Roedd hi'n hwyr iawn ar bawb yn codi drannoeth ac erbyn hynny roedd y byd yn wyn. Doedd neb am fentro teithio tra bod yr eira'n hyrddio'n un cwmwl llwydwyn diddiwedd drwy'r cwm. Y tu allan, byd creulon oedd hi i ddyn ac anifail ond y tu mewn i'r plas roedd y cewyll haearn ar yr aelwydydd yn llawn o foncyffion oedd yn foddion golau a gwres a chysur i'r cwmni llawen. Ni fuasai teulu Bodwigiad wedi poeni pe bai'r eira heb glirio am fis.

I Elisabeth roedd y diwrnodau hyn yn gyfle iddi glywed mwy am beth oedd yn digwydd yn y wlad nag a glywsai ers misoedd. Ychydig o newyddion a dreiddiai i Benderin ond ar adeg ffeiriau ac ymweliadau'r porthmyn ac ni ellid dibynnu ar gywirdeb eu straeon hwy bob amser. Gwrandawodd yn astud, felly, ar William Mathews a Miles yn sôn am drafferthion Cromwell gyda'i Senedd a'r modd yr oedd yn cymryd mwy a mwy o awdurdod i'w ddwylo ei hun. Doedd dim amheuaeth nad oedd Sgweiar Aberaman yn cael mwynhad maleisus wrth glywed am yr helyntion yn y Senedd.

'Llawn cymaint ag a gafodd y Brenin druan erio'd,' meddai

gan chwerthin, 'ac ma' fe bron â bod yn frenin 'i hun nawr — mewn popeth ond enw.'

'Sut fydd e'n gallu llywodraethu'r wlad, 'te, os fydd e'n cael gwared o'r Senedd?' gofynnodd Elisabeth. Roedd hi'n eistedd ar un pen i soffa newydd foethus a chyffyrddus tu hwnt ac wedi bod yn brodio tra oedd y bonheddwyr yn siarad, ond o dro i dro roedd wedi codi'i golwg i syllu ar y ddau frawd. Roedd William yn ŵr canol oed bochgoch, ei wallt yn gwynnu ac yn denau ar ei gorun a sylwai Elisabeth fod ei frytish pen-glin golau yn glynu'n dynn iawn o gwmpas ei fol. Er nad oedd ei got felfed o'r un safon foethus â'r un a wisgasai William Herbert pan welodd ef ym Mhenllwynsarth, eto roedd hi'n llawer mwy addurnedig na'r dillad yr oedd ei thad-cu a'i brodyr yn eu gwisgo. Roedd ei frawd, Miles, yn ieuengach o dipyn gan fod nifer o chwiorydd wedi eu geni rhyngddynt ac roedd yn wahanol iawn ei olwg hefyd — fel rhywun hanner y ffordd rhwng ei thad-cu a'i brawd Edward, o ran oedran a phryd a gwedd. Hawdd iawn oedd gweld y berthynas rhyngddynt, meddyliai Elisabeth.

Miles a drodd ati i ateb ei chwestiwn ac roedd e'n edrych yn ddifrifol.

'Gyda'r fyddin,' meddai'n dawel. 'Mae'r fyddin yn deyrngar iawn iddo fe. Ond mae'r syniad yn fy nychryn i. Mae yna garfan eithafol dros ben ynddi.'

'Y Lefelwyr y'ch chi'n feddwl?'

'O, rwyt ti wedi clywed amdanyn nhw, wyt ti?'

'Ydw, wrth gwrs 'mod i, ac am y rhai sy'n credu yn y Bumed Frenhiniaeth, — pan o'n i yn Llandaf. Ond dyw Tad-cu ddim yn credu ynddyn nhw nac Ewyrth Edward chwaith ac fe glywes i gan . . .' a theimlodd Elisabeth ei bochau'n gwrido wrth gofio pwy oedd wedi dweud wrthi: ' . . . nad yw Cromwell ddim yn eithafwr chwaith.'

'O'n wir, a phwy ddwedws 'ne wrthot ti?' gofynnodd Miles

ac wrth weld y digrifwch yn ei lygaid, aeth sylw Elisabeth 'nôl at ei ffrâm frodio ac atebodd yn gyflym:

'Rhywun o'dd ym Mhenllwynsarth. Ytych chi wedi clywed rywfaint o hanes Ewyrth Edward yn ddiweddar?'

'Ytyn. Ry'n ni'n cl'wed 'i hanes e'n aml. Mae e'n del yn 'i swydd yn ffyddlon. Ac mae e'r un mor frwd gyde'r Bedyddwyr 'ne. Ac mae Mam ag ynte'n llythyru weithie ac wetyn ry'n ni'n cel peth o hanes y teulu.'

'Yty'r merched yn Llandaf o hyd?'

'Weithie, ond fen emle ma' nhw gyda Ledi Mansel yn Llansawel.'

Cyn iddyn nhw gychwyn 'nôl i Benderin, mynnodd Miles gael sgwrs arall ag Elisabeth ond y tro yma ar ei phen ei hun.

Roedd Miles wedi cwrdd â William a Henry Herbert yn Lloegr. Wedi deall fod yna berthynas agos rhwng Miles ag Elisabeth a bod Miles yn mynd i Fodwigiad yn aml, roedd William wedi dod ato a gofyn iddo roi neges iddi. Roedd William yn bwriadu ymweld â Bodwigiad rywbryd yn y gwanwyn. Oherwydd y datblygiadau diweddar yn Llundain, byddai'n dychwelyd i Gymru a doedd hi ddim yn debyg y byddai'n mynd i Lundain eto am beth amser.

'Mae e'n benderfynol o dy gael yn wraig, Lisabeth, ac yn wir fe fyddi di'n lwcus i briodi i mewn i'r teulu yna,' ac wrth ei gweld hi'n paratoi i ymyrryd cododd ei law a dweud: 'Paid â dweud wrthe i y stori 'ne am ofelu am y teulu. Mae Modryb Margaret wedi dweud wrtho fe am dy sefyllfa di ac fe fydd Anna yn cael gwneud ei chartre gyda chi. A hefyd,' ychwanegodd gyda phwyslais, 'rwy wedi ymgynghori gyda dy dad-cu a dy frodyr. Fe ddaw dy dad-cu 'nôl i fyw yn Aberdêr a Henry gyda fe'n gwmni ac fe fydd Mam a ninne ar bwys i ofelu amdenyn nhw. Mae Edward a William wedi dewis aros ym Modwigiad gan fod Ffranses yno i gymryd gofal o'r tŷ. Nawr, beth sydd gen ti i'w ddweud?'

'Beth sydd ar ôl i fi ddweud? Mae'r teulu wedi trefnu'r cyfan drosta i. Yn wir ma' 'na gynllwynio wedi bod!' meddai hithau gan esgus bod yn ddig.

Ond doedd Miles ddim mewn hwyl i gellwair.

'Do's neb am i ti briodi yn erbyn dy ewyllys. Gyda ti mae'r gair ole. Rwyt ti wedi cwrdd ag e. Wyt ti'n barod i'w briodi e?'

Roedd hyn i gyd wedi dod mor sydyn fel na allai Elisabeth ateb ar unwaith ac o'r diwedd dywedodd yn araf y buasai'n hoffi cael cyfle i'w adnabod yn well. Doedd Miles ddim mewn hwyl i dderbyn hynny chwaith ac aeth ati i ddweud yn ddiamynedd y dylai wybod nad oedd dynion na merched yn eu sefyllfa hwy mewn cymdeithas yn rhydd i ddewis eu cymar. Doedd yntau ddim wedi cael cyfle i adnabod ci ddarpar-wraig chwaith. Ychwanegodd:

'Priodas dda fydd hon i ti, Elisabeth, ac wedi'r cyfan, rwyt ti'n bell dros dy ugain oed. Fe fydd dy ddewis di'n mynd yn fwy prin, 'merch i.'

Edrychodd Elisabeth yn flin arno am ei eiriau llym, er y gwyddai eu bod yn wir. Gwasgodd ei gwefusau'n dynn a syllodd i fflamau'r tân am ysbaid cyn dweud yn dawel: 'Os a phan ddaw e a gofyn i fi, fe fydda i'n 'i dderbyn e.'

Aeth misoedd cyntaf y flwyddyn heibio gyda thrigolion y bryniau'n gorfod ymdrechu i gadw eu hunain a'u creaduriaid yn fyw yn ystod clwm o dywydd caled na welwyd mo'i fath ers blynyddoedd. Fe gafodd teulu Bodwigiad gyfle i ddychwelyd adref yn ystod ychydig ddyddiau o hindda ganol Ionawr cyn i'r tywydd drwg ailgydio, ond ofer oedd disgwyl ymwelwyr hyd ganol Mawrth. Pan ddaeth y dyddiau heulog, braf dechreuodd Elisabeth deimlo'n gynhyrfus ac nid oedd sylwi bod ei brodyr ac Anna hefyd yn ddisgwylgar yn gysur iddi. Roedd hi'n mynd yn arferiad gan Henry ac Anna i farchogaeth dros Fynydd y Glog fel y gallent weld teithwyr yn dod o'r dwyrain, a byddai Elisabeth ar waith i gyd pan glywai'r ceffylau'n dychwelyd at y tŷ. Ar ôl nifer o siomedigaethau, fe ddaeth diwrnod pan oedd cyflymder carlamu ceffylau'r ddau yn cyhoeddi eu bod yn dod â newyddion.

'Ma' fe'n dod, Lisa! Yn wir!' gwaeddodd Anna o'r drws.

'Shwd wyt ti'n gw'pod ma' fe yw e'?' gofynnodd Edward.

'Achos fod pedwar o wishon ma' 'da fe ac maen nhw ar geffyla tal sy'n carlamu fel y gwynt!' atebodd Henry yn wên o glust i glust. ''Sneb obythdu 'ma yn teithio gyda'r fath steil! Fe fyddan nhw 'ma unrhyw funud. 'Ma nhw!'

Aeth Edward ar ei union i'r buarth i groesawu'r ymwelwyr gan adael Elisabeth yn sefyll yn syfrdan ar ganol llawr y parlwr. Roedd ei thad-cu wedi codi ar ei draed a daeth i sefyll wrth ei hochr. O'r braidd yr oedd Elisabeth yn ymwybodol bod Ffranses wedi rhuthro i mewn ac yn datod llinynnau'r ffedog wen a wisgai Elisabeth ar y pryd, ac yn ceisio'i chael hi i dwtio'i gwallt a chymoni'i gŵn ac yna'n ceisio cael Anna i adael y parlwr, ond mynnodd honno sefyll wrth ochr ei chwaer ac edrych yn eiddgar tuag at y drws.

Taldra'r bonheddwr wnaeth yr argraff gyntaf ar y teulu. Hyd yn oed heb ei het roedd yn gorfod plygu ei ben i ddod trwy ddrws y parlwr a phan sythodd ei gefn, sylwodd Anna fod ei ben yn agos iawn at y trawstiau. Camodd Thomas Prichard ymlaen ato gan estyn ei law a'i gyfarch yn wresog. Ymatebodd yntau'n foesgar ac yna troi at Elisabeth. Moesymgrymodd a suddodd hithau mewn cyrtsi.

'Meistres Elisabeth,' meddai William Herbert gan estyn ei law.

'Syr,' atebodd hithau'n dawel a chydio ynddi ac fe gododd yntau'i llaw at ei wefusau.

Ar ôl ychydig eiliadau, fe drodd at Anna, a chyfarchodd hithau yn yr un modd. Â'i llygaid duon yn disgleirio a'i hedmygedd ohono yn ei gadael hi'n gegagored, gadawodd honno i Ffranses gydio yn ei llaw a'i thynnu allan o'r parlwr.

Clywodd Elisabeth ei thad-cu'n gwneud ymholiadau am y daith ac er i William ei ateb yn foesgar, pan gododd ei llygaid i edrych arno, gwelodd mai arni hi y cadwai ei olwg. Ar ôl ei holi am deulu Penllwynsarth dywedodd Thomas Prichard, 'Rwy'n eich gadael chi nawr er mwyn i chi ddod i gyd-ddealltwriaeth,' ac aeth yn araf o'r parlwr.

Yn ddiymdroi fe gydiodd William yn llaw Elisabeth a'i harwain at y setl ac eistedd wrth ei hochr.

'Elisabeth, gawsoch chi fy neges gan Miles Mathews?' ac wrth i Elisabeth nodio . . . 'Yna ry'ch chi'n gwybod pam rwy yma. Ry'ch chi wedi deall, rwy'n siŵr, 'mod i wedi bod mewn cariad â chi ers i fi'ch gweld chi gyntaf, ac oni bai 'mod i wedi gorfod bod gymaint yn Lloegr gyda'm brawd, buaswn wedi bod yma ymhell cyn hyn.'

'Fuaswn i ddim wedi'ch derbyn chi bryd hynny, beth bynnag,' meddai Elisabeth yn dawel. 'Roedd y teulu'n dibynnu arna i.'

'Rwy'n deall hynny, ond rwyf wedi clywed gan eich modryb nad yw hynny ddim yn wir bellach — fod trefniadau wedi eu gwneud . . .'

Gwenodd hithau ac ateb, 'O, oes — y cyfan wedi'i drefnu drosta i.'

'Ac ry'ch chi'n fodlon ar hynny?'

'Ydw.'

'Yna — Wnewch chi 'mhriodi i?'

Edrychodd Elisabeth i fyny i'w wyneb. Gwelodd y tynerwch yn ei lygaid a theimlodd gynhesrwydd tuag ato. Sibrydodd 'Gwnaf', ac yna ildiodd i'w gusan a theimlo'n hollol fodlon. Ar ôl ysbaid, meddai yntau: 'Dwy ddim yn gweld fod yna reswm dros oedi mwyach. Pryd gawn ni briodi?'

'Wn i ddim. Mae gen i waddol . . .'

'Fe wn i am hynny . . .'

'Ie . . . ond bydd yn rhaid i Richard fy mrawd brofi ewyllys Nhad yn gyntaf.'

'Ydy e ddim wedi gwneud?'

Ysgydwodd Elisabeth ei phen, 'Ond fe fydd yn siŵr o wneud . . .'

Doedden nhw ddim wedi clywed rhai eraill yn cyrraedd ond cododd y ddau'n sydyn ar eu traed wrth i sŵn lleisiau uchel ddod atynt o'r drws blaen. Yna agorwyd drws y parlwr led y pen ac fe safodd Miles Mathews ar y trothwy.

'Ble mae F'ewyrth Thomas? Mae 'nghender, Edward Llancaeach, wedi marw'n sydyn ddoe yn Llandaf!'

Er cynddrwg fu'r golled iddi pan gollodd ei rhieni, teimlai Elisabeth na chafodd gymaint o ergyd erioed. Rywsut doedd hi erioed wedi meddwl y gallsai Edward Prichard Llancaeach, farw ac ymladdodd ei synhwyrau yn erbyn derbyn y gwir tra aethpwyd i nôl ei thad-cu o'r neuadd. Wrth ei weld yn llusgo'n druenus ei olwg tuag at ei sedd, rhedodd Elisabeth ato, suddodd ar ei phenliniau wrth ei ochr, a bu'r ddau'n wylo'n hidl. Ar ôl ysbaid cydiodd breichiau cryf William Herbert amdani a'i chodi. Gadawodd Elisabeth iddo bwyso'i phen yn ei erbyn a chlywodd ei lais yn ei chysuro. Wrth iddi sychu'i dagrau a'i glywed ef a Miles yn sôn am drefniadau'r angladd yng Ngelli-gaer, synhwyrodd mai peth braf oedd gallu taflu baich ar ysgwyddau rhywun arall am unwaith.

Ar ôl i William a Miles adael Bodwigiad, disgynnodd tawelwch dros y tŷ. Er mai dim ond Elisabeth a'i thad-cu ac i raddau llai, Edward, a deimlai hiraeth, roedd y plant eraill yn ymwybodol o golled. Roedd meddwl bod eu hewythr yn rheoli yng Nghaerdydd wedi bod yn gysur iddynt i gyd. Poenai Elisabeth am y merched amddifad tra ymgollai Thomas Prichard yn ei atgofion am Lancaeach a'r teulu a fu.

Pan aeth Elisabeth i'w siamber y noson honno, oedodd cyn dadwisgo, rhoi siôl gynnes am ei hysgwyddau a mynd i eistedd yn y sedd wrth y ffenest. Roedd y lleuad yn llawn ac yn taflu digon o olau iddi weld y lawnt a'r coed yn disgleirio gan lwydrew.

'Fy niwrnod dyweddïo!' sibrydodd, a cheisiodd gadw ei meddwl ar yr hapusrwydd hwnnw, ond mynnodd y tristwch wthio'i ffordd i mewn i'w hymwybod. Daeth atgofion am ei harhosiad yn Llandaf ac anwyldeb ei hewythr Edward, a mynnodd y dagrau ailgronni. Druan o Jane a Mary! Ond fe fyddent yn iawn yng ngofal eu hewythr Bussy. Er nad oedd ganddi hi fawr o olwg arno ac wedi drwgdybio'i argymhellion yn aml, doedd dim amheuaeth nad oedd yn garedig iawn tuag at blant ei chwaer ac ef fyddai â'r gofal drostynt. Un rhyfedd oedd Bussy, meddyliai. Roedd wedi bod mor frwd unwaith ar ran y Brenin a bellach yr un mor frwd dros y Senedd! Ond ni welsai hi erioed fod ganddo duedd at fabwysiadu dulliau'r Piwritaniaid, ddim fel y gwnaeth ei hewythr Edward. Cofiai fel y byddai gan Bussy resymau digonol dros fod yn absennol pan fyddai Walter Cradoc a'i frodyr yn cynnal eu cyfarfodydd pregethu a doedd ei wraig ddim wedi ffugio ei bod yn cefnogi'r drefn grefyddol newydd. Dyna dwyllodrus yr oedd y byd wedi mynd! Roedd hithau, fel llawer eraill, yn gwybod bod yna chwaraeon a dawnsiau'n dal i gael eu cynnal mewn mannau dirgel er gwaethaf deddfau'r Llywodraeth. Roedd pawb yn cadw'n dawel — neb yn fodlon trafod unrhyw bwnc ond materion arferol bob dydd.

A hithau? Edrychodd allan ar yr wybren serog.

'Pan edrychwyf ar y nefoedd, y lloer a'r sêr, y rhai a ordeiniaist,' adroddodd yn dawel. Syt y dylai hi addoli'r Duw Mawr? Oedd yna ots, dim ond iddi ei addoli? Ers gadael Llandaf roedd wedi llwyddo i wthio'r dadleuon crefyddol o'r neilltu. Roedd cof am y pregethau hir a'u pwyslais ar bechod a Dydd y Farn wedi bod yn gas ganddi. Roedd bod yn y gwasanaethau syml, arferol a gynhaliai'i thad-cu bob gyda'r nos wedi bod yn ddigon iddi. A William? Daeth gwên fach i'w min. Teimlai ei bod yn gwybod digon amdano i gredu nad oedd e wedi newid dim ar ei grefydd mwy nag oedd ar ei ddull o wisgo. Oedd ganddo offeiriad eglwysig ynghudd yn rhywle? Un oedd wedi cael swydd fel athro, efallai? Ai hwnnw fyddai'n eu priodi nhw?

Yn sydyn, sylweddolodd fod oerni'r nos yn cydio ynddi. Dadwisgodd yn gyflym a llithrodd ar frys o dan y carthenni trymion.

'Am beth ry'ch chi'n whilmantan, Dad-cu?' gofynnodd Elisabeth, yn flin wrth weld y papurau di-ri ar hyd ford y parlwr a phob drôr yn y cypyrddau ar agor.

'Dwy ddim yn whilmantan,' atebodd Thomas Prichard yn bendant. 'Chwilio am ddogfen bwysig wy. Fe ddylai fod ymhlith y rhai hyn ond dyw hi ddim.'

'Pa fath o ddogfen?'

'Dogfen sy'n bwysig i fi . . . ddim yn fusnes i neb arall,' atebodd yntau'n rhyfeddol o sarrug.

Edrychodd Elisabeth yn ddig arno ac agorodd ei cheg i'w ateb yn yr un modd, ond pwyllodd a bodloni ar ysgwyd ei phen. Yn wir roedd yn rhaid bod ei thad-cu'n drysu, meddyliodd. Roedd e wedi bod wrthi ers dyddiau'n chwilio'r parlwr a'r cistiau yn ei siamber wely. Petai ond yn fodlon dweud wrthi pa fath o ddogfen a ble y gwelodd hi ddiwethaf, buasai'n barod i'w helpu. Wedi'r cyfan hi oedd wedi ymdrin â llythyru ers blynyddoedd.

Pan ddaeth Miles lan, dywedodd Elisabeth wrtho am y chwilio beunyddiol a chlywed bod ei fam yntau wrthi'n chwilio hefyd ond roedd Miles wedi cael eglurhad ganddi hi. Dogfen oedd hi'n ymdrin â thiroedd a adawyd i Thomas Prichard a'i chwaer gan eu tad, yr hen Edward Prichard, ar adeg eu priodasau slawer dydd. Roedd Thomas a'i frawd-yng-nghyfraith, William Mathews (ar ran ei wraig), wedi ceisio hawlio'r tiroedd hynny pan fu farw Dafydd Prichard, ond roedd ei fab Edward wedi gwrthod eu hildio.

'Fe edewyd pethe'n llonydd wedyn ond nawr mae'r ddou'n benderfynol o ailgodi'r hawl gen mai c'el ei rhennu rhwng y ddwy etifeddes fydd sted Llancaeach a phen fydd y ddwy'n priodi, eu gwŷr fydd eu piau a rheiny'n Saeson, felle! Mae Ewyrth Thomas am eu c'el er eich mwyn chi, blent Bodwigiad a Mem i'w hwyrion hithe.'

'Rwy'n deall, nawr,' atebodd Elisabeth yn bwyllog, 'ond dwy ddim yn gwybod ble arall all hi fod. Mae e wedi chwilio'r cyfan drosodd a throsodd. Dim ond un gist arall sy y gwn i amdani — y gist fach yn y siamber fawr ac mae honno dan glo am mai papurau Nhad sydd ynddi a Richard sydd â'r allwedd. Fydde Richard ddim yn debyg o chwilio ar ran Tad-cu, ta beth.'

'Ie, trueni fod pethe'n pere mor ges rhyngddyn nhw. Pe bai honna'n mynd i ddwylo rhywun arall, fel Bussy Mansel er enghraifft, fe fydde'n lletwith, a dweud y lleie. Rwyt ti'n gwybod fel ma' cyfrithwyr yn gellu cemddehonglu geirie. Ond sut ma' dy drefniede di'n detblygu, 'merch i?'

''Dwy ddim wedi gweld William ers diwrnod angladd Ewyrth Edward ond fe ges i lythyr byr wrtho wythnos yn ôl yn dweud y byddai'n mynd i Lanelli i drefnu'r cytundeb priodas gyda Richard.'

'Fu e yng Nghaer-gaint wedyn?'

'Wn i ddim, a dwy ddim yn gweld un o'r Herbertiaid yn barod i brioti heb wneud yn siŵr o'r waddol ac felly mae'n rhaid i fi aros a falle mae'r un gystal 'mod i yma o hyd, gan fod pethe mor ofnadw o ansefydlog.'

'Ansefydlog! Ydyn wir! Yn y wled i gyd! Glywest ti me'r fyddin sy nawr mewn grym? Ma' nhw wedi rhennu'r wled a rhoi cadfridogion yn bennaeth ar bob rhenberth. Mae Cymru a'r gorore o den y Cedfridog Berry a phwy wyt ti'n meddwl sy'n bennaeth ar dde Cymru?' ac wrth i Elisabeth ysgwyd ei phen, rhoddodd Miles chwerthiniad bach sur: 'Y fe! Bussy Mansel. Ie, 'merch i! Wedyn dwy ddim yn gweld fod gen

Ewyrth Thomas a Mem fawr o obaith o gael y tiroedd 'ne.'

O dipyn i beth fe dreiddiodd y sôn fod gan y wlad bellach lywodraeth filitaraidd i mewn i'r plwyf, ond ni chymerodd y bobl fawr o sylw. Derbyniodd yr hen Philip Watcyn Ysgubor Fawr y newydd yn hamddenol iawn:

''Sdim ishe i ni bryderu dim, Sienet,' meddai wrth ei wraig, 'Dyw'r rhan yma o'r wlad ddim yn ddicon bras a phwysig iddyn nhw gatw milwyr yma.'

Hyd yn oed pan ddaeth ei fab 'nôl o Ystradfellte, ar ôl bod yn ymweld â'i ddarpar-wraig yn y Tyle, a dweud ei fod wedi gweld carfan o filwyr yn teithio tuag at Aberhonddu, ni chredai ei dad fod angen pryderu.

'Ma' Ystradfellte'n anlwcus, wyt ti'n gweld, Watcyn,' esboniodd. 'Ma' hen hewl Sarn Helen mor acos ac mae mor hawdd dilyn y Nedd a'r Mellte lan i'r cwm ar y ffordd i Aberhonddu. Ry'n ni'n gallu cwato yma ym Mhenderin. Ry'n ni mewn cwtsh bach diarffordd.'

'Diarffordd ne bido,' atebodd ei wraig yn llym, 'Ma' swyddogion pob llywodra'th yn llwyddo i ddod o hyd i ni pan fydd ishe casglu trethi. A dwed di beth fynni di, Philip, ma'n gas gen i feddwl am orfod byw dan sawdl milwyr.'

Ac fe gafodd Philip ysgytwad drannoeth pan welodd ef ei hun garfan o filwyr yn croesi Cwm Cadlan tuag at Fodwigiad.

Clywodd Elisabeth y cynnwrf yn y buarth a daeth ar frys i lawr y grisiau i ganfod y morynion yn tyrru at y drws cefn.

'Milwyr, Meistres! Gyda Mistar Richard!' sibrydodd Marged, y brif forwyn, gydag arswyd.

Roedd Elisabeth ar fin croesi'r trothwy i holi, ond oedodd. Byddai'n well iddi beidio. Dim ond codi gwrychyn Richard a wnâi ac roedd hi'n awyddus i beidio â gwneud hynny, ar hyn o bryd. Bodlonodd ar roi gorchymyn i'r morynion i ddychwelyd at eu gwaith ac aeth hithau i'r neuadd i'w goruchwylio a cheisio tawelu eu chwilfrydedd. O'r diwedd fe ddaeth Richard i mewn a chyda balchder cyflwynodd y swyddog i'w chwaer.

'Elisabeth, dyma Ensein Wilkins, *My sister, Mistress Elisabeth Games.*'

Ymgrymodd y swyddog ac ysgydwodd y llaw a estynnodd Elisabeth iddo ond ni ddywedodd y ddau yr un gair. Syllodd Elisabeth yn syn arno am eiliad ac yna trodd at ei brawd gan godi ei haeliau ac aros am eglurhad. Roedd yn gas ganddi'r ffordd yr oedd y swyddog yn sylwi'n fanwl ar bopeth yn y neuadd ac yn llygadu pob un o'r morynion. Dyn ifanc gyda gwallt tywyll ydoedd a chroen ei wyneb yn dangos ôl gwasanaeth mewn gwledydd llawer cynhesach na Bannau Brycheiniog.

'Pwy yw'r rhain?' gofynnodd yn dawel i'w brawd.

'Milwyr y Senedd. Ma' nhw'n mynd i wersylla ym Modwigiad,' atebodd hwnnw.

'Faint a pha cyd?'

Ond y tro yma ni chafodd ateb. Dywedodd ei brawd yn Saesneg wrth y swyddog y byddai'n dangos yr adeiladau allan iddo er mwyn iddo ddewis lle y byddai'n stablu'r ceffylau, ac aeth y ddau allan.

Safodd Elisabeth yn llonydd, gan syllu ar eu holau. Doedd ganddi ddim syniad beth i'w wneud ac yna sylwodd fod y morynion hynaf yn edrych yn ofidus arni. Sylwodd hefyd fod y ddwy ifanc wedi rhuthro at y ffenestr i gael golwg ar y milwyr.

'Dewch chi o manna ar unwaith,' gorchmynnodd, 'Ry'ch chi i gyd i aros yn y tŷ. Do's dim un ohonoch chi i fynd mas nes 'mod i'n dweud wrthoch chi.'

'Ond, Meistres, ma' isha mynd i'r ffynnon,' meddai Mallt, croten bymtheg oed o Bombren, ei llygaid mawr tywyll yn disgleirio, er ei hymdrech i ymddangos yn ddiniwed.

'Nag o's ddim, ar hyn o bryd. A 'ddar pryd wyt ti mor

awyddus i gario dŵr?' oedd sylw sbeitlyd Gladys, oedd yn hŷn o dipyn.

Gadawodd Elisabeth i'r brif forwyn ddisgyblu'r ddwy goethlyd ac aeth i'r parlwr. Dim ond ei thad-cu oedd yno a chan ei fod yn pendwmpian aeth hithau'n dawel i eistedd wrth y tân. Gorfododd ei hun i aros yn amyneddgar nes y deuai rhywun i egluro wrthi beth oedd yn digwydd.

'Y — Y — Lisabeth? Beth yw'r holl sŵn 'na?'

'Mae Richard wedi dod ac ma' milwyr 'da fe.'

'Milwyr!'

'Ie ond pidwch â chynhyrfu. Fe ddaw rhywun nawr ac fe gawn ni wybod y cyfan wedyn. O, dyna lais Edward,' ac fe gododd Elisabeth, ond cyn iddi gyrraedd y drws, rhuthrodd Henry i mewn,

'Milwyr!' gwaeddodd a'i lais yn llawn mwynhad, 'Ry'n ni'n mynd i gatw milwyr 'ma — gwŷr ag arfa a cheffyla. Dewch i weld, Tad-cu, w!' ac allan ag e.

'Beth ma'r crwt yn 'i feddwl, Lisabeth? Pa filwyr?'

'Milwyr y Senedd. Mae Richard wedi dod â swyddog a milwyr gadag e — wn i ddim faint. Fe ges i gwrdd â'r swyddog, Sais, a dyna'r cyfan a wn i. Fe ddaw Richard i egluro wrthon ni, falle, pan fydd e'n barod.'

Ond nid gan Richard y cawsant yr eglurhad. Yn fuan wedyn, clywsant leisiau dynion yn nesáu ac er mawr syndod i'r ddau yn y parlwr, Bussy Mansel a ddaeth gyntaf trwy'r drws. Edrychai'n hynod o urddasol mewn gwisg Cyrnol ond roedd ei ymddygiad tuag at Elisabeth a Thomas Prichard yn hawddgar dros ben. Holodd nhw yn gwrtais am gyflwr eu hiechyd ac atebodd yn fanwl ymholiadau Elisabeth ynghylch merched Llancaeach, gan ei sicrhau y byddai ef a'i wraig yn gofalu amdanynt fel pe baent yn ferched iddynt hwy eu hunain.

'Eich milwyr chi yw'r rheina?' gofynnodd Elisabeth.

'Wel, rhan fechan o'r fyddin sydd i gadw trefn yma yn ne

Cymru. Mae eich brawd, Richard, yn gefnogol dros ben i'r Senedd, fel ei ewyrth o'i flaen, ac yn awyddus i wneud ei ddyletswydd ac felly mae e wedi cynnig cadw carfan fechan o filwyr ym Modwigiad er mwyn hwyluso'r trefniadau.' Wrth weld yr olwg ffrwydrol ar wyneb ei thad-cu, brysiodd Elisabeth i holi ymhellach.

'Ond pam yma? Does dim cyfleusterau yma i filwyr? Dyw'r lle erioed wedi bod yn gaer o unrhyw fath.'

Gwenodd Bussy'n gysurlon arni. 'Na, ond does dim eisiau i chi boeni am ddim, Meistres Elisabeth. Gwersylla yma dros nos yn unig y bydd y milwyr. Fydd neb ohonynt yn cael dod yn agos i'r tŷ. Fe fyddan nhw'n teithio'n gyson ar hyd a lled Brycheiniog er mwyn cadw trefn ar y wlad ac fe fyddan nhw o dan ddisgyblaeth lem. Mae milwyr y Senedd yn cadw gorchmynion Duw yn ogystal ag eiddo'r Llywodraeth.'

Er bod rhagor o gwestiynau yn byrlymu yn ei meddwl, roedd Bussy Mansel yn siarad gyda'r fath awdurdod, fel na feiddiai Elisabeth ei holi rhagor. Ond nid oedd ei thad-cu yn barod i dderbyn y trefniant heb fynegi ei anfodlonrwydd:

'Dyw Bodwigiad ddim yn lle addas at gadw gwŷr ac arfa. A phwy sydd yn mynd i'w cynnal nhw? A beth am bobol yr ardal? Dyn nhw ddim wedi gwneud dim i haeddu bod o dan draed milwyr.'

Roedd Richard yn edrych yn barod i danio ond Bussy a atebodd yn dawel a chwrtais:

'Does dim eisiau i neb bryderu. Mae'r Llywodraeth wedi addo talu am gynhaliaeth y milwyr.'

'Hy! Ry'n ni wedi clywed addewidion fel 'na o'r blaen — dyna'r addewidion roddodd y Brenin i Thomas Games Aberbrân druan, slawer dydd a dyna — mae'i fab wedi gorfod gwerthu'i etifeddiaeth.' Trodd at ei ŵyr, 'a dyna fydd dy hanes ditha hefyd os cedwi di filwyr a cheffyla i fyta'r cyfan sydd 'ma.'

'Tewch â sôn, yr hen ddyn, da chi! Do's dim hawl 'da chi i benderfynu dim yma beth bynnag.'

'Rwyt ti wedi gwneud 'na'n ddigon amlwg droeon ac fe fydda i'n mynd odd'ma un o'r diwrnodau nesa 'ma.'

Roedd Thomas Prichard wedi codi ar ei draed, ei wyneb yn wyn fel y galchen. Dychrynodd Elisabeth wrth ei weld ac aeth ato i'w dawelu a dweud dros ei hysgwydd yn dawel wrth Bussy,

'Ewch mas odd'ma, os gwelwch yn dda, rhag ofn iddo gynhyrfu gormod.' Edrychodd Richard fel petai am barhau'r ddadl ond cydiodd Bussy yn ei fraich ac aeth y ddau allan ac ar y pryd teimlai Elisabeth yn dra ddiolchgar i Bussy am ei ymddygiad synhwyrol. Nid oedd wedi sylweddoli bod Richard wedi cynnig llety iddo dros nos nes i'r ddau ymuno â'r teulu wrth y bwrdd swper. Er iddi wneud ei gorau i ymddangos yn groesawgar tuag at y gwestai pendefigaidd, ni allai beidio â theimlo'n ddig wrth Richard. Os oedd e am fod yn gymaint o arwr yng ngolwg y swyddogion newydd, pam na chadwai'r milwyr yn Llanelli, iddo fe a'r wraig annwyl 'na oedd 'da fe wynebu'r trafferthion oedd yn rhwym o godi wrth gadw milwyr? A rywsut, cynyddodd ei phryderon pan welodd Richard yn arwain Bussy i'r siamber fawr.

Bu'r bore wedyn yn un eithriadol o brysur a chyffrous wrth i holl weision Bodwigiad orfod cynorthwyo'r milwyr i sefydlu eu gwersyll a gwneud lle i'r ceffylau ychwanegol. Sylwodd Elisabeth bod ei brodyr i gyd yn mwynhau'r cyfan a deallodd mai dim ond hyhi oedd yn gwrthwynebu troi Bodwigiad yn wersyll milwrol — hyhi a'i thad-cu.

Ond er yr holl weithgarwch oddi allan, sylweddolodd Elisabeth yn y man nad oedd Richard a Bussy eto wedi ymddangos, a phan aeth hithau'n ôl i'r llofft at ei siamber ei hun clywodd eu lleisiau yn y siamber fawr ac roedd llais Richard i'w glywed yn llawn cyffro. Oedodd am eiliad ond yna, gan deimlo'n euog wrth sylweddoli ei bod yn clustfeinio, aeth ar ei hunion i'w llofft ei hun, ond gadawodd y drws ar agor. Cyn bo hir, clywodd y ddau'n gadael y siamber ac yr oedd Richard yn rhedeg i lawr y grisiau ac yn galw'n uchel ar Rheinallt a Gruffydd i ddod i'r neuadd ar unwaith. Arhosodd Elisabeth nes gweld fod Bussy wedi mynd i lawr ac yna, ar dân â chwilfrydedd, rhedodd hithau i lawr. Arhosodd wrth ddrws agored y neuadd a gwelodd fod Richard yn dangos i'r ddau was lle i arwyddo ar ddogfen.

Ciliodd Elisabeth i'r parlwr pán glywodd Richard yn gorchymyn y ddau was i fynd 'nôl at eu gorchwylion. Yn y parlwr, roedd ei thad-cu yn ei gadair a llyfr ar ei arffed a sbectol ar ei drwyn. Roedd wedi rhoi'r gorau i ddarllen pan ddaeth Edward a William i mewn a bu'n gwrando ar y ddau'n sôn am y trefniadau newydd ac roedd yn amlwg nad oedd eu hadroddiadau yn rhoi dim pleser iddo. Aeth ei wyres at y lle tân a chymoni'r clustogau oedd ar y cadeiriau, gan deimlo'n siŵr bod rhywbeth chwithig ar ddigwydd. Daliai i daflu golwg ofidus tuag at y drws ac ni fu'n rhaid iddi aros yn hir.

Agorwyd y drws mawr led y pen a brasgamodd Richard i mewn yn chwifio tudalennau swyddogol yr olwg yn ei law. Y tu ôl iddo, yn edrych braidd yn anniddig daeth Bussy Mansel. Aeth Richard ar ei union at Thomas Prichard.

'Dad-cu,' meddai a'i lais yn mynegi ei fod wrth ei fodd. 'Rwy wedi clywed eich bod chi wedi bod yn chwilio am ryw ddogfen yn ddiweddar — hon oedd hi?' ac fe ddaliodd y tudalennau yn ddigon agos at yr hen ŵr iddo allu gweld y bras-ysgrifen ar ben yr un gyntaf. Syllodd yntau'n hir arni a gwelwodd. O'r diwedd, cododd ei olwg ac edrychodd i lygaid ei ŵyr.

'Ble cest di hi?'

'Yng nghist fach Nhad ar y llofft, a nawr,' meddai mewn dull awdurdodol a ffurfiol a chan droi at Bussy Mansel, 'rwy'n ei rhoi hi yn nwylo'r un sydd â gofal dros ferched Ewyrth Edward.'

Cymerodd Bussy Mansel hi ond ni ddangosodd fodlonrwydd wrth ei derbyn. Edrychodd braidd yn bryderus ar Thomas Prichard. Moesymgrymodd tuag at Elisabeth ac aeth allan.

Dilynwyd ei ymadawiad gan ddistawrwydd llethol ac fe ddaeth Richard yn ymwybodol bod pob un o'r teulu yn edrych arno â'u llygaid yn llawn dicter. Roedd Thomas Prichard fel petai wedi'i daro'n fud. Daliai i syllu'n ddigllon ar ei ŵyr a gwelodd Elisabeth gyda braw fod ei wyneb fel y galchen a'i wefusau'n crynu. Gan bwyso'n drwm ar ei ffon, cododd yn araf, a phan geisiodd Elisabeth gydio yn ei fraich, ysgydwodd ei llaw i ffwrdd. Aeth yn araf tuag at y drws ond wrth fynd heibio i Richard, arhosodd ac mewn llais tawel a chrynedig, meddai:

'Mae gen i a'm chwaer hawl ar y tiroedd yna, a thra fydda i byw, fe fydda i'n dal i'w hawlio . . . er mwyn plant fy merch . . . plant Bodwigiad. Ond paid ti â disgwyl dim oddi wrtha i. O hyn allan, does gen i ond pump o wyrion,' ac fe gerddodd yn urddasol o'r ystafell.

Roedd y gwaed wedi codi i fochau Richard ac wedi edrych ar wynebau ei chwaer a'i frodyr, trodd ac anelodd am y drws ond roedd Elisabeth o'i flaen. Roedd ei gwefusau hithau'n crynu a'i llygaid yn llawn dagrau wrth iddi fynd a sefyll â'i chefn ar y drws:

'O, Richard! Rhag dy gywilydd di! Y — y — sgelffyn bach creulon shag wyt ti!'

'Paid ti â 'ngalw i'n sgelffyn! O rwy'n gw'pod dy fod ti yn 'i ffafr e erio'd. Ro't ti â dy olwg ar y tiro'dd 'na, o't ti?'

Y funud nesaf bu'n rhaid i Richard gamu'n ôl yn sydyn â'i law ar ei foch. Am y tro cyntaf ers roedden nhw'n blant, roedd Elisabeth wedi ei daro. Wrth iddi redeg o'r parlwr ceisiodd Richard ei dilyn ond roedd Edward wedi cydio yn ei ysgwydd a'i droi i'w wynebu.

'Paid ti! Rwyt ti wedi gwneud digon o ddrwg am un diwrnod!'

'Yr hen ast fach! Yn beiddio rhoi cletsian i fi!'

'Ac ro't ti'n 'i haeddu! Yr hurtyn dwl! Wyt ti ddim yn sylweddoli beth wyt ti wedi'i wneud? I ni ro'dd Tad-cu am gael y tiro'dd 'na. Y ti dy hunan a dy frodyr a chwiorydd wyt ti wedi'u colledu!'

Agorodd llygaid Richard led y pen ac edrychodd am gefnogaeth oddi wrth ei frawd arall ond roedd William yn edrych yr un mor flin arno ag roedd Edward. Ysgydwodd ei hun yn rhydd o afael ei frawd.

'O, wfft i chi i gyd!' meddai'n sarrug ac allan ag ef.

Erbyn yr hwyr drannoeth roedd Bodwigiad bron yn wag. Roedd Richard a Bussy Mansel a'u gweision wedi gadael y prynhawn cynt. Ymadawodd y milwyr o'u gwersyll ar Goed y Gurnos gyda'r wawr ond wedi'r pryd canol dydd roedd marchogion eraill yn ymgasglu ar y buarth. Llwythwyd dau ferlyn â bagiau'n llawn o eiddo Thomas Prichard a chyn bo hir roedd ef a phump o'i wyrion yn cychwyn i lawr i Gwm Cynon.

Safodd Ffranses Philpot wrth glwyd y coedcae yn gwylio'r ymadawiad. Anaml iawn y gwelid hi'n colli dagrau ond heddiw ar ôl i'r morynion eraill droi'n ôl i'r tŷ, gadawodd hithau i'w thristwch ei threchu. Gwyddai y byddai'r bechgyn 'nôl cyn nos ac Elisabeth ac Anna ymhen ychydig wythnosau, ond roedd yn hollol sicr na welai hi'r hen Feistr byth mwy ym Modwigiad.

1656

Pennod 21

Ysgydwodd Siôn Pŵal yr awenau a gwthiodd ei benliniau'n dynn i ystlysau'r cobyn du. Roedd golau gwan prynhawn tywyll Hydref yn difa'n gyflym ac yntau ond wedi cyrraedd Pontneddfechan ar ôl taith drafferthus i fyny Dyffryn Nedd. Roedd y porthmon wedi gorfod dangos ei drwydded farchnata lawer gwaith cyn gallu gadael tref Castell-nedd ac roedd wedi rhegi'r milwyr oedd wedi'i rwystro'n fân ac yn aml. Ond nawr, wrth nesu at odre Craig y Ddinas teimlai y buasai'n dda ganddo weld un o'r carfanau hynny. Doedd dim amheuaeth nad oedd teithio'r ffyrdd yn ddiogelach ers i'r Fyddin ddod i rym. Oedodd wrth glywed carnau ceffyl ar y bont dros Afon Mellte yr oedd yntau newydd ei chroesi.

'Hoi, pwy sy 'na?' heriodd y newydd-ddyfodiad.

'Beth wyt ti'n neud mas a hitha bron yn nosi, Lewsyn Cilhepste? Ro'n i'n meddwl nad o'dd dy fam yn dy atal di mas ar ôl cinio!'

'O, Siôn Porthmon, ti sy 'na â dy gleber dwl!' ond er mor sarrug oedd y cyfarchiad, roedd rhyddhad yn amlwg yn y llais.

Wrth ddringo'r llwybr caregog a lynai wrth ochr y graig, gydag Afon Mellte'n rhuthro islaw iddynt, doedd dim cyfle i sgwrsio. Rhaid oedd i'r ddau farchog ddisgyn ac arwain eu ceffylau'n ofalus i fyny'r rhiw beryglus ond wrth nesáu at ei phen, buont yn siarad yn uchel â'i gilydd rhag ofn y byddai dihirod yn aros i ymosod ar unigolyn diymadferth.

'Am unwa'th ro'n i'n falch o nabod dy lais di, bachan,'

meddai Lewsyn wrth iddynt ailesgyn, 'er . . . cofia . . . dyw'r lle 'ma ddim mor bobloga'dd gyda lladron ers i'r sgweiar bach gadw gwŷr ac arfa draw 'cw.'

'O 'ddar pryd, 'te? A beth yw'r amcan?'

'Ers miso'dd bellach ac er mwyn pleso Bussy Mansel, sbo.'

'Ie, wel — ' meddai Siôn yn feddylgar, 'mae'n well catw cap Bussy'n gwmws. Ma' ca'l 'i enw e ar y darn papur 'ma sy yn 'y mhoced i wedi bod yn hwylustod mawr i fi heddi wrth ddod o ffair Castell-nedd.'

Dechreuodd Siôn holi ei gydymaith am hanes trigolion Penderin ar ôl ei ymadawiad o'r plwyf dros flwyddyn yn ôl, ac yna bu'n mwynhau synnu Lewsyn, na fu erioed ond milltir neu ddwy tu fas i ffiniau'i blwyf, er ei fod bellach yn ganol oed, gyda'i straeon am dref fawr Bryste a'i anturiaethau wrth deithio ar draws de Lloegr. Fe ddaeth yr ymgom i ben yn sydyn wrth i Lewsyn sylweddoli fod y nos yn dechrau cau amdanynt. Ffarweliodd y dyn bach ofnus â'i gydymaith yn frysiog, sbardunodd ei ferlyn a throdd i'r llwybr a arweiniai i Gilhepste Fawr.

Anelodd Siôn ben ei gobyn at y ffordd a ddringai'n gyson i fyny i dwyn y Foel a'i annog i gyflymu'i gamau ond eto heb geisio ganddo garlamu. Wrth orfod teithio yn ymyl llwyni o goed, daliai un llaw ar ei bistol ond ymlaciodd wedi cyrraedd y tir agored. Erbyn hyn roedd y sêr yn ymddangos a Siôn yn falch o weld yr arwyddion nefol cyfarwydd. Wedi cyrraedd y copa, cafodd ei geffyl fynd ar garlam i lawr tuag at Eglwys Penderin ac at ddrws y Dafarn Isaf. Cyn disgyn, edrychodd Siôn yn ddryslyd ar y tafarndy. Ar gau? Dim golau, dim sŵn neb. Oedd hi'n bosib bod y tafarnau wedi eu cau oherwydd presenoldeb milwyr y Weriniaeth yn y plwyf? Roedd y tair wedi bod yn agor pan aeth i ffwrdd.

Arhosodd Siôn ar ei geffyl gan deimlo'n hynod o siomedig a digalon. Roedd yn hen arferiad ganddo alw yn y Dafarn Isaf ar ôl dychwelyd o'i deithiau er mwyn cael pryd da o fwyd a llond ei fol o gwrw. Hen lanc ydoedd a bwthyn gwag oer fyddai'n ei aros ym Mlaen Cadlan. Penderfynodd roi cnoc ar y drws a rhoi ei hun ar drugaredd y tafarnwr. Disgynnodd, a chan ddal ei afael yn yr awenau, aeth at y drws. Cyn iddo gael cyfle i guro'r drws roedd y caead pren ar y ffenestr wedi cilagor.

'Hst! Pŵal! Dere i'r drws cefn!' a chaewyd y caead ar frys. Ymddangosodd crwt wrth iddo fynd heibio talcen y tŷ a chydio yn y ceffyl i'w arwain i'r stabl. Agorodd Siôn ei geg i'w holi ond ysgydwodd y crwt ei ben yn rhybuddiol a rhoddodd ei fys ar ei wefusau tra bu'r porthmon yn tynnu'r cnydau oedd ynghlwm yn dynn wrth y cyfrwy mewn distawrwydd. Plygodd ei ben wrth fynd o dan fwa'r drws isel ac aeth i mewn i neuadd y dafarn. Ni fu Twm y tafarnwr erioed yn hael gyda'i ganhwyllau ac roedd ei gwsmeriaid yn gyfarwydd â gorfod dibynnu ar y golau o fflamau'r tân i fedru gweld ei gilydd. Ond â'r gwynt wedi newid ei gyfeiriad, nid oedd simne'r dafarn isa'n tynnu'n dda heno ac roedd y mwg yn chwythu'n ôl bob hyn a hyn gan beri i gwsmer anweledig beswch yn hir a chras.

Wrth aros yn ddistaw wrth y drws yn ceisio cyfarwyddo â'r awyrgylch fyglyd, dywyll, clywodd Siôn lais cwynfanllyd yn gofyn:

'Beth wyt ti'n cisho neud, Twm? 'N paratoi ni ar gyfer uffern?'

''Run man,' atebodd hwnnw. 'Fanna fyddi di a dy fath, ta beth!'

Chwarddodd y cwmni'n uchel a throdd y chwerthin yn gyfarchion parod wrth i Pŵal wneud ei ffordd at y setl oedd rhwng y tân a'r drws. Ar ôl iddo ateb rhai o'r cwestiynau, dechreuodd Pŵal yntau holi am achos yr holl ddirgelwch.

'Ma' nhw wedi mynnu cau tafarna, ti'n gweld,' atebodd Llew, hen was Tir y Rhiw, ei gydymaith ar y setl. 'Nhw yn Llunden 'co. Pechod yw yfed, pechod yw canu a dawnsio,

pechod yw whare ar unrhyw ddiwrnod o'r wythnos ac ma'
wmladd cilocod yn wa'th pechod na dim! I ddweud y gwir
wrthot ti, dwy ddim yn gw'pod am ddim erbyn hyn na sy'n
bechod heblaw gwitho ac anadlu, falle. A wetyn ma'r tair
tafarn yn acor ar y slei, pob un yn 'i thro, dibynnu i ba
gyfeiriad ma'r milwyr yn mynd yn y bora. Ac fe ethon hibo
'ma bora 'ma ac fe ddewn 'nôl o gyfeiriad arall ac wetyn dyna
pam ry'n ni 'ma heno.'

Gwenodd Siôn wrth glywed am gyfrwystra'r werin.

'Ac,' ychwanegodd Llew, oedd yn dechrau mwynhau
egluro'r cyfan i'r dychweledydd, 'ry'n ni'n catw gwliadwrath
achos ma'r milwyr yn gwersylla — Ble ti'n feddwl?' ac
arhosodd Llew yn foddhaus wrth ddisgwyl yr ateb.

'Bodiciad! Gyda'r sgweiar bach!' atebodd Siôn ar unwaith
ac ymunodd yn y chwerthin am ben siomedigaeth Llew.

'Hy! Porthmyn y diawl! Yn gw'pod popeth!' Yfodd ei gwrw
ac estynnodd y cwpan gwag i Siôn.

Roedd y dafarn wedi bod yn llenwi'n raddol a chafodd Siôn
drafferth i adnabod y newydd-ddyfodiaid yn y gwyll nes
iddyn nhw ei gyfarch. Yna cafodd ei alw i fynd at ei bryd
bwyd yn y gegin a phan gyrhaeddodd 'nôl roedd rhywun arall
yn eistedd ar bwys Llew ar y setl.

'Y sawl a godws a gollws ei le,' oedd cyfarchiad parod
Watcyn Philip, Ysgubor Fawr.

'O, ddim yn caru yn Ystradfellte heno, wyt ti, Watcyn? Be
sy'n bod? Wyt ti wedi colli dy wedsian?'

'Nagw. Ma'n ormod o daith ar ôl diwrnod hir o waith a
beth bynnag, mae'n itha tebyg y bydd y milwyr yn dod 'nôl
trw 'na heno — ac yn ddicon tepyg, Twm . . .' gan droi at y
tafarnwr, 'y byddan nhw'n troi i lawr hewl yr Eclws. Fydd yn
well i ti ddodi rhywun ar wal yr eclws i roi rhybudd pan
ddown nhw.'

Aeth Twm allan ar unwaith. Cafodd Siôn le ar fainc yr ochr
arall i'r lle tân yn ymyl Rhys Pantgarw a dywedodd hwnnw'n

dawel wrtho mai trwy Watcyn roedden nhw'n cael gwybodaeth am symudiadau'r milwyr a phryd y byddai'r fyddin yn debyg o fod i ffwrdd mewn rhan arall o Frycheiniog.

'A bachan, iawn yw hi arnon ni bryd 'ny.'

'Dy'n nhw ddim yn ymyrryd â phobol y lle, ydyn nhw?'

'Nagyn, whare teg iddyn nhw, ond ma' Watcyn yn dweud fod 'i dad yn meddwl mai achos bod y sgweiar bach yn gyman't o ffrindia â Cyrnol Mansel ma' 'ny.'

Aeth Siôn ati i holi hynt yr ardalwyr a chafodd wybod manylion y geni a'r claddu a fu yn ystod y flwyddyn a hefyd am y tlodi a ddaeth yn sgil y cynhaeaf gwael a'r gaeaf caled.

'A ti'n gweld, Siôn, dyw hi ddim gwerth i neb fynd at ddrws Bodiciad y dyddia hyn, ddim fel fydden nhw pan ro'dd yr hen sgweiar yn fyw, a'r Feistres hefyd.'

'Beth am yr hen ŵr, Prichard? Do'dd e ddim yn arfer troi neb odd'na'n waglaw.'

'Bachan, dyw e ddim 'na! Ma' fe a'r sgweiar bach wedi ffraeo'n dân gola ac ma' fe wedi mynd i fyw i Aberdâr a dyw hi ddim yn debyg y daw e byth 'nôl! Ro'n ni'n dweud wrthot ti — do's dim 'run peth! Ma'r byd wedi mynd yn wallgo!'

Roedd eraill wedi bod yn gwrando ac wedi ategu sylwadau Llew yn frwd.

'Itha gwir . . . gwirionedd pob gair,' oedd barn Hywel Pantcynferth, 'Mae'n dlawd arnon ni 'ma a do's dim elusen yn dod wrth yr eclws, chwaith — ddim heb ffeirad. Ro'dd y pregethwr diwetha gawson ni yn dweud bod pob person â'i gydwybod ei hun ac arnon ni'n huna'n ma'r cyfrifoldeb i ofalu am yr anghenus. A do's dim dicon o fodd 'da ni i ofalu am yn teuluo'dd yn huna'n.'

Unwaith eto daeth murmur o gydsynio digalon ac wrth weld y cwmni mor dawedog, trodd Watcyn nawr a galw ar y tafarnwr:

''Sdim diddanwr yn dod 'ma heno, Twm?'

'Pwy wyt ti'n erfyn? Ddaw Lishon Cwm Nedd ddim yn acos, ddim a rheina draw 'cw, ac amneidiodd â'i ben i gyfeiriad Bodwigiad, 'os na fyddi di neu Llew yn barod i farddoni ar ein cyfer.'

Achosodd hyn i bawb chwerthin oherwydd nid oedd Watcyn erioed wedi llwyddo i fathu'r pennill symlaf ac er y caed ambell driban oddi wrth Llew, ni ddeuai'r awen yn aml . . .

'Na'n wir,' meddai Llew'n ddifrifol ar ôl i'r miri dewi. 'Fyddai hi ddim yn ddoeth i Lishon ddod i'r ardal. Wyt ti'n cofio'r faled ganws e pan fu e 'ma ddiwetha? Ro'dd hi'n llawn o gwynion yn erbyn y Senedd ac fel ro'dd popeth wedi'i droi a'i ben i waered oddi ar colli'r Brenin. Fel a'th hi nawr . . . 'Yr olwyn wedi troi i eitha . . .'

'Naci, bachan,' ymyrrodd un o'i wrandawyr, 'Y rhod yn troi i eitha'r rhod.'

'Ie, ie, dyna ti . . .' cytunodd Llew ac fe geisiodd gydio yn yr alaw ond doedd ganddo ddim clust o gwbl at gerddoriaeth a chrefwyd arno i dewi.

Chwyddai'r cleber a'r cellwair o bryd i'w gilydd ac yna tewi wrth i Twm fynd at y drws i wrando. Yna, yn un o'r ysbeidiau mwyaf swnllyd bu'n rhaid i Twm gamu i ganol y llawr a chodi ei law a chlywodd pawb sŵn rhywun yn rhedeg y tu allan. Rhoddwyd cnoc deirgwaith ar gaead y ffenestr ac fe aeth popeth yn hollol ddistaw. Gallent i gyd glywed sŵn ceffylau ac yna droedio cyson y milwyr yn nesáu ac wedyn yn graddol leihau wrth iddynt droi'r tro o flaen yr eglwys a mynd i lawr yr heol at Bomprenllwyd.

Fe barhaodd y distawrwydd nes i gnoc ddod ar y drws cefn ac fe adawodd Twm y gwyliwr i mewn.

'Ma' nhw wedi mynd i gyd,' oedd dyfarniad y gwyliwr ifanc a gwobrwyodd Twm ef â thancer o gwrw.

'Pwy sy'n talu am fwyd i'r rheina i gyd, Watcyn?' gofynnodd un o'r cwmni, 'y sgweiar bach?'

219

'Wel ie, rwy'n meddwl, ar hyn o bryd ond bod Nhad yn dweud fod y Llywodraeth yn addo ei ddigolledu e.'

Ni ddaeth sylw pellach ac aeth pawb yn dawedog iawn nes i lais Llew ddod yn glir a phwyllog:

> 'Ni fase fawr i'r cena
> Neud rywbeth droson ninna
> Yn lle bod gyta merch y Deere
> A chatw gwŷr ac arfa!'

Bu distawrwydd llethol am ysbaid a phawb yn syllu ar Llew mewn syndod, ac yna daeth y bonllefau,

'Eto! Eto! Eto! Gad i ni 'i glywed e 'to!'

Curwyd dwylo, byrddau, tanceri a churodd Watcyn gefn y bardd nes peri iddo beswch.

'Dyna'r pennill gora glywes i erio'd, Llew bach. Cwrw i'r bardd Twm!'

Gafaelodd Watcyn yn Llew a'i godi i ben bwrdd. Rhoddodd rhywun stôl yno a gorfodwyd iddo eistedd tra aeth llawer i nôl tanceri o gwrw a'u rhoi wrth draed y bardd.

'Eto, Llew, eto!' A bu'n rhaid i'r bardd adrodd ei gampwaith drosodd a throsodd tra llwyddodd i gadw ei synhwyrau. Pan aeth yr holl gwrw yn drech nag ef yn y diwedd cafodd ef a'i stôl eu cario mewn gorymdaith 'nôl i'w fwthyn.

Cyn pen wythnos roedd y triban ar gof gan nifer o drigolion y plwyf ac roedd pob un o weinyddion Bodwigiad wedi'i glywed.

Diwrnod tywyll, niwlog, diflas, hollol nodweddiadol o fis Tachwedd, ac yn ddigon i wneud unrhyw un yn ddigalon, meddyliai Elisabeth, wrth iddi gerdded yn araf wrth ochr Edward i mewn i Eglwys Ioan Sant yn Aberdâr. Ceisiodd gadw'i golwg ar furiau gwyngalchog plaen yr hen eglwys fechan ac yna godi'i phen a syllu'n fanwl ar goedwaith y to, fel pa bai'n rhaid iddi sylwi a chofio am bob trawst a chymran oedd yno — unrhywbeth er mwyn dal ei dagrau'n ôl a pheidio ag edrych ar yr arch oedd yn cael ei chario ar yr elor ymlaen at y gangell. Gallai glywed sniffian ac ochneidiau Anna oedd yn dod y tu ôl iddi, law yn llaw â William a Henry, ac yna roedden nhw'n sefyll wrth y gangell a phregethwr mewn dillad plaen du uwchben yr arch yn adrodd salm ac yna'n dechrau ar bregeth oedd yn canolbwyntio ar egwyddorion bywyd gwir Gristnogol fel y'i gwelwyd ym mywyd y diweddar annwyl frawd, Thomas Prichard. Dim offeiriad, dim Llyfr Gweddi, angladd Cristnogol syml heb ddefod na rhwysg, yn union fel roedd ei thad-cu wedi gorchymyn.

Poen a diflastod a fuasai bywyd i Thomas Prichard wedi iddo adael Bodwigiad, poen corfforol ond yn bennaf chwerwder ysbryd. Roedd Elisabeth wedi ei wylio'n disgyn i ddyfnder digalondid enbyd ac wedi gweld ei hen dad-cu annwyl, mwyn, amyneddgar yn mynd yn rhyfeddol o anodd ei drafod. Dim ond yng nghwmni Anna a Henry y câi ychydig o bleser a dim ond â Miles y bodlonai drafod busnes. Er ei fod yn gwybod fod y ddogfen dyngedfennol bellach yn nwylo

Bussy Mansel, mynnai fynd ymlaen â'r achos llys ond fe lwyddodd Miles i ohirio trefniadau gan wybod nad oedd ei ewythr yn debyg o fyw yn hir.

Pan ddarllenwyd ei ewyllys teimlodd ei wyrion yn ddiolchgar iddo am ei ofal amdanynt. Fel y disgwylid, Henry a gafodd diroedd ei dad-cu ym mhlwyfi Llanfabon, Eglwysilan, yr Eglwys Newydd ac Aberdâr. Roedd tri chan punt yr un i Elisabeth, Anna ac Edward, dau gant i William a Henry. Roedd y ddwy ferch i gael yr eiddo yn ei dŷ a Henry i gael ei wregys gyda byclau arian, ei bistol a'i gleddyf. Daeth chwerthiniad wrthynt i gyd pan ddarllenodd Miles y darn a ddatgelodd mai Henry hefyd oedd i gael y cap nos felfed du gyda blodau wedi eu brodio arno! Ac roedd gwas ffyddlon Thomas Prichard, William Jones, i gael ei ddillad brethyn bob dydd a'i het.

Roedd Miles wedi cyrraedd y rhan lle enwid yr ysgutor a goruchwylwyr yr ewyllys, pan dorrodd Elisabeth ar ei draws:

'Miles! Oes yna ddim i Richard?'

Edrychodd hwnnw arni yn ddifrifol ac ysgydwodd ei ben yn drist:

'Nac oes, Elisabeth. Dim, na dim sôn amdano.'

Penderfynodd y teulu cyfan aros i lawr yn nhŷ eu tad-cu dros dro ac arhosodd eu modryb, Meistres Mathews, gyda nhw. Ac yna, gan ei bod yn nesáu at Ŵyl y Geni, gwahoddwyd nhw i fynd i lawr i blas Aberaman ac aros yno dros yr ŵyl. Ymgynghorodd Elisabeth â'i brodyr a chael bod pob un ohonynt yn awyddus iawn i dderbyn. Roedden nhw wedi cael ar ddeall y byddai nifer fawr o bobl ieuainc, tylwyth y Mathewsiaid, yn dod i fyny i'r plas lle byddai modd dathlu gŵyl fel y gwneid yn yr hen ddyddiau pan nad oedd pob pleser yn cael ei gyfrif yn bechod. Ac roedd Miles wedi sibrwd wrth Edward y byddai nifer o ferched pert iawn yn eu plith. Roedd Elisabeth hefyd yn awyddus i gadw draw o Fodwigiad am rai wythnosau, er mwyn cael seibiant. Roedd y misoedd diwethaf, tra bu'r milwyr yn gwersylla yno, wedi bod yn rhai anodd tu hwnt iddi, er bod yn rhaid iddi gyfaddef bod y milwyr a'u swyddogion wedi ymddwyn yn neilltuol o weddus. Eto, roedd tyndra beunyddiol wedi bod rhyngddynt a'r gweision, a deimlai'n ddig wrth weld y cynnyrch gorau yn cael ei ddifa gan y fintai. A'r morynion! Roedd gweld dynion ifainc cryf mewn lifrai wedi gwneud i rai o'r merched golli'u pennau. Roedd Elisabeth wedi teimlo'r fath gywilydd pan ddaeth Ensein Wilkins ati a dweud yn llym wrthi am gadw'r ddwy hwren o forwyn oedd ganddi o gyffiniau'r gwersyll. Gwyddai fod ei bochau wedi cochi gan y teimlai ei fod yn ei chysylltu hi â'u hymddygiad nhw! Roedd hi wedi casáu pob munud o'u harhosiad ac wedi gorfoleddu pan ddaeth Bussy Mansel yno ychydig wythnosau'n ôl a'u gorchymyn i fynd 'nôl i Gastell Caerdydd. Y fath ryddhad oedd hi i ddeall fod y cyfnod o lywodraeth filwrol wedi gorfod dod i ben oherwydd gwrthwynebiad y wlad gyfan. Serch hynny, gwyddai fod ei brodyr wedi mwynhau'r cyffro ac roedd ei brawd hynaf wedi bod yn siomedig tu hwnt o'u gweld nhw'n gadael. Doedd e ddim wedi bod ym Modwigiad o gwbl oddi ar hynny, a dyna fendith arall i ddiolch amdano.

Ym Mhlas Aberaman roedd nifer o ymwelwyr yn cyrraedd bob dydd, llawer ohonyn nhw yn ddieithriaid i deulu Bodwigiad, ond yn fuan gwelodd Elisabeth gyda phleser bod ei brodyr yn mwynhau cwmni'r bobl ifainc o'r fro a sylwodd fod William yn ogystal ag Edward wedi dod o hyd i ferch oedd yn ei ddenu'n fawr. Gofynnodd i Miles pwy oedd hi ac atebodd yntau mai merch Richard Baset St. Nyl oedd hi ac mai un o Fathewsiaid Llandaf oedd honno roedd Edward yn glynu mor dynn wrth ei hochr. Wrth weld yr olwg foddhaus ar wyneb Miles, gwenodd Elisabeth, a daeth y syniad iddi bod yn rhaid ei fod ef a'i thad-cu wedi bod yn cynllwynio! Ond fe gafodd hi ei hun braidd yn unig. Roedd y merched yno, oedd yr un oed â hi, yn briod ac yn famau, ac yn naturiol iawn, am eu plant yr oeddynt hwy am sgwrsio. Ochneidiodd. Brysied ei phriodas ei hun! Aeth yn dawel o'u cwmni ac i ystafell arall lle'r oedd tanllwyth o foncyffion yn fflamio'n braf yn y lle tân haearn. A'r canhwyllau niferus i gyd ynghŷn, roedd yn amlwg fod yr ystafell wedi'i pharatoi ar gyfer ei defnyddio ond nid oedd neb i'w weld yno ar hyn o bryd a dewisodd Elisabeth gadair gefn-uchel i'r naill ochr. Doedd hi ddim wedi bod yno'n hir cyn iddi glywed lleisiau dynion yn nesáu a synnodd wrth adnabod llais ei hewythr Edmwnd.

William Mathews, Sgweiar Aberaman oedd yn llefaru:

'Beth! Y fe'n frenin!'

'Ond mae e wedi gwrthod yn bendant, meddan nhw, ond mae e wedi cael ei wneud yn ben-llywodraethwr am ei oes.'

Dilynwyd hyn gan nifer o ebychiadau o syndod ac yna chwarddodd William Mathews yn fras,

'Hy! Y Brenin Olifer! Pwy fase'n meddwl!'

'Ond mae e wedi gwrthod,' ategodd Miles.

'Ond mae e'n unben! A phwy ddaw ar 'i ôl e? Oni chlywes i fod e'n diodde o ryw afiechyd?'

'Do, ond mae e'n well ar hyn o bryd.'

Mae'n amlwg fod Ewythr Edmwnd yn gwybod y newyddion diweddara, meddyliodd Elisabeth. Teimlai'n euog ei bod yn clustfeinio ac eto roedd hi'n awyddus i glywed y cyfan.

Llais Miles a glywodd nesaf yn dweud yn feddylgar:

'Pwy ddaw ar 'i ôl e?'

'Ie, dyna'r broblem! Iddyn nhw!' oedd ateb Edmwnd a chwarddodd y lleill. Yna fe ddaeth Miles yn nes at y tân a darganfu'i gyfnither.

'Hei, Lisa! Beth wyt ti'n neud yma? . . . Sbïo!'

'Nage, cynhesu!' atebodd hithau ond roedd wedi cochi a gwelodd yr olwg o anfodlonrwydd ar wyneb ei chefnder. Chwerthin wnaeth ei hewythr Edmwnd.

'Twt, Elisabeth yw hi! Ma' hon yn gwybod pryd i ddal ei thafod — yn enwedig,' meddai, gyda gwên slei, 'gan mai gyda'r bonheddwr William Herbert y ces i'r holl wybodaeth. Ac rwy wedi cael neges i roi i ti, 'merch i. Fe fydd e'n disgwyl dy weld ti yn y dyfodol agos. Felly, pan ei di odd'ma, nid i Fodwigiad yr wyt ti i fynd ond draw aton ni i Benllwynsarth. Rwy wedi cael ar ddeall oddi wrth dy fordryb fod 'na baratoada mawr i'w gwneud.'

Fel cynt, roedd Penllwynsarth yn byrlymu â phrysurdeb a chwmni lluosog. Yno yng nghanol eu perthnasau ag ymwelwyr di-ri cafodd dwy ferch Bodwigiad fwynhad digymysg na chawsant ers claddu eu mam. Dyddiau diofal, diofid a wnaeth i Elisabeth deimlo'n ferch ifanc eto, fel yr oedd pan ddaeth yma i briodas Mary, oesoedd yn ôl! Hyd yma, doedd yr ymwelydd yr oedd hi'n ei ddisgwyl mor awyddus ddim wedi ymddangos ond roedd ei modryb Margaret wedi ei sicrhau na fyddai'n hir cyn dod. Yna, un noswaith fe gyrhaeddodd ei chyfnither Mary o'i chartref yn Y Fenni, ac fe ddaeth ar ei hunion at Elisabeth a'i thynnu i siamber fechan, ac roedd y llygaid gwyrddlas yn disgleirio.

'Fe fyddan nhw yma fory, Lisa, yn bendant! Thomas a William! Ac mae Thomas yn mynd i wneud y trefniada ola gyda Nhad.'

'Dy dad! Ond gyda Richard mae William yn trefnu!'

'Nid y ti! Y fi! Mae Thomas a fi'n mynd i briodi cyn gynted ag y bydd cytundeb priodas wedi'i drefnu ac ry'n ni'n mynd i fyw yng Nghastell Bryn Buga. Wetws Nhad ddim wrthot ti? O'n wir! Dyn'on! Dy'n nhw byth yn sôn am faterion pwysig!'

Gwenodd Elisabeth wrth weld gymaint oedd hapusrwydd Mary yn y briodas hon. Roedd hi'n edrych flynyddoedd yn iau.

'Mary! O, dyna beth hyfryd! Fe fyddwn yn perthyn eilwaith

nawr — yn chwiorydd-yng-nghyfraith yn ogystal â chyfnitherod!'

'Ac yn byw'n eitha agos i'n gilydd! O! . . .' oedodd wrth weld Elisabeth yn crychu'i thalcen, 'Ydy William ddim wedi dweud wrthot ti ble fyddwch chi'n byw? Wel, fe fydd yn well i fi beidio â dweud dim rhagor! Fe fydd yn rhaid i ti aros i glywed 'ny wrtho fe!'

Roedd Mary'n chwerthin yn ddireidus ac er i Elisabeth ddefnyddio pob ystryw i gael yr wybodaeth ganddi, chwerthin wnaeth ei chyfnither ac ysgwyd ei phen.

Prynhawn trannoeth fe aeth William â hi i weld y plasty newydd yr oedd wedi'i brynu.

Roedd hi'n dipyn o daith o Benllwynsarth, dros Fynydd Islwyn ac i lawr i gwm a thros fynydd drachefn ond roedd Elisabeth wrth ei bodd. Doedd dim amheuaeth ganddi bellach ynglŷn â phriodi'r bonheddwr hwn o Went. Roedd hi'n deall ac yn derbyn y byddai hi a Mary'n symud i gymdeithas o radd uwch wrth briodi â dau fab Palas Nantoer — yn cymysgu ag uwch foneddigion y gororau ac o'r herwydd yn gorfod dysgu ffyrdd gwahanol o ymddwyn a siarad Saesneg yn fwy aml. Ond doedd hyn ddim yn ei phoeni gymaint ag y bu. Roedd hi'n gwybod bellach mor ddidwyll oedd ei gariad tuag ati. Roedd ei amynedd â hi wedi profi hynny. Ac roedd hithau â theimlad cynnes iawn tuag ato. Arferai Mary sôn am 'fod mewn cariad'. Ni allai Elisabeth fod yn siŵr fod hyn yn disgrifio ei theimlad hi tuag at William, ond beth bynnag am hynny, roedd hi'n benderfynol o fod yn wraig ffyddlon ac ufudd iddo ac yn fam dda i'w blant, pe bai'r Hollalluog yn gweld yn dda i'w bendithio â nhw.

O'r diwedd yr oedd y bryniau llwm y tu ôl iddynt a'r llechweddau gleision yn arwain i lawr at wastadedd ffrwythlon ar lan Afon Wysg, oedd yma'n lledu ac yn arafu. Roedd y meysydd yn fwy ac yn doreithiog ac roedd pob un o'r buchod mawr cefnog a borai ynddynt gymaint â dwy o'r rhai a grafai am fwyd ar weundir Cwm Rhymni neu dir comin plwyf Penderin.

'Byd arall! Byd newydd!' oedd y syniad a ddaeth i feddwl Elisabeth ac fe gryfhaodd yr argraff wrth iddynt groesi'r bont gerrig dros yr afon a throi i heol lydan, goediog. Yn y man daethant i olwg clwyd lydan o haearn cerfiedig rhwng dau biler o gerrig nadd. Roedd dyn mewn lifrai yn aros amdanynt ac wrth iddynt nesáu, agorodd hwnnw'r glwyd led y pen, tynnodd ei het a moesymgrymodd yn isel.

Doedd William ddim wedi bodloni dim ar gywreinrwydd Elisabeth ynglŷn â'u cartref newydd. Gwenu a chodi'i aeliau a wnaethai bob tro y ceisiai hi ei holi. Roedden nhw bellach yn marchogaeth ar hyd rhodfa rhwng dwy res o goed derw tal ac ar ôl rhyw ganllath, daethant i lannerch agored ac yna o'u blaen roedd y tŷ. Roedd hi wedi dychmygu maenordy tebyg i Benllwynsarth neu'r Tŷ Mawr yn Llanelli. Ond tŷ newydd oedd hwn o'i blaen, wedi'i godi ychydig cyn y rhyfel. Doedd e ddim yn enfawr nac yn lledu i bob cyfeiriad wrth i esgyll newydd cael eu hychwanegu at hen dŷ gwreiddiol. Roedd yn uchel a hirsgwar, o gerrig nadd golau, ond y ffenestri oedd yn drawiadol. Yn y wal flaen roedd nifer o rai tal, gyda chwareli hirsgwar wedi eu gosod yn rheolaidd, ac yn y canol rhyngddynt roedd drws hardd.

Daeth gweision mewn lifrai atynt ar frys i gydio ym mhennau'r ceffylau a daeth William ei hun ati i'w helpu i ddisgyn ond ni allai Elisabeth dynnu ei llygaid oddi ar yr adeilad urddasol o'i blaen.

'Beth y'ch chi'n feddwl ohono fe, Elisabeth?' gofynnodd William, wrth iddi ddal i sefyll a syllu a dweud dim. 'Ydy e wrth eich bodd chi? Wrth gwrs dyw e ddim gymaint o dipyn â rhai o'r plastai er'ill yn yr ardal ond mae e'n fwy newydd.'

'O, mae e'n hardd, yn hardd tu hwnt! Yn hyfryd! Yn

ddicon o ryfeddod! Dwy ddim yn meddwl i fi weld y fath le pert yn 'y myw! A dyma fydd ein cartre ni?'

Chwarddodd William am ben yr anghrediniaeth yn llais Elisabeth. 'Ie, ond dewch i mewn i weld y lle,' a chydiodd yn ei llaw a'i throi oddi wrth y gwelyau blodau roedd hi newydd sylwi arnynt.

Wedi ei chael ei hun mewn cyntedd eang fe fyddai Elisabeth wedi hoffi oedi i edrych o'i hamgylch ond roedd yno res o forynion yn suddo mewn cyrtsi o'i blaen a phrif forwyn yn aros i'w chroesawu. Ymdrechodd i ymateb fel y disgwylid, ac yna roedd llaw William o dan ei phenelin yn ei chymell ymlaen tuag at yr ystafelloedd ar y chwith.

'Mae'r tŷ wedi'i ddodrefnu'n barod ond os fyddwch chi eisiau newid unrhyw beth, dwedwch. Wedi'r cyfan, y chi fydd y Feistres!'

Gadawodd hithau iddo ei harwain o gwmpas. Roedd cymaint yno i ryfeddu ato a'i edmygu, o'r braidd y gallai wneud unrhyw sylw synhwyrol. Yn lle'r ystafelloedd isel gyda thrawstiau trymion tywyll a'r ffenestri anaml roedd hi mor gyfarwydd â nhw, roedd y siamberi hyn â nenfwd uchel gyda phlastr gwyn wedi'i addurno. Roedd llenni hir o ddefnydd prydferth bob ochr i bob ffenestr a chelfi newydd cyffyrddus iawn yr olwg o gwmpas ym mhobman. Roedd popeth mor eithriadol o gysurus yma!

'Rwy'n siŵr y byddwch am ddod â pheth o'ch celfi teuluol gyda chi. Dwedwch chi beth fydd eisiau ac fe drefna i iddyn nhw gael eu cludo yma.'

'Fawr o ddim,' atebodd Elisabeth yn dawel. 'Defnyddiau a adawodd Mam i mi a'r llenni oedd ar wely Tad-cu. Ma'r rheiny'n hynod o bert ac fe wnewn yn iawn ar wely Anna. Ond heblaw hynny — fawr o ddim — dim ond fy mhethau personol. Fyddai celfi Bodwigiad ddim yn addas yma, beth bynnag.'

'Beth?' gofynnodd William, ei aeliau'n codi bron at fôn ei wallt, 'Ddim y delyn!'

'O ie'r delyn, ma'n rhaid cael honno. Roeddwn i'n cymryd honno'n ganiataol . . . ond dim arall.'

'Ond fyddwch chi'n teimlo'n gartrefol hebddyn nhw?'

'Bydda. Fe fydda i wrth fy modd gyda'r holl bethau newydd yma!' a chwarddodd Elisabeth gyda boddhad a mynd o gwmpas y siamber gan gyffwrdd â'r byrddau bach cerfiedig a thynnu'i llaw dros y clustogau ar y cadeiriau esmwyth a theimlo trwch y llenni. Safodd i edrych drwy un o'r ffenestri tal ar brydferthwch y lawnt a'r gwelyau blodau a thu draw i'r wal roedd coed y berllan yn blaguro. Trodd gyda gwên ac ymestynnodd ei breichiau at ei darpar-ŵr.

Wedi'r cofleidio, meddai William: 'Dy'ch chi ddim wedi gweld y rhan orau eto . . . dewch!' Ac arweiniodd hi ar draws y cyntedd ac i ystafell ym mhen hwnt y tŷ. Roedd ffenest yr ystafell hon yn wynebu Afon Wysg ac roedd y tir ar y lan wedi'i glirio, fel bod modd gweld yr afon yn llifo heibio'n dawel. Ond y tu mewn iddi a syfrdanodd Elisabeth. Llyfrau! Gymaint ohonynt! Aeth ar ei hunion at y cypyrddau ac edrych ar y rhestri o gyfrolau oedd y tu mewn. Lladin, Groeg, Saesneg, Ffrangeg a Chymraeg! Rhyfeddod! Y fath wledd oedd o'i blaen hi, ac i feddwl ei bod wedi bod yn eiddigeddus fod Richard wedi cael llyfrau'i mam! Byddai Tad-cu wedi bod yn ei elfen yma, meddyliodd, mewn eiliad o dristwch.

'Oes yma ddigon i chi?' gofynnodd William, wrth ei fodd o weld llygaid Elisabeth yn disgleirio.

'Am flwyddyn neu ddwy, falle,' chwarddodd hithau.

Wrth deithio'n ôl i Benllwynsarth, ni allai Elisabeth dynnu ei meddwl oddi ar y cartref godidog a oedd yn ei haros. Roedd William wedi ei sicrhau mai dim ond ychydig fisoedd fyddai ganddynt i aros tan eu priodas gan ei fod ef a Bussy Mansel wedi cael addewid pendant gan ei brawd hynaf y byddai'n mynd i Gaer-gaint ar fyrder ac y byddai'r trefniadau olaf yn cael eu cwblhau yn union ar ôl iddo ddychwelyd. Er mwyn hwyluso'i daith roedd Bussy a William wedi rhoi llythyrau i Richard yn ei gyflwyno i deuluoedd 'diogel' lle y gallai letya.

Roedd hi wedi tywyllu erbyn iddynt gyrraedd y maenordy ac aeth William a'i weision 'nôl ar eu hunion. Rhedodd Elisabeth i fyny'r grisiau gan obeithio cyrraedd ei hystafell ac osgoi cwmni am ychydig. Ond roedd ei chyfnither yn aros amdani a thynnodd hi i mewn i'r ystafell fechan ar ben y grisiau yr arferai morynion gwesteion pwysig gysgu ynddi.

'Nawr, gad i fi gl'wad y cyfan! Beth o't ti'n feddwl o dy gartre newydd — mm?'

'Pam? Wyt ti wedi'i weld e?'

'Wrth gwrs 'mod i, ond dim ond y tu fas. Ma' William wedi bod yn gyfrinachol iawn am y tu mewn.'

'O, mae e'n wych, Mary! Mae popeth yn newydd ac mor hardd a moethus! Rwy'n methu'n lân â chredu ma' fy nghartre i fydd e! On'd wy'n ferch lwcus?'

'Wyt ond ry'n ni i gyd yn meddwl dy fod ti'n haeddu'r cyfan. Wel, meddylia! Fe fyddwn ni'n dwy'n priodi 'run diwrnod!'

'Beth? Pryd?'

'Wetws e ddim wrthot ti? O, mae'r cyfan wedi'i drefnu'n dwt gan Mam. Ti a William i briodi gynta gan mai fe yw'r hyna ac wedyn Thomas a fi, a'r wledd briodas yn Coldbrook wedyn. Diwedd Mehefin yw'r dyddiad ar hyn o bryd.'

'Ym — ymhle?' Roedd Elisabeth wedi eistedd yn drwm ar waelod un o'r gwelyau cul ac wedi'i syfrdanu, 'Yn Eglwys Mynydd Islwyn?'

'O, nage, ddim y tro 'ma. Eglwys fawr Y Fenni yw eglwys yr Herbertiaid ac yno fyddwn ni'n priodi. O, Lisa, paid ag ishte manna'n dishgwl mor hurt! On'd yw bywyd yn wych!'

Ni allai hithau ond cydsynio.

1657

Pennod 23

Roedd Siams Bach wrth ei fodd! Ar ôl y ceibio cyson a wnaethai am wythnosau roedd y ffos hir ar y waun yn Llanelli wedi ei chwblhau ac roedd hynny'n golygu y gallai deithio'n ôl i Benderin drannoeth. Doedd gan Siams gynnig i fod allan o'i blwyf, ac oni bai i Mistar Edward grefu arno i ddod 'ma fel ffafr iddo fe, ni fyddai wedi cymryd cam tuag at y lle diarth yma, lle'r oedd pobl yn edrych arno fel petai cyrn yn tyfu o'i ben ac er mai Cymraeg a siaradent, ag yntau yn gallu deall pob gair a ddywedi wrtho fe, eto am ryw reswm, edrychent arno yn hurtach na moch gan wherthin am ei ben a gneud iddo ailddweud petha. Roedd hynny yn hala Siams Bach mas o'i gof.

Roedd nawr yn llusgo'i draed ar hyd gwaelod y gwter er mwyn clirio o'r ffordd ambell garreg oedd wedi cwympo o lethrau'r ffos. Roedd ei fwmian canu yn codi'n gyson fel y cynyddai'i fwynhad wrth weld y dŵr yn llifo ac yn gloywi. Yn sydyn, clywodd drawiadau trymion cyflym ar y ddaear ac ymdrechodd Siams i ymestyn ei ben dros ochr y ffos i weld pa ynfytyn oedd yn gyrru mor wyllt, ond roedd wedi cyrraedd ei man dyfnaf a dim ond brig ei het a ymddangosai uwchben y ddaear. Roedd y carlamu'n nesáu.

'Ta pwy wyt ti,' mwmiodd wrth y gyrrwr anweledig, 'rwy'n gob'itho fod 'da ti afa'l ar y creatur 'na ne weli di na fe mo'r gwter 'ma!'

A'r funud nesaf, cafodd Siams ei hun yn plygu'n reddfol wrth i geffyl hedfan dros y ffos. Clywodd yr anifail yn baglu a'r ddaear yn derbyn pwnad. Daeth gwaedd o enau'r gyrrwr ac yna distawrwydd. Stryffaglodd Siams i ddringo o'r gwter ac yno, lathen o'i hymyl roedd dyn ar lawr ac ychydig lathenni oddi wrtho, geffyl yn ymdrechu i godi ar ei draed.

Safodd Siams yn ei unfan. Edrychodd mewn dryswch ar y dyn llonydd ac yna ar yr anifail oedd wedi troi ei ben ac fel petai'n crefu arno am gymorth, ac i hwnnw yr ymatebodd Siams. Aeth at ei ben, gan siarad yn dawel yn ei glust a'i anwylo. Wedi sicrhau nad oedd wedi torri asgwrn, cydiodd yn yr awenau a chan wneud synau yr oedd y ceffyl yn amlwg yn eu deall, llwyddodd i'w ddenu i fentro ar ei draed. Chwibanodd Siams mewn gofid wrth weld yr anafiadau ar y coesau blaen ond rhoddodd ebychiad o ryddhad pan ddechreuodd y ceffyl gamu ymlaen, er yn herciog.

'Der di, 'machan glân i, der di. Dwyt ti ddim wedi nafu'n ddrwg iawn. Fe fyddi di'n gallu mynd ar garlam 'to, dim ond i ti ga'l rhywun callach i dy frachga.'

Ar y gair, fe ddaeth sŵn griddfan o'r tu ôl iddo a bryd hynny y cofiodd Siams am y dyn oedd ar lawr. Gan ddal ei afael yn yr awenau, trodd Siams tuag ato ac wrth ei weld yn gwneud ymdrech i godi, galwodd:

'Rhoswch funud fach ac fe ddawa i atoch chi!' Edrychodd o'i gwmpas ac wedi gweld gwernen gref gerllaw, aeth a chlymu'r ceffyl wrthi.

Roedd y dyn wedi syrthio'n ôl a'i wyneb tua'r ddaear.

'Nawr 'te, gad i Siams Bach weld pwy wyt ti, y ffŵl dwl!' mwmiodd wrth ei droi ar ei gefn. 'O uffern! O uffern! Y sgweiar bach! Beth wetiff Mistar Edward?'

Cododd Siams ar ei draed, cydio yn ei het, ei gwthio'n ôl ar ei ben, a chrafu'r ychydig wallt llwyd seimllyd a lynai yno. Edrychodd o'r dyn at y ceffyl a 'nôl drachefn. Plygodd a llwyddodd i godi Richard Games ar ei eistedd ac yna ei lusgo tuag at y ceffyl. Er bod y sgweiar ifanc yn drwm i un o'i faint, roedd Siams Bach yn eithriadol o gryf. Yn araf a chyda chryn drafferth llwyddodd i godi a gwthio'r dyn anymwybodol ar draws y cyfrwy. Gan bwyll, tywysodd y ceffyl tuag at y Tŷ Mawr. Tynnodd ei weiddi parhaus sylw gweision ac am unwaith ni chawsant unrhyw drafferth i ddeall Siams Bach. Gollyngodd y ceffyl a'i faich i'w gofal, gan ddweud:

'Siams yn mynd i Fodiciad ar unwa'th i weud wrth Mishtar Edwart,' ac er ei bod yn dechrau nosi, trodd ar ei sawdl a brasgamodd y coesau byrion tuag at lwybr y mynydd.

Roedd y pythefnos a aethai heibio ers ei dychweliad o Benllwynsarth wedi bod yn gyfnod prysur a diddan i Elisabeth. Â'i meddwl yn gyfan gwbl ar y paratoadau ar gyfer ei phriodas aethai o gwmpas ei gorchwylion arferol ym Modwigiad dan ganu. A'r bore hwn teimlai fel y gog oherwydd dyma'r dydd y penodwyd i Richard gychwyn ar ei daith i Gaer-gaint. Roedd William wedi amcangyfrif y dylai fod 'nôl ymhen deufis, hyd yn oed pe byddai'n dewis aros dros dro yn Llundain ac roedd wedi addo gwneud ei orau i gadw at y drefn.

Roedd hi allan o flaen y tŷ pan glywodd y twrw ar y buarth ac yn union wedyn fe ddaeth Edward i chwilio amdani. Dywedodd wrthi'r hanes a gawsai gan Siams Bach.

'Faint o niwed gas e?'

'Dyw Siams ddim yn gw'pod, dim ond ei fod yn fyw ond yn anymwybodol. Rwy'n mynd draw ar unwaith. Wyt ti'n dod?'

'Wrth gwrs 'mod i. Fe af i'r gell i foyn peth o'r eli a'r moddion fydde Nest yn 'u gwneud. Ro'dd Richard erio'd â ffydd neilltuol ym meddyginiaethau Nest.' Aeth ychydig gamau tuag at y gell ac yna trodd. 'Beth o'dd e'n neud mas yn carlamu 'i geffyl ag yntau i fod i gychwyn bore 'ma ag ishe ceffyl ffres arno? O, Edward! Dyma fe wedi llwyddo i ohirio eto!'

'Lisa!' Roedd llais Edward yn llym ond yna ysgydwodd ei

ben ac edrych gyda chydymdeimlad ar ei chwaer.

'Dere. Fyddwn ni dama'd callach o ddyfalu fan hyn.'

Roedd golau'n dod o bob ffenestr bron ond wedi iddynt fynd i mewn, y distawrwydd a gydiodd yn Elisabeth. Sibrydai'r morynion wrth ei gilydd a doedd llais y 'pothecari ddim llawer uwch pan ddaeth i lawr o'r llofft. Eto, fe geisiodd ymddangos yn obeithiol a defnyddio geiriau calonogol wrth sôn am gyflwr eu brawd.

Pan aethant i mewn i'r llofft wely gwelsant bod eu chwaer-yng-nghyfraith yn eistedd wrth erchwyn y gwely yn syllu'n syn ar wyneb ei gŵr. Galwai ei enw'n barhaus ond ni châi ymateb. Cododd yn gyflym pan welodd pwy oedd wedi cyrraedd.

'O, Lisa, rwy'n falch o'ch gweld chi. Rwy'n siŵr y byddwch chi'n gwybod mwy na'r dyn 'na o Aberhonddu. Ma' fe wedi bod yn dweud 'ddar neithiwr y bydd Richard yn dihuno unrhyw funud ac yn siarad â fi, ond dyw e ddim! Drychwch arno fe! Dyw e'n nabod neb!'

'Ble o'dd e'n mynd 'te?'

'Ddim i unman neilltuol. Gan 'i fod e'n mynd i fod odd'ma am amser — am 'i fod e'n mynd i Loeger, er eich mwyn chi — fe benderfynodd fynd ar gefn y march newydd — er mwyn gweld a oedd y gwastrawd wedi'i drwytho fe'n iawn — ond fe gwmpws ar ôl neido dros y ffos newydd. 'Sa'r dyn bach od 'na ddim wedi agor y ffos fydde hyn ddim wedi digw'dd!' ac fe dorrodd i wylo a throi at Edward am gysur.

Roedd Elisabeth wedi mynd i edrych ar ei brawd.

'Ble mae e wedi'i anafu?' gofynnodd i'r weinyddwraig ganol oed a eisteddai yr ochr arall i'r gwely mawr. ''I goesa? 'I freichia?'

Ysgydwodd honno'i phen. 'Cleisiau, dyna i gyd ond mae'r pothecari'n meddwl 'i fod wedi cwympo ar 'i ben a dyna pam mae e fel hyn.'

Tynnodd Elisabeth ei llaw'n dyner dros dalcen ei brawd a galwodd ei enw'n dawel ond gorwedd yn llonydd fel petai'n cysgu a wnâi Richard.

Ymhen ychydig, perswadiodd hi ac Edward y wraig i fynd i'w gwely gan addo aros gyda Richard drwy'r nos.

'Fe ddaw e . . . yn daw e?' sibrydodd Edward.

'Wn i ddim, wir, Edward. Wn i ddim.'

Bu farw Richard Games, Yswain Penderin a Llanelli, cyn i'r wawr dorri gan adael ei wraig a'i deulu wedi eu syfrdanu. Aeth dyddiau lawer heibio cyn i'r teulu sylweddoli beth fyddai effaith marwolaeth Richard ar eu sefyllfa hwythau. Daeth Henry Powel yno i egluro iddynt.

'Gan nad oedd Richard wedi gwneud ewyllys,' meddai, 'bydd yn rhaid rhestru'r cyfan o'i eiddo. Wedyn, Edward, gan mai ti yw ysgutor ewyllys eich tad, bellach, bydd yn rhaid i ti fynd i Gaer-gaint ar unwaith a gwneud datganiad am farwolaeth dy frawd. Fe a' i gyda thi.'

'Edward yw'r etifedd?' gofynnodd William.

'Nage. Doedd eich tad ddim wedi neilltuo'r stad i'w ddisgynyddion gwrywaidd ac felly, gan fod gan Richard ferch fach, hi fydd yn etifeddu, ond gan mai ti yw brawd hynaf ei thad, Edward, ti fydd yn ofalwr drosti nes ei bod yn dod i'w hoed neu yn priodi, p'run bynnag a ddaw'n gyntaf.'

Roedd y weddw wedi bod yn eistedd yn ddistaw trwy gydol y traddodi a'r holi ond wrth glywed y gair 'priodi' cododd ei phen yn sydyn.

'Beth am fy ngwaddol priodas i? Fe fydd yn rhaid i fi gael y cyfan 'nôl neu fydda i ddim yn gallu ailbriodi.'

Edrychodd pawb arni'n syn ac fe atebodd y cyfreithiwr mewn llais oeraidd:

'Mewn da bryd, Meistres Games. Fe drafodwn y mater hwn yn ddiweddarach.' Ond ni roddodd hyn daw ar y weddw.

235

'A beth am y briodas sydd wedi'i threfnu ar ran fy merch?'

'Priotas?' llefodd ei chwaer-yng-nghyfraith, 'a'r un fach ddim yn bedair blwydd eto! Druan fach! A gyda phwy, neno'r dyn?'

'Richard a Bussy Mansel fu'n trefnu pan oedd e 'ma'n trefnu'r daith i Gaer-gaint. Roedd e'n dweud y bydde'r un fach yn gwneud gwraig gampus i'w fab, Thomas, a dyw e ond yn naw mlwydd oed. Meddyliwch y fath briodas wych fydd hi iddi briodi etifedd ystad Briton Fferi!'

Ie'n wir, oedd meddwl y fodryb, a nawr a hithau'n etifeddes i ystad Bodwigiad a Llanelli, fe fydd hi'n briodas gampus i Thomas Mansel hefyd. O, rwy'n gweld Bussy'n glynu at y trefniant yna.

Am ei phriodas ei hun, roedd hi'n anochel y byddai'n rhaid ei gohirio.

Er hynny, darganfu Elisabeth i bethau symud yn gyflym ar ôl dydd angladd Richard. Fe aeth William Herbert ei hun, yn ogystal â Miles a Henry Powel, gydag Edward i Gaer-gaint ac ni bu oedi ar y daith. Gwnaed y cytundeb priodas yn union ar ôl dychwelyd, ac yn sydyn iawn roedd y dydd iddi ymadael â Phenderin ar bwys. Roedd ar Elisabeth gymaint o frys bellach i gychwyn ar y daith i'w chartref newydd fel nad oedd dim awydd arni fynd i ymweld â neb o'i chymdogion i ffarwelio.

Roedd un ymweliad, fodd bynnag, oedd yn ddyletswydd arni ac ni allai ei osgoi. Ar ei noswaith olaf ym Mhenderin, aeth hi ac Edward ar droed i fyny'r llwybr at Ysgubor Fawr. Bob hyn a hyn bu Elisabeth yn aros i fwrw'i golwg 'nôl ar Fodwigiad ac ar y ffermydd a bythynnod cyfagos. Roedd hi'n adnabod y trigolion i gyd, gymaint ohonynt yn denantiaid i'r ystad; gymaint ohonynt wedi bod yn dod ati hi'n gyson yn ystod y blynyddoedd diwethaf — y dynion ar fusnes a'r gwragedd i'w helpu ar gyfnodau prysur, neu i ofyn am gymorth neu elusen. Ochneidiodd. Roedd hi'n ddigon tebyg y byddai'n teimlo hiraeth am y gymdogaeth glòs, gartrefol hon.

Roedd Philip a Sienet Watcyn yn eu disgwyl ac fel roedd hi ac Edward wedi rhag-weld treuliwyd rhan helaeth o'r amser yn gwrando ar atgofion y ddau am 'yr Hen Sgweiar a Mistras Mary' a Philip yn datgan mai dim ond trychinebau a welwyd yn yr ardal oddi ar eu colli.

'O, Philip bach!' meddai'i wraig o'r diwedd, 'paid â digalonni'r bobol ifanc. Ma' Mistras Elisabeth ar fin prioti ac yn mynd i fyw lle ma'r wlad dipyn yn frasach. Ac rwy' i wedi cliwad na fydd Mistar Edward ddim yn hir yn 'i dilyn hi. Beth yw enw'r lle ry'ch chi'n 'i brynu, Mistar Edward?'

'Aberbeiden,' atebodd yntau.

'A ble mae hwnnw — yty e'n bell o gartre Mistras Elisabeth?'

'Pedair milltir yr ochr yma i'r Fenni. Na, fyddwn ni ddim ymhell oddi wrth ein gilydd a beth bynnag fe fydda i a Henry a William yn aros ym Modwigiad am flwyddyn o leia' — nes 'mod i'n priodi a hyd yn oed wedyn, fe fydda i yma o dro i dro gan mai yn fy nwylo i fydd yr ystad am rai blynydda.'

Dangosodd Philip a Sienet eu bod yn falch iawn o glywed hynny, a gwybod y byddent yn gallu cael peth o hanes y teulu.

Daeth yr ymweliad i ben, toc, pan ddaeth Watcyn a'i wraig ifanc draw o dyddyn Erw'r Crydd. Roedd babi yng nghôl y ferch a gwenodd Elisabeth wrth weld digalondid yr hen bobol yn diflannu'n llwyr wrth edrych ar yr etifedd bach. Cydiodd Sienet ynddo a'i ddangos i'r ymwelwyr, ei hwyneb hawddgar yn gylch mawr coch a'i gwên yn lledu o glust i glust.

'Dyma fe i chi — Philip Watcyn arall yn 'Sgupor Fawr, Mistras 'Lisabeth.'

Drannoeth, aeth y ddau hen gyfaill i sefyll ar ben y Cae Du i weld teulu Bodwigiad yn cychwyn ar eu taith i Benllwynsarth. Buont yno yn hir yn gwylio'r marchogion yn mynd dros goed cae'r Gurnos ac yna dringo'r llethr i ben y twyn. Wedi iddyn nhw fynd o'r golwg, meddai Sienet yn fyfyrgar,

''Sgwn i a fydd 'na sgweiar ym Modwigiad eto, rywbryd, Philip?'

'Chafodd hi ddim ateb. Roedd ei gŵr wedi troi i alw'n groch ar ei gi ifanc oedd wedi mynd i grynhoi defaid ar ei liwt ei hun.

Penliniodd Elisabeth o flaen yr allor yn Eglwys y Santes Fair yn nhref Y Fenni. Wrth wrando ar lais cwynfanllyd yr offeiriad yn darllen gweddïau ffurfiol yr hen drefn, cadwai hi ei golwg ar fanylion y brodio cywrain oedd ar sgert y wisg brydferth oedd amdani ac roedd ei gwar yn ymwybodol o bwysau'r gemau drud oedd yn anrheg briodas oddi wrth ei phriodfab. Elisabeth Herbert oedd ei henw bellach ac roedd hi'n wraig i'r bonheddwr hwn wrth ei hochr a ddaliai ei llaw.

Y noson cynt, a hithau'n gwneud y paratoadau olaf, roedd wedi profi ysbaid o anniddigrwydd wrth i ofn y byd anghyfarwydd a'r dyfodol annelwig gydio ynddi. At ei phetrusder naturiol fel priodferch daeth gofid o glywed sgwrs dawel rhwng ei hewyrth Edmwnd a William — y ddau'n cydsynio bod dychweliad y brenin ifanc i'w deyrnas ar y gorwel.

Doedd dim o hyn yn ei phoeni heddiw. Beth bynnag a ddelai, addunedodd yn ddirgel, byddai'n barod i'w dderbyn. Wedi'r cyfan, nid merch ifanc ddibrofiad mohoni ac roedd ganddi ŵr galluog a doeth. Roedd hi'n ffyddiog na fyddai eisiau iddi hi bryderu dim pe bai'r rhod yn troi drachefn.

Teimlodd William yn gwasgu'i llaw. Cododd ei phen a gwenu arno. Gafaelodd yntau yn ei braich a dilynodd y ddau yr offeiriad i mewn i gapel yr Herbertiaid.